中國語言文字研究輯刊

二 編
許錟輝 主編

第15冊
唐蘭古文字學研究

王若嫻 著

花木蘭文化出版社

國家圖書館出版品預行編目資料

唐蘭古文字學研究／王若嫻 著 — 初版 — 新北市：花木蘭文
化出版社，2012〔民101〕

目 4+196 面；21×29.7 公分

（中國語言文字研究輯刊　二編；第 15 冊）

ISBN：978-986-254-871-4（精裝）

1. 唐蘭　2. 學術思想　3. 古文字學

802.08　　　　　　　　　　　　　　　　101003094

中國語言文字研究輯刊

二　編　　第十五冊　　　　ISBN：978-986-254-871-4

唐蘭古文字學研究

作　　者	王若嫻	
主　　編	許錟輝	
總 編 輯	杜潔祥	
出　　版	花木蘭文化出版社	
發 行 所	花木蘭文化出版社	
發 行 人	高小娟	
聯絡地址	新北市永和區中正路五九五號七樓之三	
	電話：02-2923-1455／傳眞：02-2923-1452	
網　　址	http://www.huamulan.tw 信箱 sut81518@gmil.com	
印　　刷	普羅文化出版廣告事業	
初　　版	2012 年 3 月	
定　　價	二編 18 冊（精裝）新台幣 40,000 元	版權所有・請勿翻印

唐蘭古文字學研究

王若嫻　著

作者簡介

王若嫻，中國文化大學中文博士，空軍軍官學校通識教育中心社科組助理教授。任職環球科技大學期間，以「中文鑑賞與應用」、「國文」榮獲 962、971 與 972 教育部優質通識教育課程計畫績優課程，及第三屆全國傑出通識教育教師獎。著有《梁武帝蕭衍與梁代文風之研究》、《溫馨的愛——現代親情散文選》(與蕭水順教授合著)。另有〈試論梁武帝與梁代儒學之振興〉、〈試論唐甄《潛書》中的夫婦倫常觀〉、〈醫護科系國文課程設計的另一面向——以《孝經》第一章、第十八章融入課程設計為例〉、〈經典閱讀融入大一國文之設計與實踐〉等。

提　要

　　本論文內容共分五章，首章「緒論」，說明研究動機、研究範圍與研究方法，並述及唐蘭生平與治學態度、學術研究成果。第二章「唐蘭的文字學理論」，探討唐蘭對文字學範圍的劃分，以窺其對古文字學範圍的重新釐定，再據以探索唐蘭「三書六技」說、「自然分類法」的理論與應用，並評述其文字構造理論的得失，以及對文字構造理論的影響。第三章「唐蘭考釋古文字之方法理論與檢討」，首先考索唐氏考釋古文字方法的觀點，並歸納其考釋古文字的四個方法、六條規律，再追溯其古文字考釋方法的承傳，藉以檢視其考釋古文字的成就及得失。第四章「唐蘭對青銅器銘文斷代的研究」，探索其主張青銅器分期斷代的重要性，並歸納其所主張青銅器斷代的方法，以作為檢視唐蘭對青銅器銘文斷代方法的檢討。第五章「結論」，總括唐蘭古文字學之研究，並由兩個不同面向評定唐蘭古文字研究的成果：一為重視研究的理論，二為重視研究的方法，又以本研究內容為起點，引申六點未來研究展望，以作為後續研究的參酌。末附有圖表、附錄「唐蘭著述目錄編年」及參考書目等。

目　次

第一章　緒　論

第一節　研究動機、研究範圍與研究方法

一、研究動機

　　清代爲我國小學發展的極致，至光緒二十五年（西元 1899 年）發現甲骨文，將小學的研究推向更高峰，把歷來文字學的研究重點——《說文》轉變到古文字的研究。自孫詒讓、羅振玉、王國維以後，陸續形成研究古文字的行列，如董作賓、郭沫若、于省吾、唐蘭、陳夢家、胡厚宣、容庚、商承祚等著名學者。唐氏正逢開始研究古文字的興盛時期，由於是肇端時期，古文字的研究仍屬草創階段，缺乏研究理論與方法，也沒有明確的條理。

　　唐氏面對這樣的研究情況，認爲古文字學的研究沒有理論和方法，是非漫無標準而無法進步，若要打通這樣的研究隔閡，故將古文字學的研究理論與方法寫成《古文字學導論》，闡述古文字學的研究對象、原理、方法與原則，爲古文字研究科學體系的建立奠定了基礎，是古文字學發展史上一部劃時代的著作，也成爲我國古文字學理論的奠基者。而後唐氏其他的研究與著作，皆是在這樣的理論、方法延伸出來的。

　　唐氏於古文字學的貢獻非凡，也由於其研究範圍極廣，包括文字構造理論、考釋方法、考釋古文字及青銅器的斷代與整理，所以要了解唐氏所提出的理論、

方法的意義及其實踐，要由古文字的角度，考察唐氏古文字學的理論、方法的得失，是本論文所採用的觀點。期望給予唐氏在古文字學史上一個客觀的評估和定位，同時，藉由探討唐氏在理論與方法上的種種觀念與原則，期能對古文字的研究有所助益。

二、研究範圍

　　本論文以唐氏古文字研究相關著作爲範圍，而偏重在其所提出理論、方法與實踐三方面的檢討。所涵蓋的著作有：

1. 《殷虛文字記》（西元 1934 年）
2. 《古文字學導論》（西元 1935 年）
3. 《天壤閣甲骨文存》及《考釋》（西元 1939 年）
4. 《中國文字學》（西元 1949 年）
5. 〈論周昭王時代的青銅器銘刻〉，《古文字研究》第二輯（1973 年作）
6. 《西周青銅器銘文分代史徵》（1976-1978 年作）

及其他重要單篇論文，還包括有關的甲骨、金文書籍。

三、研究方法

　　第一章　緒論：介紹本論文的研究動機、研究範圍與研究方法。將唐氏生平傳記資料，作一歸納與整理，分期介紹其一生事蹟。並從其著作及後人之評述文字中，探討其的治學態度。第三節則全面性地歸納唐氏學術的研究成果，以便對唐氏的治學範圍有更多的認識。

　　第二章　唐蘭的文字學理論及檢討與應用：探討唐氏對六書的觀點，及所提出的古文字構造理論——三書、六技，探討其與六書理論之異同。並探究由三書理論基礎而來的自然分類法理論與應用。

　　第三章　唐氏考釋古文字之理論與檢討：經由對唐氏《古文字學導論》一書中，所提出考釋古文字方法理論的探究，並檢驗唐氏考釋古文字的研究成果，除了對其釋字的具體成就有所論述與檢討外，並歸納其以音求字的方法，有一聲之轉及依象意字聲化例，再檢討其得失。

　　第四章　唐蘭在青銅器斷代的研究與檢討：論述及歸納唐氏在青銅器斷代的理論與條例，檢討其方法的得失。並檢視唐氏在青銅器斷代方面承先啓後的研究成果。

　　第五章　結論：檢討唐氏重視研究古文字的理論、方法及其理論、方法與實際運用是否契合，並針對唐蘭的古文字學研究的範圍中，再擴大出其中有待研究、探討的方向，做一概況的描述，以期能在古文字學研究領域中有所助益。

第二節　唐蘭的生平與治學態度

壹、唐蘭的生平

　　唐蘭，號立厂（又作立庵、立盦），一九○一年一月九日生於浙江嘉興秀水兜，一九七九年一月十一日逝世於北京，享年七十九歲。爲我國近代著名的文字學家、青銅器專家和歷史學家。

一、由習醫而治小學的歷程

　　唐氏在《天壤閣甲骨文存‧序》〔註1〕中自稱其習小學的過程說：「民國肇建，余方讀於商業學校。既卒業，改習醫學。既爲人診疾，又頗厭之，而學爲詩詞。稍博覽……九年冬，盡棄所業，就學無錫。同學有熟習段注《說文》者，余由是發憤治小學，漸及群經。居錫三年，成《說文注》四卷。」〔註2〕知唐氏早年就讀商業學校，畢業後改習醫，感無趣而盡棄前學，進入江蘇無錫國學館就讀，爲無錫國學專修館學生。先攻宋明理學，與王蘧常、吳其昌合稱爲唐文治的三大弟子〔註3〕。其後於無錫三年間發憤治小學，而及群經〔註4〕，由於治

〔註1〕《天壤閣甲骨文存》及《考釋》，民國二十八年輔仁大學出版。經由唐氏，簡擇其中百八十片，輯爲《天壤閣甲骨文存》，爲之編定流傳，民國二十八年三月十九日唐氏〈序〉中曾言該書中甲骨流傳之淵源。詳該書序文，頁1上-1下。本論文以下所引《天壤閣甲骨文存》及《考釋》，均引自該書，不另詳註。

〔註2〕作者自注此書在東北遭「九一八」事變，只隻身逃出，行囊盡失，現僅存殘稿不足二卷。《天壤閣甲骨文存考釋》，頁2上。

〔註3〕吳浩坤、潘悠：《中國甲骨學史》，頁381。唐文治，晚年定居無錫。1920年後長期主講無錫國學專修館，著作甚豐，無錫已建有唐文治紀念館。王蘧常，章草名家。歷任各大學及無錫國專教授；吳其昌，早年受業於唐文治，曾爲中國營造學社、北京考古學社、中國博物館協會、禹貢學會會員。著有《金文世族譜》、《金文曆朔疏證》等。

〔註4〕唐氏於《天壤閣甲骨文存‧序》，謂居無錫三年，成《說文注》四卷、《卦變發微》、《禮經注箋》、《考經鄭注正義》、《棟宇考》《閭閻考》各一卷，可見唐氏研究範圍之廣博。見該書序文，頁1下。

學根底札實，爲日後的研究，奠定了相當的基礎。

唐氏治小學初宗許書，後留意甲骨、金文之學，有感於中國文字字形變化與文字學理論之欠缺，而有欲寫出文字學七書的構想〔註5〕，唐氏有鑒於當時所出現各種不同時代的文字材料混亂，欲加以收羅整理，故將「每一系文字單獨研究，等獲到結果後，再合併起來組成全部的歷史。」〔註6〕而成《名始》，是以唐氏所研治的範圍實是全面性的中國文字，故其言：「余初治小學，崇宗許書，繼攻款識，漸生疑義，三十以後，始悟分類，由甲骨及商代彝銘，推見文字發生，由於圖畫，乃追溯原始，明其構造，蒐集歷史，通其變化，遂作《導論》，牠立條例。」〔註7〕《名始》中所用的系統與方法「大都是前人所沒有知道的，所以想把《名始》的體例寫出一部《古文字學導論》來放在最前面」〔註8〕，故以《古文字學導論》牠立條例。其後唐氏完成著作如：《殷虛文字記》、《古文字學導論》、《天壤閣甲骨文存》及《考釋》與數十篇的單篇論文，可謂爲唐氏最具代表性的著作，亦爲文字學七書理想的初步實現。

唐氏於一九三一年春赴瀋陽，對於此一時期，曾於《天壤閣甲骨文存・序》中回憶說：「金毓紱氏約余編《東北叢書》，高亨氏又約余講《尚書》於東北大

〔註5〕 唐蘭於《古文字學導論增訂本・自序》，指出該書爲其《古文字學七書》裡的一種，七書分別爲：《古文字學導論》、《殷虛甲骨文字研究》、《殷周古器文字研究》、《六國文字研究》、《秦漢文字研究》、《名始》、《說文解字箋正》，這是唐氏針對當時出現各種不同時代的材料，加以整理，故產生將每一系文字加以整理的新構想。見該書序文，頁1-18。

〔註6〕 唐蘭：《古文字學導論增訂本・自序》，頁3。

〔註7〕 唐蘭：《天壤閣甲骨文存・序》，頁3上。唐氏之謂《導論》，當爲《古文字學導論》一書之簡稱，是唐氏於北京大學教書時所用之講義，1934年手寫石印隨堂發給學生，並曾印一百部由來薰閣書店發行；1957年第二次印行，並作改動；1963年中央黨校歷史教研室翻印作爲教材影印，據初版影印，書前加印「武丁時期龜甲卜辭」及「克盨蓋銘文」圖版，書後加上作者〈第三版跋〉；1981年齊魯大學書社據初版影印，增訂本印行發行，後附作者1936年改訂本手稿，僅至「象形」而止，關於「三書」部分，未及修訂。改訂本後附有圖版，當爲其子唐復年所增。據唐蘭該書的〈序〉，謂此書爲唐氏《古文字學七書》中的一書，因欲採甲骨、金文、六國文字及秦篆作《名始》，以代《說文》，而以《古文字學導論》一書立其條例，故此書可謂爲《名始》一書的序例。以下本論文引述均據現行的增訂本，不另加詳註。

〔註8〕 唐蘭：《古文字學導論增訂本・自序》，頁3。

學。時重理許書，病其不足以範圍古文字，始用自然分類之法。」〔註9〕後「猝遭禍變。十月十八，浮海來歸〔註10〕，所攜書二篋，均卜辭彝銘，謂處窮可以著書也」〔註11〕。唐氏因著此次的旅居，得空閒「重輯《金文著錄表》，但成鐘鼎兩類。嘗編《商周古器物銘》，又作彝銘考釋十餘篇，爲古器物銘學彝均已付印，卒未成書」。「次季春，代顧頡剛氏講尚書彝於燕京、北京兩大學，秋後遂入北大講金文及古籍新證，旋又代董作寡氏講甲骨文字，而師範、輔仁、清華、中國諸大學亦相繼約余講古文字，兼及《詩》、《書》、《三禮》」〔註12〕，當時所編講義有《尚書研究》、《古籍新證》、《先秦文化史》等，惜均未能竟。

　　一九三六年受聘於故宮博物院，任專門委員。一九三九年取道香港、河內，轉輾至昆明，入西南聯合大學（北京大學）任中文系副教授，完成《殷盧文字記》〔註13〕、《古文字學導論》、《天壤閣甲骨文存》及《考釋》、《甲骨刻辭考釋》等專著〔註14〕，及〈獲白兕考〉、〈古樂器小記〉、〈周王㲃鐘考〉等各種論文數十篇。

二、一九四〇年間

　　一九四〇年起唐氏改任中文系教授，同時擔任北京大學文科研究所的導師。抗日戰爭勝利後，北京大學遷回北平。一九四六年途經重慶返平，在重慶第一次和通信來往達十數年之久的郭沫若晤面〔註15〕，到北平後繼續擔任北京

〔註 9〕唐蘭：《天壤閣甲骨文存・序》，頁 2 上。

〔註 10〕此處指九一八事變後返北平。

〔註 11〕唐蘭：《天壤閣甲骨文存・序》，頁 2 上。

〔註 12〕唐蘭：《天壤閣甲骨文存・序》，頁 2 上。

〔註 13〕《殷盧文字記》一書寫於 1934 年，唐氏在北京大學任教時所編寫的講義，由北京大學用手蹟石印。原擬力印二百部公開發行，然因盧溝橋事變而未印。1978 年中國社會科學院歷史、考古二研究所曾合作油印五百部。此書成之後，唐氏續有所見，曾做若干補充，以眉批記於書上，1966 年以前亦曾將部分改寫，然改寫部分已遺失。1981 年版只就舊黏及書眉批語重新編印，並重新校對謄寫，增加目錄、補正，及唐氏致沈兼士先生的一封信，並將唐氏在正文上後加的眉批去掉，另以說明的形式，集中印在書後，並增「引書簡稱表」（據其子唐復年的〈附記〉，頁 127）。本論文以下引自《殷盧文字記》者，均引自該書 1981 年 5 月，北京：中華書局，不另加詳註。

〔註 14〕據曾禮撰：〈唐蘭傳略〉，《中國當代社會科學家》第 3 輯，謂此書爲「北京大學藏品，未發表，已佚」，頁 235。

〔註 15〕據曾禮撰：〈唐蘭傳略〉，謂其二人於 1930 初即「互相通信進行學術交流，1934 年

大學教授。一九四七年起代理中文系主任。

三、一九五〇年至一九六〇年階級

一九五〇年起，唐氏致力於學習社會科學理論〔註16〕。在其晚年所寫的文章中包括古文字學、古代史、文字改革的理念、青銅器的起源與斷代等方面，都反映出來。值得一提的是唐氏未專學過外語，但由於學術研究之需要，通過自學的方式，粗通外國語言〔註17〕，正可反映出其學習的熱忱。

在中華人民共和國成立以後，唐氏仍在北京大學擔任教授兼中文系代理主任，並擔任教宮博物院設計員。一九五二年正式調至故宮博物院〔註18〕，直到一九六六年這一階段，著重研究青銅器、古代史和文字改革問題，發表多篇論文。〔註19〕

由於學術上的成就，一九五二年獲選爲中國歷史學會候補理事。一九五四年任中國科學院歷史研究所學術委員。在一九五六年受文化部委派訪問北歐的芬蘭和瑞典，並進行學術交流。在芬蘭訪問期間，並以《中國藝術的發展》爲題發表講演。一九五九年起任北京市第二、三屆政協委員。一九六一年選爲北

爲郭沫若《兩周金文辭大系》作序，嗣後仍書信往還，卻一直未見過面」，頁236。

〔註16〕此與當時整個社會環境有關，當時的學者無毋避免的閱讀了幾乎所有的馬列主義著作，並用以作爲社會科學理論的指導，如于省吾亦是。可參看杜迺松撰〈深切思念唐蘭先生〉一文中提及唐氏晚年特別注重學習馬列主義經典著作，在學術研究中運用歷史唯物主義觀點和方法，見《文物天地》1986年2期，頁3；又可參見唐蘭〈用青銅器銘文研究西周史〉一文中有言：「過去金文研究者往往著眼於一件器銘。不能用歷史唯物主義的觀點和方法對有關方作綜合的考察，是不能研究歷史的」，見《文物》1976年6期。及〈悼詞〉，《古文字研究》第2輯，頁2。

〔註17〕曾禮撰：〈唐蘭傳略〉，《中國當代社會科學家》第3輯，頁238有言對唐氏在自學俄文時，已年逾五十，其不畏艱難，日夜攻讀，甚至連走路、坐車的點滴時間也不放過，只一年多的時間，即可借助字典的幫助，閱讀俄文參考書。又可參見朱德熙〈紀念唐立厂先生〉，《古文字研究》第2輯，頁6。

〔註18〕其間唐氏先後擔任設計員、研究員、學術委員會主任、陳列部主任、美術史部主任、副院長等職，直到1966年。

〔註19〕包括有〈中國古代歷史上的年代問題〉、〈春秋戰國是封建割據時代〉、〈中國古代社會使用青銅農器問題的初步研究〉、〈西周銅器斷代中的『唐宮』問題〉等五十餘篇論文，以及《中國文字學續編》等論文。

京市歷史學會理事。一九六六年至一九七二年共六年的時間，唐氏未發表任何論文，至一九六九年後在幹校勞動期間，手邊無任何研究資料，仍致力於漢字改革的研究工作。〔註20〕

四、一九七〇年代期間

一九七〇年起是唐氏一生中最後一個階段，也是進行學術研究取得成就最高的階段。由於當時考古工作的發展，取得許多震撼世界性的發現，如長沙馬王唯帛書、臨沂銀雀山、江陵望山竹簡、西周青銅器、周原甲骨等相繼出土，這些重大的發現，使唐氏積極地進行研究，並以其數十年治古文字及經典的功力，參加整理工作，利用新的資料，結合古代文獻，運用科學方法研究發表一系列內容精湛、影響重大的學術論文，由所發表的文章看來，其參與研究的範圍可謂非常廣泛。〔註21〕

一九七二年對山西侯馬出土的盟書進行研究，發表〈侯馬出土晉國趙嘉之盟載書新釋〉。一九七三年以後，參加長沙馬王堆漢墓出土帛書、竹簡的研究整理工作。參加集體編寫《戰國縱橫家書》、《經法》、《春秋事語》、《導引圖》等的拼合、考釋工作，並撰有〈一號漢墓竹簡考釋〉、〈司馬遷所沒見過的珍貴史料〉、〈老子乙本卷前古佚書的研究〉、〈黃帝四經初探〉、〈卻谷食氣篇〉等論文，在提出和論證古籍所缺乏的資料方面，作出了一定程度的貢獻。一九七三年寫〈周昭王時代的青銅器銘刻〉〔註22〕，這是繼一九六二年〈西周銅器斷代中的『唐宮』問題〉之後的一篇重要論文，從而完成其有關於西銅器斷代的體系。

一九七六年，唐氏深感已年逾古稀，期望把畢生研究所得作一總結，曾在札記中寫道：「竭我餘生，傾筐倒篋，爲我國古代史與古代社會的研究作一些貢獻。」〔註23〕又曾在致友人信中說：「現在整理，不知能完全功否？但從另一角

〔註20〕曾禮撰：〈唐蘭傳略〉，《中國當代社會科學家》第 3 輯。即用唐氏創制的新拼音字抄寫當時流行的馬恩列斯語錄，爲以後擬定新的漢字改革方案創造了條件。頁 238-239。

〔註21〕黃沛榮：〈大陸儒林傳三──唐蘭〉，《國文天地》第 3 卷 9 期（總 33 期），頁 67。及朱德熙：〈紀念唐立厂先生〉，《古文字研究》第 2 輯，頁 7-8。

〔註22〕1979 年由其子唐復年先生根據唐氏 1973 年 3 月手稿整理，發表在《古文字研究》，第 2 輯，頁 12-162。

〔註23〕曾禮撰：〈唐蘭傳略〉，《中國當代社會科學家》第 3 輯，頁 239。

度說,現在才著手,也有好處,因我現在似乎水到渠成了,在過去整理,有些看法尚未成熟。」﹝註 24﹞至此先後寫《西周青銅器銘文分代史徵》、《殷文字綜述》、《切韻反語考》、《中國古伐的奴隸制國家》、《中華民族新文字(新華文)方案》等巨著。

一九七八年唐氏任第五屆全國政協委員,同年四月,訪問香港,在香港大學作專題講演,同年五月,他身患重病,仍不肯停止工作,直至逝世時,仍身在書房,手握書卷﹝註 25﹞。病中曾作詩言志,曰:「生與老病死相俱,忘我虛夸讀五車。槁木死灰談似易,心猿意馬幾能拘。刑天志在將干戚,倉頡獨傳號作書。華族終當邁現代,食芹常欲獻區區。」﹝註 26﹞表現出這位年近八旬的老學者對學術研究所懷抱的心志。

唐氏治學勤奮,態度嚴謹,勤於思考,並且善於運用科學方法,勇於創新。尤其對於不斷出土的資料,均加以考釋整理,把我國古代史、文字學、考古學的研究結合起來,這些成就更得力於其用功之勤謹,方能不斷提出新看法、新觀點。

貳、唐蘭的治學態度

由唐氏從一生從事教學和學術研究,為我國文化學術事業作出巨大的貢獻,皆與其治學態度,有深遠的關係:

一、勤奮嚴謹

(一)用功之勤

唐氏自幼時學習即十分勤奮,嘗聞年輕時,經常讀書至深夜即和衣而臥﹝註 27﹞,由習醫轉而改習小學後,「漸留意於款識之學,及讀孫詒讓之《古籀拾遺》及《名原》,見其分析偏旁,精密過於前人,大好之」﹝註 28﹞,並著有《古籀通釋》二卷、《款識文字考》一卷,後又從羅振玉、王國維諸大師游,

---

﹝註 24﹞ 曾禮撰:〈唐蘭傳略〉,《中國當代社會科學家》第 3 輯,頁 239-240。

﹝註 25﹞ 唐氏是由於心臟停止跳動而逝世,詳《古文字研究》第 2 輯中的一篇〈悼詞〉。在杜迺松所發表的〈深切思念唐蘭先生〉,《文物天地》1986 年 2 期,頁 2-3,該文對於唐氏氏持續於學術研究工作上的毅力,有詳盡的描述。

﹝註 26﹞ 曾禮撰:〈唐蘭傳略〉,《中國當代社會科學家》第 3 輯,頁 244。

﹝註 27﹞ 曾禮撰:〈唐蘭傳略〉,《中國當代社會科學家》第 3 輯,頁 233。

﹝註 28﹞ 唐蘭:《天壤閣甲骨文存・序》,頁 1 下。

「於時初知有甲骨文字，取羅氏所釋，依《說文》編次之，頗有訂正，馳書叩所疑，大獲稱許，且介之王國維氏，余每道出上海，必就王氏請益焉」〔註29〕。其認真學習的態度，常常向羅、王二人請益，並能從當時習小學的容庚、商承祚等人交游，得到羅、王二人稱許，故王國維曾稱許唐氏：「今世弱冠治古文字學者，余所得見四人焉，曰嘉興唐立庵友蘭……立庵孤學，於書無所不窺，嘗據古書古器以校《說文解字》。」〔註30〕對於唐氏當時用功之勤，可見一斑。故能有極大的成就。

唐氏家境貧寒，未上過正式大學，更無機會出國留學，完全依靠個人的努力，最終成為國內外知名的學者，探究其成功之道，不外乎立志與勤奮。在一九二七年致友人書中說：「立志宜高大，用功宜篤實。」並指出學習要掌握科學的方法，謂：「為學當有先後輕重，凡人為學，自有規矩法度，旁人固無以助其巧也。」並說：「治學須有本有末，根底不深，須先培其本。」又主張先要博學，打下深厚基礎，再深入研究，方有所得。對於學習步驟畏分清主次，循序漸進，「戒躐等，忌速成」，「故理之不可驟明者，置之，學之不可驟成者，徐之，明其易明，成其易成，積小以高大，下學而上達，積之既久，則何所不通？何所不明？豈有他謬巧哉，亦曰誠與恒而已耳。苟誠與恒，日知其所亡，月無忘其所能，切之，蹉之，琢之，磨之，何患之不成？何患乎不精？」〔註31〕唐氏這段「夫子自道」的話，將其身認真學習的精神，表露無遺。

（二）治學嚴謹

唐氏治學態度嚴謹，其後學杜迺松有一段記載，謂：「一九七七年出差途經洛陽，專門下車考察龍山文化陶器。先生不斷詢問某些器物出土的情況，他那一絲不苟，認真的態度，使在場同志受到很大教育。」〔註32〕唐氏由幼年所養成的學習態度，深深影響一生學問的成果，亦造就其學術成就，故終其一生而能多所創見，直至辭世為止，保持著高度的學習態度。

〔註29〕唐蘭：《天壤閣甲骨文存·序》，頁1下。

〔註30〕王國維氏於 1923 年為商承祚之《殷虛文字類編》的序，詳《王觀堂先生全集》，第4冊，頁1400。

〔註31〕以上唐氏所言均引自曾禮撰：〈唐蘭傳略〉，《中國當代社會科學家》第3輯，頁234。

〔註32〕杜迺松：〈深切思念唐蘭先生〉，《文物天地》1986年2期，頁3。

　　唐氏治學方法亦極嚴謹，每考慮一個問題，都要反復思考，不輕易下筆，其謂：「至於一篇既竣，不敢輕出，反復詳審，或經數載，猶未刊定。以是心有所得，大抵未筆於書，而筆於書者，又多未公於世。志學以來，所欲論述著甚多，今垂衰老，惟古文字與秦以前歷史文化，稍具體系，然心意雖有開悟，下筆轉更艱鈍，單一短文，或且浹旬經月。」〔註33〕

　　在《古文字學導論》一書中，亦可觀察到唐氏考釋古文字的嚴謹態度：「把一個確實可信的字所根據的材料蒐集一起，附上解釋，往往要費兩三天的工夫，要全部寫定，至少也得有三、四年的閒歲月……再則材料也真不易收集……中央研究院發掘所得，除了已發表的小部分外……局外人無從得見……這幾部很豐富的收藏，不能完全寓目，驟然寫定，也總是遺憾。」〔註34〕

　　這種嚴謹的態度，亦可在唐氏的論文中看到，如在〈蔑曆新詁〉中說：「我對蔑曆一語，往來心目中，將五十年了，未敢輕於下筆。」〔註35〕足見其嚴謹的治學風範。於《殷虛文字記・序》又謂：「考據之術，不貴貪多矜異，而貴於真確。所得苟真確，雖極微碎，積久自必貫通。不真不確而但求新異，雖多奚以為。」〔註36〕考釋古文字，「必析其偏旁，稽其歷史，務得其實，不敢恣為新奇謬悠之說。十數年來，略能貫其條例，所釋漸多，然猶兢兢不敢驟以示人」〔註37〕，在該〈序〉文中指出研究古文字考釋之難，研究學者必須根柢深厚，積力久，方法正確，且態度嚴謹，在考釋的方法上析其偏旁，稽其歷史，諧其辭例，明其訓詁，通其音，並考之地下文物、歷史之傳說，亦正見唐氏治學之嚴謹。

　　於〈論周昭王時代的青銅器銘刻〉一文中謂：「我不願趨於保守，敢於把這部分的研究公開發表，就是希望許多同志共同來研究，使得這樣的鉅大工作能夠早一些完成。」〔註38〕見其治學嚴謹，且又具開放性之治學態度。

　　觀前述可以知道，唐氏對於研究古文字學的態度是勇於創新，敢於衝出框框，並對學術界不同的觀點，堅持「百花齊放」，「百家爭鳴」的研究方針，而

〔註33〕唐蘭：《天壤閣甲骨文存・序》，頁2下。

〔註34〕唐蘭：《古文字學導論增訂本》，頁5。

〔註35〕唐蘭：〈蔑曆新詁〉，《文物》1997年5期，頁42。

〔註36〕唐蘭：《殷虛文字記・序》，頁1。

〔註37〕唐蘭：《殷虛文字記・序》，頁1。

〔註38〕唐蘭：〈論周昭王時代的青銅器銘刻〉，《古文字研究》第2輯，頁139。

能開誠佈公，心平氣和地進行探究。〔註39〕

這種嚴謹的治學態度，在《古文字學導論》中又立「研究古文字的戒律」六點：戒硬充內行，戒廢棄根本，戒任意猜測，戒苟且浮躁，戒偏守固執，戒駁雜糾纏〔註40〕。一方面為當時研究學者呈現的猜謎風氣建立戒律，一方面正可說明唐氏治學的態度，及其影響的深遠。〔註41〕

二、研治範圍廣博

唐氏一生著述甚豐，先後寫出文字學、文字改革、聲韻學、青銅器、古代史等各方面的論著〔註42〕，其著作創見極多，至今仍不失為學術研究的精華。同時在學術界研究中所涉及的領域亦十分廣闊，與其才華橫溢、興趣廣泛是名實相符的。唐氏的興趣廣泛，除研治小學之外，又兼能廣博學習，其謂：「居津凡七年。初以羅氏之屬校《本艸經》，屬稿僅半年，以故輟業擬輯諸緯及古小學書，校補《全上古三代秦漢六朝文》，訂正《殷虛文字類編》，均未成。居停周學淵氏工詩詞，余亦好之，日從諸詞客遊宴酬唱，稍廢考證，僅為〈白石道人歌曲旁譜考〉一文，又擬為〈唐宋燕樂曲考〉，亦未成。其後又好讀程朱之書，更泛覽譯籍與近人新著，所好彌廣矣。」〔註43〕又謂：「余嗜欲既廣，易為環境所牽轉，往往削稿未半，已別肇端緒。又好為長篇鉅製，而多無成功。」〔註44〕

此外唐氏晚年對山西侯馬盟書、長沙馬王堆出土的帛書、竹簡進行研究，亦陸續發表二十多篇論文。唐氏興趣廣泛，多所涉獵，正印證王國維先生對唐氏「於書無所不窺」的稱許〔註45〕，所惜當時之撰作文論均未能完成。〔註46〕

〔註39〕唐蘭：〈悼詞〉，《古文字研究》第 2 輯，頁 2。

〔註40〕唐蘭：《古文字學導論增訂本》，頁 270-275。

〔註41〕唐蘭於《古文字學導論增訂本》中立古文字研究所應遵循的六條戒律，李學勤於《古文字學初階》，頁 77-84，及馬如森《殷墟甲骨文引論》，頁 252-254，均再次提及唐氏所立的古文字研究六戒律，在九十年代的今天看唐氏早年所提出的研究古文字戒律，仍是值得共同遵循的，其影響深遠，可見一斑。

〔註42〕唐蘭：唐氏著述可參看附錄「唐蘭著述目錄編年」。

〔註43〕唐蘭：《天壤閣甲骨文存・序》，頁 1 下-頁 2 上。

〔註44〕唐蘭：《天壤閣甲骨文存・序》，頁 2 下。

〔註45〕王國維氏於 1923 年為商承祚之《殷虛文字類編》的序，見《王觀堂先生全集》第 4 冊，頁 1400。

三、注重研究方法和理論

唐氏在整個學術理念中，最重整體的科學性，故重視理論與方法。這在《古文字學導論》一書的〈自序〉中，尤可窺得，即便在其他論著之中，亦一再提及。也由於看見當時種種研究風氣，造成古文字研究中的混亂，決定制訂標準，開闢新的學科研究途徑，故其研究學術，極少人云亦云，而多所發明創見〔註47〕，對古文字研究的理論和標準，多有創立。

特別是在研究古文字學領域中，勇於針對秦漢以來傳統的六書，提出質疑，並提出象形、象意、形聲三書說，在文字學史上，為一大突破。另外在古文字研究領域中，歷來極少為學者們所注意到的，唐氏將古文字分成為四系，即殷商系、西周系、六國系、秦系，對日後古文字學研究，極有所啓示。再者唐氏重視考釋文字的方法論〔註48〕，並提出考釋古文字的四個方法：對照法（或比較法）、推勘法、偏旁分析法及歷史考證法，用以考釋古文字，至今學者考釋古文字仍多所遵循。

晚年，對出土重要青銅器的銘文考證和斷代，做了卓越的貢獻，特別強調要將銅器做綜合性的考察，並且與歷史的研究相結合的觀點，在〈論周昭王時代的青銅器銘刻〉一文中〔註49〕，更是以全面性、綜合性的研究方法，探討青銅器銘文的斷代，其後的《西周青銅器銘文分代史徵》，可說是在以前文所提的方法論為基礎上發展而來的。而唐氏將考古新發現和古文獻記載，以及我國古代社會的歷史等方面，加以繫聯起來的研究方法，對於我國學術的研究，無疑具有積極的意義，亦開創出一個新的研究方向。〔註50〕

唐氏研究的方向，始終是堅持建立一完整的科學系統，提出完整的理論、方法，並結合古文字之考釋，為青銅器銘文做斷代，而能有所成，皆是重視研

〔註46〕 唐氏由於興趣廣泛，著述極豐，然其中有很多是沒有完篇的，如《殷虛文字綜述》和《西周青銅器銘文分代史徵》兩部大書，對後人而言，是極大的憾事，見朱德熙：〈紀念唐立厂先生〉，《古文字研究》第2輯，頁8。

〔註47〕 杜迺松：〈深切思念唐蘭先生〉，《文物天地》1986年第2期，頁2，及〈悼詞〉，《古文字研究》第2輯，頁2。

〔註48〕 朱德熙：〈紀念唐立厂先生〉，《古文字研究》第2輯，頁5。

〔註49〕 唐蘭：〈論周昭王時代的青銅器銘刻〉，《古文字研究》第2輯，頁12-141。

〔註50〕 曾禮撰：〈唐蘭傳略〉，《中國當代社會科學家》第3輯，頁243。

究方法和理論的。

　　由唐氏對學術的研究態度，用功勤謹，又能勇於創新，重視研究方法、理論和實踐，故能有所得，且治學範圍廣泛，而多所涉獵，然正因此，故有若干重要著作，皆未來得及完成，實是學術研究的一大缺憾。

第三節　唐蘭學術研究成果

　　唐氏對古文字的研究，有著明確的目的，謂：「要把文字學革新，成為真正的科學，那麼，最要的是古文字的研究，所以，為文字學而研究古文字，才是學者所應認清的主要的目的。」〔註51〕為達此理想，唐氏建立了完整的理論與科學的方法。

壹、文字學構造理論

　　唐氏於研究學術領域上，多所創獲，極多發明創見。並對秦漢以來傳統的六書加以質疑、批評，認為應再尋找出更為合適、精密的文字學理論，而提出三書、六技的理論。〔註52〕

一、中國文字學範圍的重新釐訂

　　唐氏在掌握新資料，繼承前人研究成果的基礎上，建立創新的理論，釐清文字學與聲韻學、訓詁學之關係，使之相分離，並就文字形體結構上來研究文字，使文字學成為一門獨立發展的學科，是具重大作用的。而唐氏《中國文字學》一書，被稱為形體派研究的重要轉變，亦代表形體派科學理論體系的形成〔註53〕，而其重要意義，即在於將古文字學（文字學的重要組成部分）徹底解放出來，成為一門獨立的學科，使之沿著自己的研究方向健康地發展。

〔註51〕唐蘭：《古文字學導論增訂本》，頁137。

〔註52〕唐蘭：《古文字學導論增訂本》，頁83-124。及《中國文字學》，頁75-108。可參看本論文第二章的論述。

〔註53〕陳秉新、黃德寬：《漢語文字學史》，頁316-330。所謂形體派，該書以為近代文字學理論的研究進入到建立，科學體系的新階段，相關著作大多注重理論的系統性與科學性，反映了文字學理論的進展，並由內容與理論分為三類型：一、綜合派，從字形、字音與字義三方面來構思、綜合研究的；二、形義派，從字形與字義兩方面建立系統的；三、形體派、強調字形結構研究的。

二、文字構成——三書六技理論

關於文字的構成，通過對甲骨文字的綜合分析、研究，在系統地論述傳統六書之不足後，提出新的系統——三書說，即形符（象形）文字、意符（象意）文字、聲符（形聲）文字，以括盡所有的我國文字，突破歷來為人們奉為圭臬的六書體系。在文字構成理論的探討方面，開啟一條新路徑，在文字的構成，提出象意文字聲音化，轉變為聲化字，是形聲字構成的主畏途徑這一觀點，對學術界的影響也較大。並立分化、引申、假借、孳乳、轉注與緟益為六技，以說明古今文字的構成的過程，為一重大突破性的創見。

三、古文字四系

唐氏將古文字分為四系，即殷商文字、兩周文字、六國文字、秦系文字等，六國文字在古文字研究領域中，歷來較不為學者所注目，經唐氏之提出，對六國系文字的研究，極具有啟發性〔註54〕。又對於文字的發展，從殷商、兩周、六國各時代的古文字，以及秦漢以來的篆、隸、楷書、飛白以至於草書（章草、今草、狂草）、行書，下迄刻書體、簡體字等的源流與起點，立論深切詳明。

貳、考釋古文字的方法理論

唐氏為建立一完整古文字學的學術體系，所以致力於建立一科學的方法考釋古文字，最終的結果是建立一具有科學體系的古文字學。通過對甲骨文字研究經驗的總結中，提出怎樣認識古文字的一重要課題〔註55〕，並在繼承和發展孫詒讓的偏旁分析法的基礎上，提出完整的理論和縝密的研究方法，認為在考釋文字前，宜先辨明字體，並要掌握文字形體演變的規律，唯有在完全辨別清楚之後，才能進行考釋古文字。

在學習和總結了前人所取得的結果，制定古文字研究的標準，開闢新途徑，提出科學的研究方法，即對照法、推勘法、偏旁分析法和歷史考證法，唐氏這種建立科學的考釋古文字方法，引導著學者臻至正途，使古文字研究擺脫過去猜謎射覆式的主觀臆想，走上科學的軌道。

〔註54〕杜廼松：〈深切思念唐蘭先生〉，《文物天地》1986 年 2 期，頁 2。

〔註55〕唐蘭：《古文字學導論增訂本》，頁 155-269。

參、聲韻學研究的成果

一、對聲韻學的考證方面

唐氏對於音韻學亦有極深的造詣，曾撰〈反語起源考〉、〈切韻反語考〉、〈韻英考〉、〈論唐末以前韻學家所謂輕重與清濁〉等一系列論文〔註56〕。一九四八年爲故宮博物院影印唐王仁煦《刊謬補缺切韻》作跋，論述王本《切韻》的年代，並提出「宮、商、角、徵、羽實爲韻部。宮者東冬、商者陽唐，角者蕭宵，徵者咍灰，羽者魚虞。……創始者粗疏，故但列五部耳」。在〈致陳寅恪書〉中指出了切韻爲唐以前之標準語音，而非秦音、吳音的觀點，謂：「……以爲顏之推、蕭該、陸法言所用之語言，乃當時士族間之通語，而切韻又斟酌古今南北，捃選精切，除削疏緩，爲韻學家嚴格審定之標準語言。」又廣徵博引，論述「音有楚夏」，乃泛指方言，進一步證實切韻乃雅音與諸方言之綜合觀點。〔註57〕

二、以音求字

文字本具形、音、義三部分，研究文字，考釋古文字不可僅據一方，必須全面考量文字的形、音、義。考唐氏將傳統以來文字學範圍析分爲文字學、聲韻學、訓詁學三項，將文字學的範圍限於形體方面〔註58〕，在所提出的古文字研究之四個途徑，主要在以文字形體上的變化作爲考釋文字的依據。可見其在研究古文字方面，並未忽視聲韻學所起的作用與助益。〔註59〕

肆、青銅器銘文斷代的研究成果

唐氏對青銅器名物的考訂，銘文的詮釋，紋飾的分析，及斷代的研究等，均結合歷史文獻的研究，呈現出創造性的成績。一九三三年所寫〈古樂器小記〉對古代青銅樂器的名稱、用途、制度等詳加考證。一九三六年發表的〈周王𩵥

〔註56〕曾禮撰〈唐蘭傳略〉，《中國當代社會科學家》第 3 輯，頁 237，謂原稿已佚，1976 年後重寫，未完稿。可參看蘭著述目錄編年附錄。

〔註57〕此上資料據曾禮撰：〈唐蘭傳略〉，《中國當代社會科學家》第 3 輯，頁 237，據此文附錄謂尚未發表，待整理的論著中，〈致陳寅恪書〉未發表，今論述均取自曾禮所述。

〔註58〕唐蘭：《中國文字學》，頁 5。

〔註59〕於唐氏考釋文字之兩部代表著：《天壤閣甲骨文存考釋》與《殷虛文字記》中可歸納出唐氏借用聲韻學知識以考釋古文字者，可參看本論文第三章有關唐氏考釋方法。

鐘考〉考證歷史上著名的重器宗周鐘爲周厲王時器，已爲定論〔註60〕。唐氏在青銅器銘文考釋方面的論文比較多〔註61〕，對金文字形的辨認，詞匯的涵義，都有甚爲精到的見解。

在青銅器銘文斷代研究上，考定相關青銅器所見之「康宮」爲周唐王之宗廟，從而系聯出銘文內相關聯的資料，使銅器銘文斷代研究，進入另一個階段。特別是提出㲃鐘裡的「逆邵王」一詞之邵字，作爲見之義，而非以往學者所定昭寫，「㲃其萬年」的㲃爲胡字，是周厲王之名。在〈論周昭王時代的青銅器銘刻〉基礎上，所編寫之《西周青銅器銘文分代史徵》〔註62〕，進一步完成斷代體系方面的研究。就完成部分而言，提出下列幾個觀點：康宮是康王之宮，也就是周康王的宗廟；王姜是周昭王后，非武王、成王后；用銅器銘文補充古籍中所欠缺西周前歷史的記載，如：周公東征，成王遷成周，燕國早期的歷史，將西周青銅器的研究，推進更深的研究領域。

唐氏是我國著名的歷史學家。對夏、商、周積年的推算與古代史分期亦有其見解。在這方面發表的論文，還有：〈關懷商代社會性質的討論〉、〈論用人與作俑的關係〉、〈懷念毛公鼎、散氏盤和宗周鐘——兼論西周的社會性質〉等〔註63〕。對山東大汶口文化的研究，結合古文獻的記載，提出大汶口文化即少昊文化，深入探討了我國文明史的起源和奴隸社會的發展，此一觀點並引起學術界廣泛的討論。

〔註60〕1978 年在陝西扶風出土的厲王㲃簋的出土，發表於 1979 年第 4 期《文物》，頁 89，〈陝西扶風發現西周厲王㲃簋〉一文，爲唐氏的結論提供新的證據，可參本論文第三章有關銅器斷代。

〔註61〕如〈趙孟𠂤壺跋〉、〈冠尊銘文解釋〉、〈史𪓥簋銘文考釋〉、〈利簋銘文考釋〉、〈五省出土重要文物展覽圖錄序言〉、〈陝西省博物館藏青銅器圖錄序〉等文章。諸文已於 1995 年由故宮博物院集結爲《唐蘭先生金文論集》。關於唐氏所論述可參看本論文附錄「唐蘭著述目錄編年」。

〔註62〕唐氏之《西周青銅器銘文分代史徵》一書未完稿，僅寫成武王、周公、成王、康王、昭王、穆王五卷初稿，其子唐復年先生據以整理發表，並增加兩個附件，1986 年由北京中華書局印行。〈論周昭王時代的青銅器銘刻〉一文，載《古文字研究》第 2 輯，頁 12-162。

〔註63〕有關論文，可見本論文附錄「唐蘭著述目錄編年」。

伍、應用古文字學

一、文字改革方面

唐氏對於文字改革亦極重視，在《古文字學導論》中專立「應用古文字學」一章，其中第一即討論「研究古文字和創造新文字」間的關係，其後唐氏晚年即從事文字改革工作。對中國文字的改革，認爲其主要的研究在於如何漢字走向世界各國共同的拼音方向，同時也吸收其他好的經驗，將文字改造成爲現代化的統一文字。〔註64〕

又根據我國文字在歷史上的發展變化及特點爲方塊形、單音節，認爲中國文字，應當走、也必然要走拼音化的道路〔註65〕，具體辦法是以通俗簡化字代替原有較爲復雜的繁體字，這也可稱之爲過渡階段；進而採用具有明顯的民族特點的拼音字母，結合原有筆劃比較簡單的漢字（基本漢字）以組成新文字。

唐氏此一改革文字的見解，終生矢志奉行，明顯之事例，即展現在一九七八年病重期間，仍持續此項工作〔註66〕，可見其於改革文字上的用心程度。

二、古文字字彙的編排

唐氏於《天壤閣甲骨文存》一書的序文中，寫道：「二十年春，東游遼、瀋……時重理許書，病其不足以範圍古文字，始用自然分類之法，擬作《名始》。」但細節如何，未加論述。關於唐氏之自然分類法理論，在《古文字學導論》一書中有「應用古文字學」，論「古文字的分類——自然分類法和古文字字彙的編輯」

〔註64〕 唐蘭：〈文字學規畫初步設想〉，《中國語文》1978 年第 2 期，頁 90，其中對文字學所規劃撰寫的五十五本書中，即擬撰寫《漢字改革的研究》，主要在於使中國文字走向拼音方向。

〔註65〕 唐蘭：〈文字學規畫初步設想〉，《中國語文》1978 年第 2 期，頁 88-90。

〔註66〕 唐氏對文字的改革，先後擬定過七個方案，其中直至逝世前不久的最後一個方案，可把文字總數限制在三千字左右（尚缺三千字總表）。如果使用這種新拼音字，一般文章中的出現率僅爲千分之五左右，最高不超過百分之五。有利於教學和電子計算機的應用，宜於普及。但原計畫在 1979 年的 10 月 1 日完成新文字拼音方案，作爲建國三十周年的獻禮，然未能全部完成，即去世，極爲遺憾。據曾禮撰：〈唐蘭傳略〉，《中國當代社會科學家》第 3 輯，頁 242，謂此即《中華民族新文字（新華文）方案》。〈悼詞〉，《古文字研究》第 2 輯，頁 1。

〔註67〕，主張在編次古文字字書時，放棄以《說文》始一終亥的方式來排比古文字，立自然分類法，完全依據文字的形式分類，把文字的整部歷史以最為合理的方式編次出來，對日後考釋古文字、整理與編輯出土日豐的古文字資料而言，具有極大的創見〔註68〕，其著《天壤閣甲骨文存》檢字，即是這種自然分類法的實踐。

陳夢家稱許唐氏：「對古文字形體的研究，對於古代經典的研究，為時甚久而極有見解。」並且能「總結卜辭研究」而「以創造字學條例自居」〔註69〕，而唐氏自許「卜辭研究，自雪堂導夫先路，觀堂繼以考史，彥堂區其時代，鼎堂發其辭例」之後〔註70〕，作《古文字學導論》立文字學的條例，並藉考釋古文字以「尋考史實，鉤稽文化」〔註71〕，故可謂為在孫詒讓之後，利用偏旁分析法尋求古文字的辨認最勤、而且最有成績的第一人。〔註72〕

由以上論述，可知唐氏的古文字學研究中，首重科學的理論和方法，亦完全顯露在其所研治成績上，而能得到極大的成果。故近人在論及甲骨學的發展時，往往推羅振玉、王國維為奠基人，談到科學古文字學的建立，則以唐蘭、于省吾奠定科學古文字學的基礎〔註73〕，而唐氏奠定古文字學理論之基礎，開闢文字學的新里程，其功甚鉅。

〔註67〕唐蘭：《古文字學導論增訂本》，頁 275-287。

〔註68〕關於《殷虛文字綜述》尚未發表，仍待整理，參本論文附錄「唐蘭著述目錄編年」。唐氏在《殷虛文字綜述》的手稿中，即運用科學的研究方法，以及新出土的資料，加以其深厚的文獻根底和淵博的學識，對 1965 年版《甲骨文編》進行重新隸定和考釋，並按照所提出的「自然分類法」，對甲骨文重新作分類，在這部手稿中，除肯定一些大家已公認的甲骨文字外，可識的字數增加到兩千字以上，在古文字的研究成就上取得巨大的成就。詳曾禮撰：〈唐蘭傳略〉，《中國當代社會科學家》第 3 輯，頁 240。

〔註69〕陳夢家：《殷虛卜辭綜述》，頁 69。

〔註70〕唐蘭：《天壤閣甲骨文存・序》，頁 2 下。

〔註71〕唐蘭：《天壤閣甲骨文存・序》，頁 3 上。

〔註72〕王明閣：《甲骨學初論》，頁 35。

〔註73〕黃德寬、陳秉新：《漢語文字學史》，頁 186，及頁 192。

第二章　唐蘭的文字學理論

第一節　通　論

自來言文字學者，無不言六書；在第一章第三節已論及唐氏所提出六書說的檢討，並提出三書、六技之說。本章即就唐氏《古文字學導論》〔註1〕、《中國文字學》二書評六書、標舉之三書、六技，探索其對中國文字構造理論的說解。

壹、文字學範圍的劃分

唐氏的三書說理論，乃源出於其整個學術骷系及學術思想，探論唐氏三書理論的提出，應從其學術體系入手。對於唐氏有關古文字學理論的基礎，可由其明確的範圍著手，重新檢視中國文字學的範圍。中國文字具有三部分，即字形、字音與字義，漢代時期小學剛剛發展，三者區分並不是很明顯，所謂形、

〔註1〕《古文字學導論增訂本》原是唐氏在北京大學的教學講義，1934 年手寫石印，1936 年唐氏又作了改訂本，惜未竟而中綴。1963 年再版，現行的是山東齊魯書社 1981 年 1 月的版本，其中將未寫完的改訂本一併收入其中，本論文以下所提及引用《古文字學導論增訂本》一書均從此一版本。唐氏在《古文字學導論》中論述到文字的構成，提出三書說，在《中國文字學》中，亦論及三書說，與《古文字學導論》具有相同的體系，本論文擬從唐氏的古文字學做一深入研究，對於唐氏於《中國文字學》所論有關隸書以下的文字，則暫不予討論。

音、義三部分，音的部分獨立得很早，漢末的反語，魏晉的韻學，齊梁的四聲，唐末的四等，元明以後的今韻學，以及宋人始創而清代學者研究頗富成果的古韻學等，在在顯示出其已是一專門的學科。

傳統的文字學始終在許慎《說文》的體系下，以文字個體爲分析對象，依據於經學，並以明經致用爲目的，使文字學未能建立起一科學的理論體系。至清末，甲骨文的發現，才推動古文字學的發展，並開始文字學理論體系的構建及漢字基本理論的研究。〔註2〕

在黃德寬與陳秉新合著的《漢語文字學史》一書中〔註3〕，將近百年來出版的文字學理論著作，由內容和理論，分爲三類〔註4〕：一是綜合派，由字形、字音和字義三方面來構思，綜合研究文字形音義三端的；二是形義派，從字形與字義兩方面建立系統；三是形體派，強調漢字形體結構的研究。由於研究對象而構成其體系，範圍不包括音韻及訓詁。大體上其發展又可分爲前後兩大階段，前期側重探討漢字的演變及結構，在敘述漢字形體演變時，都能將甲骨、金文與古籀篆隸行草等書體相貫通，析分結構，大都遵循六書條分縷析，力求細密〔註5〕，主要是「將訓詁從文字學中分離出去，以形體演變和六書作爲基本框架，或兼論文字之起源」。〔註6〕

至三十年代，唐蘭於《古文字學導論》一書中，首先將文字學的範圍限定於研究文字的字形，至一九四九年所寫《中國文字學》闡述文字學的特點、範圍、歷史和文字的發生、構成、發展，建立起文字學的科學體系。也認爲文字學本來就是字形學，不應包括訓詁和聲韻〔註7〕。故唐氏《中國文字學》可謂爲代表了形體派的重要轉變，標識著形體派科學文字學理論體系的形成〔註8〕，故胡樸安於一九三七年《中國文字學史》中也把文字學的研究範圍限定在以字形爲主的範

〔註2〕黃德寬・陳秉新：《漢語文字學史》，頁310。

〔註3〕黃德寬・陳秉新：《漢語文字學史》，頁310。

〔註4〕黃德寬・陳秉新：《漢語文字學史》，頁316。

〔註5〕如顧實《中國文字學》將會意分正變二例，正例下又分兩大類、八小類、二十二種，變例下又分三大類、六小類等。

〔註6〕黃德寬・陳秉新：《漢語文字學史》，頁325。

〔註7〕唐蘭：《中國文字學》，頁6。

〔註8〕黃德寬・陳秉新：《漢語文字學史》，頁325。

疇。〔註9〕

　　所以唐氏將文字學研究範圍重新界定在「字形」上，讓訓詁學獨立，研究對象限於形體一隅，界定文字學就是字形學，而不包括訓詁和聲韻兩部分，而成爲唐氏文字學中一重要的基礎。

　　此亦爲唐氏《中國文字學》中對「文字學」一詞的明確定義，說：「文字學研究的對象，只限於形體，我不但不想把音韻學找回來，實際上，還得把訓詁學送出去。」〔註10〕是以唐氏論文字學的範圍，僅限於文字的形體，主張將傳統文字學中的文字、聲韻及訓詁析分開來。脫離往昔傳統學者把聲韻學與訓詁學包括在內的範圍，故於其書中文字學理論的根基，是針對所認定的文字字形上出發，對目前可見得到的甲骨金文，及歷代文字的變化方面，著筆加以論述。

貳、古文字學範圍的重新釐定

　　除對文字學的範圍重新定訂外，唐氏亦重新訂定對古文字學的範圍。於《古文字學導論》一書中首先訂定古文字學討論的範圍，主張以文字學的眼光看來，「從隸書到今隸，雖略有異同，總是一脈相承，而小篆卻早已不是通行的文字」〔註11〕，所以認爲小篆應包括在古文字的範圍之中，稱之爲「近古文字」〔註12〕。重新將古文字學的範圍定訂在小篆及包括小篆以前的文字範圍內。

　　是以唐氏在所創立的新文字學研究的範圍，以文字學做爲起原，一直到現代的楷書或俗字、簡字的歷史，但其中唐氏以爲最重要的，卻只是小篆以前的古文字。

參、古文字學的應用

　　文字學理論研究之最終目的，乃在於實際的應用方面，故唐氏於《古文字學導論》下編深入探討「應用古文字學」，研究古文字的分類及字彙的編輯，及創新文字，在《中國文字學》一書中對文字的改革，及其他單篇論文中〔註13〕，

〔註 9〕胡樸安：《中國文字學史》，頁8。

〔註10〕唐蘭：《中國文字學》，頁5。

〔註11〕唐蘭：《古文字學導論增訂本》，頁31。今隸指的是楷書或眞書。

〔註12〕唐蘭：《古文字學導論增訂本》，頁32。

〔註13〕唐氏於《中國文字學》一書中論所謂「新文字」，頁187-192，包括注音字、拼音字、新形聲字與新漢字，其中即有多處論及文字改革部分。關於唐氏其他論文及文字改

均多所論及，對當時文字研究所提出的見解及其對文字改革的看法，均可窺見。故唐氏由改革的角度，對傳統以來的六書理論，及當時古文字的研究情形，加以檢討並提出其文字學理論。

由《古文字學導論》及《中國文字學》二書，可知是唐氏在掌握新資料和繼承前人研究成果的基礎上，建立一創新理論，是具有科學研究方法的文字學體系，也是由於唐氏對古文字的研究，有著明確的目的，認爲要把文字學革新，成爲眞正的科學，其主要目的，是「爲文字學而研究古文字」，進而改革文字，創新文字，爲了達到這一目的，唐氏建立了完整的理論與科學的研究方法。其特點有二：一是就理論而言，立三書理論以括盡中國文字，並提出六技，作爲歸納文字演變的方法，並對文字的構成提出全新的認識；二是就實際釋字而言，立一完整的考釋方法，對一系列有緊密聯繫的一族字，進行全面地研究之後，從而找出字與字之間的內在關係，往往能夠在對一個字有認識之後，與其相關聯的字皆可迎刃而解，即是以科學的方法進行研究，而得到釋字的例證。

故唐氏對文字學的立論是在於文字的字形方面而來的，於有關文字學的著作中，如《古文字學導論》及《中國文字學》，所提出兩個較主要且具有開創性的看法，即爲研究古文字的四個方法和三書六技，再歸結爲應用古文字學，包括古文字的分類與漢字的改革等兩大課題，圖示如下：

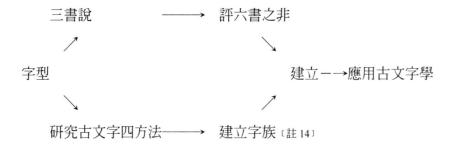

革之單篇論文，可參看附錄唐蘭著述目錄編年中多篇論及漢字改革之論文。

〔註14〕所謂字族，唐氏雖未明言建立字族，然而透過唐氏倡以偏旁分析法，對從凸及從斤偏旁的古文字的考證，及《殷虛文字記》一書中的研究成果，可知唐氏對古文字研究、考釋，即在於建立「字族」。所謂字族，在《中國大百科全書》中以爲漢字在歷史發展中所增衍的，主要是形聲字，而表音兼表義的，歸在一起，稱爲字族。但若只起表音作用的，不在其內。如工、功、攻具攻治之義，這種說法，殆錢大昕「凡從某聲多有某義」的條例。詳中國大百科全書編輯委員會語言文字編輯委

肆、唐蘭三書說的根基

　　唐氏三書說的根基即爲《古文字學導論》一書中所概括出的「一說二系統」〔註 15〕，一說即爲三書說，以三書說通過二系統表現而來，此二系統，即古文字演變系統和古文字材料系統，故三書爲《古文字學導論》一書中的靈魂，也可說是古文字演變方面和古文字材料分類的具體運用〔註 16〕，也就是以三書爲主軸，貫穿古文字演變系統及古文字材料系統，並且以這兩個系統作爲三書說的基本理論，以下分別就石文字演變系統及古文字材料系統加以說明。

一、古文字演變系統

　　唐氏在分析大量古文字材料的基礎上，構擬出上古文字演變系統，認爲由原始文字演化爲近代文字的過程有三時期：由繪畫到象形文字的完成是原始期，由象意文字的興起到完成是上古期，由形聲文字的興起到完成是近古期〔註17〕，至近古期，已多爲形聲文字，而在近古期裡，時代愈早者，象形、象意的文字愈多，而形聲字較少。

　　在上古期，文字源於圖畫，狀寫實物的文字是象形字。象形文字通過三種方法——分化、引申、假借產生演變〔註 18〕。第一種方法是形體的分化，凡把物形更換位置、改易形態或單體爲複體的文字，都是象意。第二種方法是意義的引申，凡將意義加以引申而得的新義，就是象語。第三種方法是聲音的假借，凡借用來的字聲，就是象聲。同樣，象意字也通過分化、引申、假借三種方法繼續演變下去。

　　由於受物體形象的拘束，象形字和象意字的發展有限，繼而產生形聲字。形聲字就是通過孳乳、轉注、縺益這三條路徑產生出來的。

　　　員會：《中國大百科全書》，頁 552。

〔註15〕此爲姜寶昌發表〈嚴密的系統，科學的方法〉一文中所論，見《中國語文研究》第 4 期，頁 56，古文字演變詳唐蘭《古文字學導論增訂本》，頁 83-87，古文字材料詳《古文字學導論增訂本》，頁 32-36。

〔註16〕姜寶昌：〈嚴密的系統，科學的方法〉，《中國語文研究》第 4 期，頁 56。

〔註17〕唐蘭：《古文字學導論增訂本》，頁 83。

〔註18〕唐蘭：《古文字學導論增訂本》，頁 88-91。

在唐氏所繪有關於古文字演變圖中〔註19〕，可以清楚地看出三書的脈絡，而上古文字演變系統，正是爲三書說這一個中心思想下所建立起來的基礎〔註20〕，二者關係密切。由此系統，唐氏在其重要文字學創見——三書說理論下，又重新將文字演變的方法歸納稱之爲六技。

二、古文字材料系統

所謂古文字材料系統方面〔註21〕，唐氏以爲要包括小篆本身及小篆以前的文字。其劃界方法的根據是從甲骨文，一直到小篆。唐氏在確立古文字的範圍後，將主要取自古器物的古文字分爲四系：1、殷商系文字；2、兩周系（止於春秋末）文字；3、六國系文字；4、秦系文字。

此分類著眼於劃清文字材料的時代，以便考察不同系文字的演化。將四系文字、材料與三書之間的關係圖示如下：〔註22〕

時代	殷 商 系	兩 周 系	六 國 系	秦 系
三書	象形字、象意字居多，形聲字已有不少	形聲字大增，象形字、象意字日漸減少	形聲字佔壓倒優勢	上承兩周系
材料	以甲骨卜辭爲主，有銘文的銅器次之	以銅器銘辭爲主	以銅器、兵器、匋器、鈢印、貨布文字爲主	以刻石、權量文字爲主（漢以後銅器、碑刻、印章，凡作小篆或繆篆者入秦系）

由圖表中可看出古文字材料系統反映著三書理論，而三書正是貫穿於古文字材料系統中的一條主線，並且以古文字材料作爲三書的基礎理論。

由上述所論，可以看出唐氏三書說的理論基礎，爲古文字演變系統和古文字材料系統，而這兩個系統又正是三書說的具體運用，三書說寓於兩個系統之中，兩個系統又返過來說明三書理論，構成其理論系統。〔註23〕

〔註19〕唐蘭：《古文字學導論增訂本》，頁91。

〔註20〕姜寶昌：〈嚴密的系統，科學的方法〉，《中國語文研究》第4期，頁57-58。

〔註21〕唐蘭：《古文字學導論增訂本》，頁32-36。

〔註22〕此表時代與三書部分參自姜寶昌〈嚴密的系統，科學的方法〉，《中國語文研究》第4期，頁59，而材料部分則爲筆者所歸納。

〔註23〕姜寶昌：〈嚴密的系統，科學的方法〉，《中國語文研究》第4期，頁58-59。

第二節　唐蘭對六書的檢討

壹、六書理論

在探究唐氏對六書理論的檢討前，茲先將傳統以來六書理論的名稱、次第和內容加以簡要陳述如下，以便作為唐氏評論之據。

一、六書的名稱和次第

中國文字的構造規律，傳統之理論即六書，六書是前人分析文字結構所歸納出來的六種構造法則。其名稱，最早見於《周禮》：「保氏掌諫王惡，而養國子以道，乃教之六藝：一曰五禮，二曰六樂，三曰五射，四曰五馭，五曰六書，六曰九數。」〔註 24〕當時的六書只有名稱，至於六書的內容為何，並未有任何說明。

到東漢出現六書內容的說明，計三家：

一為班固《漢書・藝文志・六藝略・小學類》的後敘中有謂：「古者八歲入小學，故周官保氏掌養國子，教之六書，謂象形、象事、象意、象聲、轉注、假借，造字之本也。」〔註 25〕

二為鄭眾的說法：「六書者，象形、會意、轉注、處事、假借、諧聲也。」〔註 26〕

三為許慎的《說文・敘》：「《周禮》八歲入小學，保氏教國子先以六書。一曰指事……二曰象形……三曰形聲……四曰會意……五曰轉注……六曰假借。」〔註 27〕

三家對六書的名稱和次第雖不同，卻都是本諸西漢劉歆，而後世多採用許慎的六書名稱和班固的六書次第，而為象形、指事、會意、形聲、轉注、假借。〔註 28〕

〔註 24〕（重栞本）十三經注疏，《周禮》，第 14 卷，頁 212。

〔註 25〕《漢書》卷 30，頁 855。

〔註 26〕《周禮・地官・保氏・鄭玄注》引鄭眾語。（重栞宋本）十三經注疏，《周禮》，第 14 卷，頁 213。

〔註 27〕許慎著《說文解字》，頁 762-763。以下引《說文》均引自此書，不另說明。

〔註 28〕班固，鄭玄與許慎三家對六書說法均本諸劉歆，由於班固《漢書・藝文志》是用劉歆《七略》為底本的，《漢志》之說，應即為採用劉歆《七略》的原文。鄭眾是

二、六書的內容

鄭眾、班固、許慎三家均提出六書，然班固與鄭眾並未對六書的內容作解釋，到許慎才爲六書下定義並舉字例，在《說文‧敘》謂：「一曰指事。指事者，視而可識，察而見意，上下是也。二曰象形。象形者，畫成其物，隨體詰詘，日月是也。三曰形聲。形聲者，以事爲名，取譬相成，江河是也。四曰會意。會意者，比類合誼，以見指撝，武信是也。五曰轉注。轉注者，建類一首，同意相受，考老是也。六曰假借。假借者，本無其字，依聲託事，令長是也。」（頁 762-764），許慎界定六書涵義，並分別繫舉例字，遂使六書爲歷來學者公認之中國文字構形原理。而由於六書的定義簡要，故歷來學者也論訟紛紜。

貳、唐蘭對傳統六書缺失的檢討

唐氏對六書缺失的檢討，可由當時整個學術環境得到了解。自漢朝學者提出六書，歷來學者研討頗眾，清代樸學大盛，論之更詳。光緒年間大批甲骨等古文字材料出土日夥，這些地下出土大量未經改動的古文字資料，對於相關學科之研究，產生極重要的互動作用，特別是文字學、聲韻學與訓詁學等，都需要利用這些大量原始且眞實的古文字材料，經由對古文字的考釋和認識，進而了解其結構與形符、聲符的性質、變化，方能對於傳統的文字、聲韻、訓詁學之研究有所助益。

唐氏由於早年對《說文》一書的深入研究，加上所處的學術環境，正是甲骨、金文等古文字資料大量出土及研究的階段。故對六書說提出評論，並放棄傳統以來的六書說，在《古文字學導論》中建立一個新的系統，即爲三書說。在一九四九年所出版的《中國文字學》中更專立〈六書說批判〉一節 〔註29〕，檢討傳統的六書理論。由唐氏爲孫海波《甲骨文編》所寫序文中的一段話，可以概括了解唐

鄭興之子，鄭興是劉歆的學生；許慎是賈逵的學生，賈逵的父親賈徽也是劉歆的學生，故鄭、許的學說亦本諸劉歆。三家雖對六書的名稱與次第的說法不同，六書中除象形、轉注與假借外，其餘的名稱、次第有所相異，然其說均本諸西漢劉歆，班固《漢書‧藝文志》載六書乃承自劉歆的《七略》；鄭眾之父鄭興爲劉氏的弟子，鄭之六書淵源自劉氏；許慎爲賈逵學生，賈逵之父爲劉氏弟子，故清末孫詒讓於《周禮正義‧地官保氏疏》謂「要其義一也」之理在於此。本稿偏重對六書做大略的論述，對於六書的名稱與次第不同，歷來有不同的看法，暫不討論。

〔註29〕唐蘭：《古文字學導論增訂本》，頁 83-87。唐蘭：《中國文字學》，頁 67-75。

氏檢討六書的內涵，他說：

> 漢人所謂六書者，指事、象形、形聲、會意、轉注、假借是也。然其說實出於晚周，施於古文字，未能合也，故上下之字，本象其意，而誤謂爲指事，指事之名，實虛立也。小篆本以形聲爲主，而象形、指事、會意三者，學者常不能判別，則有若象形兼指事，指事兼會意之類，愈益紛紜矣。夫六書者後人所作以探造字之本，而世俗或誤謂聖人制此以造文字，拘泥成說，不敢稍易，則造字之本，終莫能知已。
>
> 〔註30〕

於《古文字學導論》中指出六書爲一粗疏的學說，後人爲彌縫其失，遂發展出許多形兼事、意兼事等條目，使條例更加混淆，他說：

> 關於文字構成的說法，舊時只有「六書」，這種學說，發源於應用六國文字和小篆的時代，本是依據當時文字所作的解釋。這種解釋，並不像往昔學者們所想的完善，而只是很粗疏的解釋。但這樣粗疏的解釋，竟支配了二千多年的文字學，而且大部分學者還都不懂得六書的眞義。
>
> 有些學者也嘗把文字精密地分析過，但他們不能把這種傳統的觀念打破。所以儘管列出象形兼指事，會意兼指事，形聲兼指事一類瑣碎的條目，或更巧立些別的名稱，關於文字的怎樣構成，還是講不明白。
>
> 〔註31〕

又於《中國文字學》一書裡，指出六書的缺失，他說：

> 如果研究文字學的目的，只在佞古，我們當然不可以輕易去議論「六書」……是是六書說能給我們什麼？第一，它從來就沒有過明確的界說，各人可有各人的說法。其次，每個文字如用六書來分類，常常不能斷定它應屬那一類。單以這兩點說，我們就不能只信仰六書而不去找別的解釋。據我們所知，六書只是秦漢間人對於文字構造的一種看法，那時所看見的古文字材料，最早只是春秋以後，現在

〔註30〕唐蘭：《甲骨文編・序》，頁19-20。

〔註31〕唐蘭：《古文字學導論增訂本》，頁85-86。

所看見的商周文字，卻要早上一千年，而且古器物文字材料的豐富，是過去任何時期所沒有的，為什麼我們不去自己尋找更適合更精密的理論，而一定要沿襲秦漢時人留下來的舊工具呢？〔註32〕

綜合歸納唐氏檢討六書理論的缺失有三點：

一、六書界說不明確

唐氏認為傳統六書未能有明確的界說，故歷來各家眾說紛紜，此乃許慎在為六書定義時的文字過於簡要，各人可有各人的闡發，是以使用在文字的分類上時，常常無法斷定應屬於那一類。

對於研究六書的學者，雖然將文字做精密的分析〔註33〕，卻無法跳脫六書的桎梏，故列出象形兼指事，會意兼指事，形聲兼指事等條目，「或更巧立些別的名稱，關於文字的怎樣構成，還是講不明白」〔註34〕，認為這種「某書兼某書」的分類，與六書說的基本思想不合，故唐氏以為不能夠只信仰六書，而不去找別的解釋，此即評論六書界說簡略而不夠明確而來，許慎所舉的字例，又僅限於每一書之下的兩個字，造成後學世者理解上的相異而眾說紛紜、莫衷一是的缺失而檢討的。故界說的不明確，為六書本身的缺失。

二、六書所根據資料太晚

唐氏當時所能見的甲骨、金文等古文字資料，為當時可見到最早的文字資料，相較於漢代學者所提出的六書所根據的文字時代更早。由於班固把六書稱為「造字之本」，致使後世學者視六書為文字構造的定律，無法跳脫六書的權威。而歷來研究文字學者，也奉六書為不可違離的指針，對「六書的理解往往各不相

〔註32〕唐蘭：《中國文字學》，頁75。

〔註33〕詳唐蘭：《中國文字學》，頁73-75。李孝定於〈從六書的觀點看甲骨文字〉一文中，將有關各書體間彼此之間同異的討論所產生出的分歧情形，大別為綜合分組與分析兩大派，李孝定所謂三耦說綜合歸納，乃是李氏針對於歷來對六書中每一書體彼此間異同問題的討論所自撰的二點析論，一是綜合派，一是分析派，前者著重在同，是六書的分組問題，後者著重於異，包括所謂「兼書」、「正變」之類的學說，而將唐蘭的三書說歸入於綜合分組一派。歸納列舉為二大類，一是綜合派，如戴震、孔廣居與唐蘭等人為六書所做的綜合分組的工作，二是分析派，如最早的鄭樵在其《六書序》中所六書作的精密的分析。詳李孝定：《漢字的起源與演變論叢》，頁4-13。

〔註34〕唐蘭：《古文字學導論增訂本》，頁86。

同，卻沒有一個人敢跳出六書的圈子去進行研究」〔註35〕。故而自許愼到現在，所研究的六書，至多只能做小部分的修正，大體上並沒有變動。〔註36〕

除了歷來學者無法跳脫六書的圈子外，唐氏認爲六書本身的另一缺失，即是六書的材料還不夠早，他認爲：「六書只是秦漢間人對文字構造的一種看法，那時所看見的古文字字材料，最早只是春秋以後，現在所看見的商周文字，卻要早上一千年，而且古器物文字材料的豐富，是過去任何時期所沒有的。」〔註37〕所以更應該以較早的古文字資料作爲研究依據。又說：「商周之世，去原始文字猶爲近者，然則言文字之條例，不宜但據小篆，而當於甲骨彝器諸古文字求之，其理至易明也。」〔註38〕故唐氏認爲六書是發源於應用六國文字和小篆的時代，爲依據當時文字所作的解釋，材料少，且時代又晚〔註39〕。更應該以甲骨、金文作爲歸納文字構造的基礎。

三、先有文字，後有六書

六書的說法產生於何時，歷來學者說法不一，唐氏認爲六書雖是造字的方法的歸納，然並非一開始造字時，就已存在的，是在文字產生以後，後人再根據當時所見的文字結構，分析歸納出來的結果，並非造字之前就先定下的，故六書爲中國文字的構造與運用方法的歸納。

早先清王筠《說文釋例》曾說過：「六書之名，後賢所定，非皇頡先定此例，而後造字也，猶之左氏釋春秋例，皆以意逆志，比類而得其情，非孔子作春秋，先有此例也。」〔註40〕認爲六書皆爲後賢所定，爲後人歸納文字的原則蔣伯潛《文字學纂要》一書中加以論述，亦謂：「六書之說，實起於西漢末古文經出世之後，不但非周公時所已有，且亦非西漢中世以前所有。」〔註41〕六書爲後賢所定，應是先有文字，而再依文字歸納出六書，並非先有六書，

〔註35〕裘錫圭：《文字學概要》，頁103。

〔註36〕唐蘭：《中國文字學》，頁70。

〔註37〕唐蘭：《中國文字學》，頁75。

〔註38〕唐蘭：《甲骨文編・序》，頁20-21。

〔註39〕唐蘭：《中國文字學》，頁7。

〔註40〕《說文解字詁林正補合編》，第1冊，頁1345。

〔註41〕蔣伯潛：《文字學纂要》，頁52。

再以六書造作文字的。

對於唐氏提出三書、六技之因，歸結其根源，乃是對傳統六書界說的不明確，故在《古文字學導論》與《中國文字學》二書中對六書進行評論，認為六書無明確的界說，故歷來學者對六書進行的說解，人言人殊，紛歧益滋。宋時鄭樵在《六書略》有言：「六書無傳，唯藉《說文》，然許氏唯得象形、諧聲二書以成書，牽於會意，復為假借所擾，故所得者亦不能守焉。」六書界說之不明確，特別是對於象形、指事、會意三者相混的情形尤甚。

朱駿聲《說文爻列》中將指事分為指事、象形兼指事、會意兼指事、形聲兼指事，象形分為形聲兼象形、會意兼象形、會意形聲兼象形，會意分為會意、形聲兼會意〔註42〕。王筠於《說文釋例》中指事又析分為「以會意定指事」、「指事而兼形意與聲」、「借象形以指事」，象形又分「一字象兩形」、象形「兼意」、「以會意定象形」、象形「兼意又兼聲」，象形「似會意」等〔註43〕。朱駿聲、王筠等人為以分析的觀點研究六書的學者中最具代表性者，其共同點即「有感於用基本的六書說去分析每一文字，往往遭遇到類屬不清的困難，便想作更精密的分析，將六書中的每一書分得更細密，希望使每一個文或字，都有它確定隸屬的書體，不再混淆不清」〔註44〕，而此種將六書又加以細分的方式，實如李孝定所謂「治絲益棼，而徒勞少功」。此亦透露出六書界限不明確之弊。

由上述可知，唐氏在對六書的檢討基石下，指出六書界說的不明確，且六書既為後賢所定，自不必拘於六書。就唐氏以建立古文字研究的科學理論和方法前提下，認為宜以更早的甲骨、金文資料，重新訂定分析文字的構造法則，以便歸納這些古文字。

第三節　唐蘭的文字構造理論述論

據前所述，唐氏在對六書缺失與檢討的基礎上，亟欲建立一更完整而更適用的文字構造理論，立三書說：象形、象意與形聲。本節就唐氏所謂建立科學

〔註42〕朱駿聲：《說文通訓定聲》卷首〈說文六書爻列〉。《說文解字詁林正補合編》，第1冊，頁567-570。

〔註43〕《說文解字詁林正補合編》，第1冊，頁1353-1363。

〔註44〕李孝定：〈從六書的觀點看甲骨文字〉，《漢字的起源與演變論叢》，頁8。

的理論、方法，以明其三書、六技之說，加以陳述。

壹、唐蘭的文字構造理論

唐氏的三書說，可謂爲文字學上的一個重要創見。早年在爲孫海波所著《甲骨文編》序文中，對文字學理論已提出一新的看法，此即三書、六技說的雛型，其言：

> 余嘗考文字原始，莫先象形，單形不足，則借形以象意，又不足，則借形以象聲。蓋初期文字，但有象形、象意，而以象聲爲用，象聲者，本無其字也，降及後世，文字日繁，則注形於象聲之字，而爲形聲，形聲既立而日滋，則象形、象意日漸退減矣。故區別文字，當有三部：象形、象意、形聲是也。其文字所用，亦有三術：一曰圖繪，象形文字所從出；二曰假借，象意、象聲所從出；三曰轉注，象聲之所以蛻化爲形聲者也。持此六者以範圍古文字，斯靡有遺矣。〔註45〕

唐氏在這篇序文中已提出區別文字，應分爲象形、象意和形聲三部分，文字之所用也別爲三術，即圖繪、假借與轉注，尚未詳細論述三書及三術。其後於《古文字學導論》與《中國文字學》中才建立三書、六技的完整系統。

一、三書理論

唐氏將文字歸納爲象形、象意與形聲三類，希望能包括盡一切中國文字〔註46〕。以下即透過唐氏的說解，探討唐氏的三書說理論。

（一）象形文字

唐氏認爲象形文字是象實物之形的字，所謂象形文字，爲眞正的初文，所以由象形文字，可以分化爲單體的象意字、複體的象意字，又可加上形符與聲符而成爲形聲文字，而將象形文字作爲一切文字的根據，發展出其他二書的文字。〔註47〕

唐氏三書中的象形文字，援用許愼六書的「象形」一詞，二者的相同點

〔註45〕唐蘭：《甲骨文編‧序》，頁18-19。

〔註46〕唐蘭：《中國文字學》，頁76。

〔註47〕唐蘭：《中國文字學》，頁79-80。

均爲「象實物之形」，然而唐氏所謂「象形」，並不包括後人所謂合體象形、變體象形或象形兼某書等，只限於段玉裁所謂獨體象形一類，亦即王筠的象形正例，朱宗萊所謂純象形一類〔註48〕，所以象形是畫出一個物體形狀或慣用的記號，故謂：「象形文字的所象，是實物的形，那麼只要形似某物，就完成了它的目的。」〔註49〕無論塡實、鉤廓、綫和點、繁與簡、橫與直的歧異，讓人一見即明白的，爲象形文字，此爲唐氏爲象形文字界定的條件，故象形文字必定是爲獨體字，爲名詞，且在本名之外，不含別的意義，並將象形文字之所象分爲四類〔註50〕，如下表：

分　類	解　　說
1 象身	人身的形屬之，例：大、彐、⿴、㓁等
2 象物	凡自然界的一切屬之，例：屮、月、山等
3 象工	人類智慧、文明的產物屬之，例：↑、未、宀等
4 象事	抽象的形態、數目屬之，例方形的□

　　所以凡是象形文字，名與實必定相符合，故唐氏將象形文字稱之爲「名」〔註51〕，並認爲三書中象形的界限是最爲嚴謹的。〔註52〕

〔註48〕唐蘭：《中國文字學》，頁 87。王筠說詳《說文釋例》，《說文解字詁林正補合編》，第 1 冊，頁 1355-1364。朱宗萊《文字學形義篇》，頁 101-106。段玉裁注《說文》，析象形爲獨體與合體二類。

〔註49〕唐蘭：《古文字學導論增訂本》，頁 93。

〔註50〕象形文字的分類，在《古文字學導論》中分爲三類，即象身、象物、象工（頁 94-95），於《中國文字學》中再度修正，增爲四類：象身、象物、象工與象事（頁 87-88）。唐氏將傳統六書中的指事的一部分歸諸象形。認爲象事一類，即班固所謂象事，亦即許慎所謂指事，並謂：「因爲這一類文字所畫的都是抽象的形態、數目等，沒有實物，所以前人要在象形外另列一類。」詳《中國文學學》，頁 88。由此可知唐氏將傳統六書中指事一部分歸入象形，惟此處唐氏不採許慎之指事一詞，改採班固所謂象事一詞。唐氏於《古文字學導論》一書中（頁 102），曾說在舊時的象形文字所分出來的獨體象形和複體象形兩種，其中的複體象形應併入象意文字之中；又有象形兼指事、象形兼會意，也應併入象意文字之中；另外尚有象形兼形聲，則應置入形聲字之中。

〔註51〕唐蘭：《中國文字學》，頁 77。

〔註52〕唐蘭：《中國文字學》，頁 87。

（二）象意文字

1、象意文字的界定與產生

唐氏所謂象意文字的範圍，是包括舊時所謂合體象形字、會意字和指事字的大部分，亦即「物相雜謂之文」，所以唐氏又稱之爲「文」〔註53〕，與許慎六書理論中的會意字不同。唐氏認爲了解象意文字最簡單的方法，即把三書中象單體物形的「象形字」和注有聲符的「形聲字」區別出來，所剩下的即象意字。〔註54〕

把象形文字加以形變或組合即產生象意文字，象意文字圖畫文字的主要部份，在上古時期，還沒有發生任何形聲字之前，完全用圖畫文字時，除少數象形文字外，即爲象意文字，並認爲眞正的文字，要到象意文字發生纔算成功的。〔註55〕

2、象意文字的分類

唐氏將象意文字分爲五類，進行說明：〔註56〕

（1）單體象意字，是代表各種單語的專字，是爲單體象意字，例七、卩、長等字；

（2）複體象意字，是表示人與人、人與物或物與物間一切形態或動作的文字，爲複體象意字。雖亦使用圖形表達，但是以簡略爲要，是以複體象意字是「把一件事實的要點扼住，使別人能懂得，就夠了」〔註57〕，例人荷戈爲戍字，用戈斫人爲伐字；

（3）重體象意字，由於獨體字累積而來的，即爲重體象意字，例如艸、卉的單體爲屮，林森的單體爲木，从乑的單體爲人等字。然而兩個以上的相同形體而爲不可分的單位，則仍屬於象形字，如晶字（古星字）。

（4）變體象意字，是由象意字繼續分化出來的字，爲變體象意字。這種本來用圖畫表達的象意字，後來變爲以兩個或兩個以上文字拼合者，爲

〔註53〕唐蘭：《中國文字學》，頁77。

〔註54〕唐氏所用象意文字一詞，乃沿用班固所稱之六書中的象意。然唐氏在援用象意名稱的內容上，已與前人有所不同。詳唐氏對象意文字重新所定之範圍，《古文字學導論增訂本》，頁102-103。

〔註55〕唐蘭：《中國文字學》，頁90。

〔註56〕唐蘭：《古文字學導論增訂本》，頁105-109。及《中國文字學》，頁90-93。

〔註57〕唐蘭：《古文字學導論增訂本》，頁107。

變體象意字，亦爲許愼所謂「比類合誼」的會意字〔註58〕。例如（璞）字、鑄字。

（5）聲化象意字，在象意字極盛的時候，漸漸產生有一定讀音的傾向，是爲聲化象意字。唐氏認爲此即爲原始形聲字〔註59〕，聲化的象意字很像是形聲字，是以眞正的形聲字已一觸即發。〔註60〕

（三）形聲文字

1、形聲字的發生

唐氏謂形聲字的發生原因爲二大方面，一爲文字本身，二爲文明發展的必然結果。

中國文字經過演化而爲形聲文字，其發生是由於在圖畫文字本身已存在著的傾向，唐氏歸納爲三項：一爲合文，是形聲字的前驅；二爲計數，數目字在中國語言是很占優勢的，故而容易產生出形聲文字；三爲聲化，此即前面所言的聲化象意字情形。〔註61〕

另外一方面形聲文字的發生則是和社會文化的發展有密切的關係〔註62〕，因爲產業的發展，文化的進步，必然要增加新語言的使用，若僅以圖畫文字和引申假借是不夠表達的，故利用舊的合體文字，計數文字，聲化文字的方法來創造新文字，使得形聲文字發展起來。〔註63〕

形聲字發生的原因，則是由於圖畫文字本身的弊病，故「使古代人民需要更多的新文字，但是要更容易學，容易寫的。代表語言的形聲文字就因此發生而替代圖畫文字的地位了」。〔註64〕

〔註58〕唐蘭：《中國文字學》，頁 92-93。

〔註59〕唐蘭：《古文字學導論增訂本》，頁128〈上篇正譌〉，謂於「變體象意字」（頁108）下所補。

〔註60〕唐蘭：《中國文字學》，頁 97。

〔註61〕唐蘭：《中國文字學》，頁 96-97。

〔註62〕唐蘭：《中國文字學》，頁 97。

〔註63〕唐蘭：《中國文字學》，頁 98，此部分在唐氏的六技中有明確的說明，特別是形聲字產生之法是由舊的圖畫文字轉變到新的形聲文字，經過的途徑有三：一是孳乳；二是轉注；三是緟益。詳本論文有關六技的論述。

〔註64〕唐氏認爲圖畫文字本身的弊病有三點：一是字太多，不易記，不易寫，也不易識；二是由於簡化之故，造成許多圖形混淆的情形，如凵與口，山與火，人和刀等；

2、形聲字的界定

形聲文字是由象意、象語和象聲演變來的，注有聲符的字，稱之爲形聲字，唐氏並謂眞正的形聲字是爲近古期時的新文字，是以聲符的方法大批產生的，與《說文》中謂「形聲相益，即謂之字，字者言孳乳而浸多」同，故又稱形聲文字爲「字」〔註65〕，是以形聲文字一發生，比圖畫文字占優勢，原來的聲化象意字，以及少數的合體字之類，也完全被吞併，而作爲形聲文字。有些圖畫文字，經過演化而成爲形聲文字，使得整個文字系統成爲形聲文字。〔註66〕

3、形聲字的分類

唐氏分形聲文字爲五類〔註67〕：一是由象意字而來的形聲字，爲原始形聲字；二是由象語或象聲輾轉變來的形聲字，爲純粹形聲字；三是由形聲字再演變出來的形聲字中疊床架屋的部分，爲複體形聲字；四是由形聲字變來的形聲字中改頭換面的部分，爲變體形聲字；五是由某些象形字、象意字錯寫成的形聲字，爲雜體形聲字。〔註68〕

二、三書間的區別

唐氏針對傳統六書界說之不明確，提出三書爲之修正，作爲分析文字構造的原則，在此一新的文字理論上，雖沿用舊有名稱，但在內容、範圍上，與前人之論象形、象意、形聲不同。又爲避免三書重蹈六書界說不明確之弊，針對三書界說加以釐清並說明。

（一）象形、象意間的區分

唐氏立象形文字以統攝一切文字，故由象形文字可分化出其他文字〔註69〕，然由唐氏對三書的界定看來，象形是專就圖畫文字而論，然象意文字也是圖畫文字的主要部分，象意文字又有單體與複體之分，象形文字與獨體象意文字二者具

三是由於生產的發展，社會關係的複雜，文化的進步，語言逐漸複雜，許多新語言無法再用圖畫表達，是以必要增加新文字，唐蘭：《中國文字學》，頁95-96。

〔註65〕唐蘭：《中國文字學》，頁78。

〔註66〕唐蘭：《中國文字學》，頁98。

〔註67〕唐氏對形聲字的分類，在《古文字學導論增訂本》，頁119-120，與《中國文字學》，頁107-109中有不同的看法。

〔註68〕唐蘭：《古文字學導論增訂本》，頁119-120。

〔註69〕唐蘭：《中國文字學》，頁88及頁89。

有相近似之處，均是圖畫文字，而將象形、象意析分爲二之因在於：

1、象形、象意注重的特點不同

象意文字注重的是一個圖形裡的特點，所以唐氏認爲象形和象意雖同是圖畫文字，然象意文字，並「不能一見就明瞭，而是要人去想的」〔註70〕。故儘管單體象意文字在圖畫文字方面同於象形文字，但是二者終究是有所別的。

2、文字歷史的發展不同

由圖畫文字的發展來看，象形文字的起源，比象意文字早。象形文字和獨體象意字相仿，然因發展時間有先後之不同，象形文字先於獨體象意文字。故唐氏由歷史的看法，將象形文字與獨體象意文字區別爲不同的兩類。〔註71〕

（二）複體象意與形聲的區別

所謂複體象意字，是表示人與人、人與物或物與物間一切形態或動作的字，而複體象意文字中有些近似形聲文字者，即爲聲化象意字的部分。唐氏認爲象意字的最大特點在於圖畫，認得其原是圖畫文字，從字面就可以想出其意義，即爲象意文字。即使後來已歸入形聲文字的部分，仍應稱爲象意文字。〔註72〕

由上述所論不難看出，唐氏針對六書理論之不足，以批判性的觀點，對六書進行檢討，提出修正的辦法——三書說，並釐清各書間的界限，期能將文字之構造理論確定清楚。除三書說外，並提出六技，說明文字演化的規律。

三、文字演化理論

唐氏於三書說以外，又特別提出有關於文字演化的規律。因爲文字是不斷的演化，而圖畫文字所能畫出的有限，例如象形文字，可以畫出來的東西有限；至象意文字仍是圖畫，雖能用在表達一切事物的動作和形態方面，然能畫得出的，也是有限，故凡是建築在圖畫上的文字，其形式有限的，而無法適應語言

〔註70〕 唐蘭：《中國文字學》，頁 77。

〔註71〕 唐蘭：《中國文字學》，頁 88-89。唐氏將三書說象形、象意與形聲，與我國文字發生、演變的歷程做了一個聯繫，詳《古文字學導論增訂本》，頁 79-80。

〔註72〕 唐蘭：《中國文字學》，頁 77。故唐氏所謂形聲文字的特點雖是有聲符，易於區別，然而在聲化的象意字部分，雖然也應併在形聲字的範圍中，然就以此一部分原是圖畫文字的一點，依舊列入象意文字的範圍中。

的需要〔註73〕。因而代表語言的形聲文字便產生了。唐氏認爲其方法有六，即爲六技。〔註74〕

唐氏在《甲骨文編・序》中立三書說的雛型外，又立文字所用三術，他說：

> 區別文字，當有三部，象形、象意、形聲是也。其文字所用，亦有三術：一曰圖繪，象形文字所從出；二曰假借，象意、象聲所從出；三曰轉注，象聲之所以銳化爲形聲者也。〔註75〕

唐氏已在三書外，提出文字演變的三種方法，然尚未立「六技」一詞。後於《古文字學導論》一書中，提出文字演變的三個方法，爲分化、引申與假借〔註76〕，亦尚未立「六技」之名。直至《中國文字學》一書中，專立〈六技〉以論文字的演化〔註77〕，謂六技即爲分化、引申、假借、孳乳、轉注與縋益。並稱分化、引申、假借三者，爲文字史上的三條大路，分化是屬形體的，引申是屬於意義的，假借大都是屬於聲音的，也有借形體的。而孳乳、轉注與縋益，乃是由舊的圖畫文字轉變到新的形聲文字的三途徑〔註78〕，是爲六技，用以說明古今文字構成的過程，以下分別歸納唐氏書中所提出六技分化、引申、假借、孳乳、轉注與縋益。

（一）分　化

在原有的文字不夠使用情況下，而創造新文字，即所謂分化，分化是屬於文字形體〔註79〕，其方法是把「物形更換位置，改易形態，或採用兩個以上的

〔註73〕 唐蘭：《中國文字學》，頁93。

〔註74〕 六技一詞古時已有，秦漢間《八體六技》一書（已亡佚），八體歷來認爲是指秦書八體，而六技則有不同的看法，王應麟《漢志考證》中認爲：「六技，疑即亡新六書。一古文，二奇字，三篆書，四隸書，五繆書，六蟲書。」指的是六種書寫的字體。而唐氏對於「六技」一詞，把它當作文字演化的六種方法，謂：「六技決不是王莽時六書，分析古文奇字私名稱的六書，而應是象事、象形的六書。六技或許是六文之誤，六朝人常說到『八體六文』，六文就是六書。」《中國文字學》，頁15。

〔註75〕 唐蘭：《甲骨文編・序》，頁18-19。

〔註76〕 唐蘭：《古文字學導論增訂本》，頁88-91。

〔註77〕 唐蘭：《中國文字學》，頁93-102。

〔註78〕 唐蘭：《中國文字學》，頁98-101。

〔註79〕 唐蘭：《中國文字學》，頁93。

單形，組成較複雜的新文字」〔註 80〕，而將一個象形文字分化成許多的象意文字，此是爲文字形體上的分化。例象人形的人字，倒寫而爲匕字，揚起兩手爲廾字，兩個人相隨則爲从字，人荷戈爲戍字。

（二）引　申

文字形體的分化，相當於語言意義上的引申〔註 81〕，所以引申是屬於文字的意義上的延展〔註 82〕，引申並不需要新字的，只要在固有文字裏有憑藉即可〔註 83〕。唐氏以中國文字的特性，音節短，語言的數量有限，而引申的方法用得最廣，故語言不多而能夠包含的意義卻是無窮。在文字裡，也應用語言中的這一個方法，即可不必增加很多新字，而表達出意思來。〔註 84〕

（三）假　借

唐氏以爲假借有兩種方式，一是聲音的假借，二是形體的假借：

（1）屬於聲音的假借：唐氏認爲語言裏無法圖畫方法畫出來，又沒有意義相近的文字可以引申，就利用同聲的字假借；例感歎詞的「烏虖」，代名詞的朕、余等。

（2）屬於形體上的假借：唐氏謂假借大多數是屬於聲音的，然亦有借形體的；例如鉤乙的乙、藻井的井，即是借字形。〔註 85〕

唐氏將分化、引申、假借，歸爲一類，其後由圖畫文字變爲形聲文字後，又增加了孳乳，轉注和緟益三類。〔註 86〕

〔註 80〕唐蘭：《古文字學導論增訂本》，頁 88。

〔註 81〕唐蘭：《中國文字學》，頁 94。

〔註 82〕唐蘭：《古文字學導論增訂本》，頁 89。

〔註 83〕唐蘭：《中國文字學》，頁 95。

〔註 84〕唐蘭：《中國文字學》，頁 94。唐氏以爲這種引申可分爲：（1）語言意義上的引申，如一字，本是數目，後用以作爲其他意思者，第一、每一、別一等意思；又如人字，本指人而言，引申出眾人、別人、人民之意。（2）與形體有關的引申，在引申的同時，也有與形體有關者，如隻字，本是獲字，象手裡捕獲一隻鳥，後來引申爲捕獲一隻鳥爲隻，捕獲兩隻鳥是雙，再引申將隻意代表單，雙代表兩，於是捕獲的意思，即以從犬蒦聲的獲字。

〔註 85〕唐蘭：《中國文字學》，頁 95。

〔註 86〕唐蘭：《中國文字學》，頁 102。唐氏於《古文字學導論增訂本》一書稱文字演變的三條大路爲形的分化，義的引申，及聲的假借，頁 117。而至形聲的產生的三條路

（四）孳　乳

唐氏所謂孳乳，乃由許愼《說文解字·敘》所言：「其後形聲相益，即謂之字，文者物象之本，字者言孳乳而浸多也。」（頁 761）而來，並認爲造成形聲文字主要的方法，即爲孳乳，且大部分的形聲字，便是由孳乳產生的。〔註 87〕

孳乳的方法，是由一個語根作爲聲符，加上一個形符來作分別的，其主要的意義在於聲符，從文字的形體上看雖是有差別的，在語言裡是一樣的〔註 88〕。唐氏舉例謂一條河稱爲羊，一個部落稱爲羊，一種蟲子也稱爲羊，於是造出從水洋聲的洋字，從女羊聲的姜字，從虫羊聲的蚌字來，此即孳乳。故孳乳是「在語言裡一語數義，到文字裡別之以形，內含的意義太多了，各各添上形符來作區別」。〔註 89〕

（五）轉　注

唐氏據許愼六書中「建類一首，同意相受，考老是也」的轉注，認爲建類一首，是指同部之字，以形符作爲主體歸納而來的。由轉注來的文字，主要的意義卻在形符上，所以與孳乳是由一個語根作爲聲符，而加上一個形符作分別，主要意義乃在聲符，二者是不同的。轉注是「數語一義，寫成文字時統之以形，同意語太多了，找一個最通用的語言作形符來統一」〔註 90〕，例如老字與疌、丂、句、至等本不是同一語根，只因意義相同，所以在這些字旁加上老字的偏旁，作壽、考、耇、耋等，成爲系統的同義字，此即轉注之義例。

（六）緟　益

唐氏以爲在長期的演化中，主要的趨勢爲孳乳與轉注，然例外的、特殊的、不合理的緟益也是存在著〔註 91〕，故緟益是指在覺得原來文字已不夠表達某個字音或字義時，所加上一個符號的情形。例如雞字是後來加上一個「奚」字的

徑，則爲歸納、轉注與增益，頁 118，應是唐氏「六技」的前身，後至《中國文字學》一書中改歸納、轉注、增益爲孳乳、轉注與緟益，並確定「六技」的系統，詳《中國文字學》，頁 98-101。

〔註 87〕唐蘭：《中國文字學》，頁 99。

〔註 88〕唐蘭：《中國文字學》，頁 99。

〔註 89〕唐蘭：《中國文字學》，頁 100。

〔註 90〕唐蘭：《中國文字學》，頁 100。

〔註 91〕唐蘭：《中國文字學》，頁 100。

聲符；萬字本是蟲名，後又加上一個「虫」，而作蠆；梁字已從木，又加上木作
樑等字。

　　由上述所論，唐氏立六技，便是指分化、引申、假借、孳乳、轉注、緟益，
是為說明古今文字構成的過程，在唐氏的文字學理論中，除三書說外，在論及
文字構成上，加上六技作為文字演化的說明，並對六技作逐一的論述。下圖將
三書六技與古文字演變情形以圖示之。〔註92〕

　　古文字演變圖：

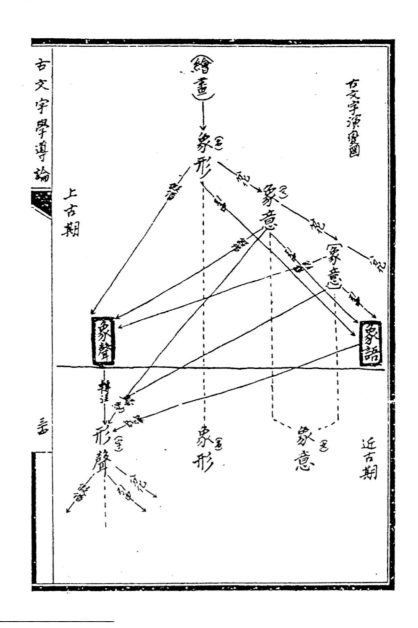

〔註92〕唐蘭：《古文字學導論增訂本》，頁91。

四、三書的應用——自然分類法

（一）自然分類法的雛型

唐氏立三書說，希望將所有文字依三書象形、象意與形聲加以歸類，最具體的應用，就在於唐氏提出編輯古文字字彙書籍的新方法——自然分類法。而第一章提到唐氏對古文字的研究最終目的，在於應用古文字學，包括「古文字的分類」〔註93〕，在古文字字彙書的編排方式，曾說：「材料蒐集來了以後，就得做整理的工作……整理的方法……用自然分類法當然更好。」〔註94〕唐氏針對當時古文字資料的大量出土，對歷來古文字的整理與各家著錄古文字資料方面，提出建設性的看法。

最早在〈理想中之商周古器物著錄表〉一文中，已提出：「在每一類材料中先區別時代，再區別事類，然後能以類相從。」〔註95〕即認為甲骨文著錄的編排，要以類相從。而後在為孫海波所著《甲骨文編》序文中提出研究古文字有兩途徑，其一即編輯字彙，要「蒐集材料，從而比次之」〔註96〕，稱許孫海波《甲骨文編》一書謹嚴精密，又謂：「余期待之者，尚不止此。苟以海波之精且專，盡輯其他古文字以為字彙，然後加以發明考察之功，而求其條理貫屬之術繼許氏而有作，亮非難也。」〔註97〕唐氏所謂「余所期待之者，尚不止此」，則是對於編排字彙之書要做到「加以發明考索之功，而求其條理貫屬之術」為要，即利用此編排方法，「把文字的整部的歷史用最合理的方法編次出來。因此，我決定完全根據文字的形式來分類，而放棄一切文字學者所用的勉強湊合的舊分類法」〔註98〕，故在《古文字學導論》中提出自然分類法。

唐氏一方面提出新的分類方法，另一方面又對現存依《說文》編次的方法，提出評論。然而嚴格說來，依《說文》分類法的本身，確實有許多可議處，特別是在分部，及有些文字的隸部不當問題上。〔註99〕

〔註93〕唐蘭：《古文字學導論增訂本》，頁 285-300。

〔註94〕唐蘭：《古文字學導論增訂本》，頁 154-155。

〔註95〕唐蘭：〈理想中之商周古器物著錄表〉，《考古社刊》第 1 期，頁 23。

〔註96〕唐蘭：《甲骨文編·序》，頁 12-13

〔註97〕唐蘭：《甲骨文編·序》，頁 21。

〔註98〕唐蘭：《古文字學導論增訂本》，頁 280。

〔註99〕許慎對部首的安排，確有許多可議處，唐氏舉中部（《說文》，頁 22）、艸部（《說

　　《說文》的編排方式，〈敘〉文中有明確的說明，其謂「分別部居，不相雜廁」、「方以類聚，物以群分，同條牽屬，共理相貫，雜而不越，據形系聯」〔註100〕，是為編排《說文》的基本原則，在不同部首的排列上，大體上以據形繫聯為要，把五百四十部首形體相關或相近的，依次排列；在同一部首中所屬的字之排列方面，則以義相貫。然而《說文》的編排上仍有許多不盡理想處，徐鉉即曾說：「偏旁奧密，不可意知，尋求一字，往往終卷。」〔註101〕為《說文》編排所造成之使用不便，不語道破。唐氏認為以《說文》部首次序編排古文字，對甲骨文字的形體特點難以兼顧，對文字發生、演變之情形難以連貫，故就此而言，有其本身不足。

　　並強調在許多字彙書所附之檢字，專為釋楷體字所做，並非為古文字而做，如檢字中有苣字，而此字甲骨文作𢎘，檢字中的叔字，則作𤔲字，若據此二字檢索，在檢字表中，便無法尋得，在使用《說文》編排法檢字時，則感到不便。〔註102〕

　　故唐氏認為目前依《說文》排比古文字，並不妥當，尤其是古文字材料日益豐富的現在，「許多文字是《說文》裡所沒有的，字彙家以意編次有的附在部末，有的列入附錄，同一部首的字，有時分見十幾處，而所錄同部的字，偏旁又多不和部首一致」〔註103〕，這樣的缺失普遍存在。針對此情形，唐氏認為最大的缺點在於無法「看出文字的發生和演變，又不能藉以作同類文字的比較研究，在最低限度內，也不能予一般人以檢查的便利」〔註104〕，道出以《說文》編次古文字的最大弊端，亦正說明唐氏依自然分類法編次的目的與理想，即審

文》，頁 22）、茻部（《說文》，頁 48）與蓐部（《說文》，頁 48）為例，都是明顯不適於作為部首的，其謂「艸和茻，和艸字有什麼不同，把茻字附在艸部，而艸和茻獨立為部首」，而蓐字作為部首，亦為《說文》部首安排之可議處，關於文字之隸部的不當，唐氏又舉盩字為例（《說文》，頁 501），謂此字應入皿部，許慎將之誤入幸部。詳唐蘭：《古文字學導論增訂本》，頁 277-278。

〔註100〕《說文・敘》，頁 771，及頁 789。

〔註101〕《說文解字韻譜》，徐鉉序，詳《說文詁字詁林正補合編》，第 1 冊，頁 468。

〔註102〕唐蘭：《古文字學導論增訂本》，頁 278-279。

〔註103〕唐蘭：《古文字學導論增訂本》，頁 278。

〔註104〕唐蘭：《古文字學導論增訂本》，頁 278-279。

視出文字發生、演變的情形，並藉此編排方法作同類文字的比較、研究，恰爲其所謂當「今世所存材料之富，正當順其時代，考其本末，推其條例」〔註105〕，以明古文字歷史的變化。

（二）自然分類法理論

在提出自然分類法的芻型後，唐氏又針對當時古文字字彙書籍的編排，有所評論。當時的編排，雖有部分突破傳統，不再依《說文》編次古文字者〔註106〕，然仍多以《說文》之分部編次，或以甲骨骨片之字來釋字的〔註107〕，故唐氏提出自然分類法，把文字的整部歷史以最合理的方法編次出來，據文字形式來作分類的原則，而放棄舊有以《說文》分類的方法。以文字之字形爲分類的原則，基礎則是與文字發生的理論一貫〔註108〕，其自然分類法只象實物的形，以象形做部首，由象形字分化出來的單體象意字隸屬在「部」裡。由原始象形字、單體象意字所分化出的複體象意字，隸屬在「科」裡。由象形字、單體象意字所分化出的複體象意字，隸屬在「科」裡。由象形、象意孳乳出來的形聲字，則隸屬在「系」

〔註105〕唐蘭：《甲骨文編・序》，頁 18。

〔註106〕這些不依《說文》編次者，如我國第一部考釋甲骨文的著作《契文舉例》，孫詒讓將甲骨文字分類爲八類，加上文字考釋與雜例，共計十章：爲月日、貞卜、卜事、鬼神、卜人、官氏、方國、典禮、文字、雜例等。《簠室殷契微文》及《考釋》，分爲十二類：天象、地望、帝系、人名、歲時、干支、貞類、典禮、征伐、游田、雜事、文字各一篇；1933 年郭沫若的《卜辭通纂》，細目分干支、數字、世系、天象、食貨、征伐、畋遊、雜纂等。1941 年羅振玉的《增訂殷虛書契考釋》，則分爲都邑、帝王、人名、地名、文字、卜辭、禮制七類。即是以分類方法編次。然而以上所略舉的收集資料數量，限於時代的關係，並不算多，而做此分類，已算是新的嘗試。

〔註107〕唐氏提出這一看法，正是 1934 年的《甲骨文編》序文中，至 1935 年撰《古文字學導論》時，當時輯纂有關古文字字彙的書籍，多仍採以《說文》編次的方式，如 1923 年商承祚撰《殷虛文字類編》，1933 年朱芳圃的《甲骨學文字編》，1934 年孫海波的《甲骨文編》等書，均是從《說文》之編次，分爲十四卷，多再附以存疑、合文、附編、待問、檢字等篇。其後 1938 年容庚編《金文編》，1959 年金祥恒撰《續甲骨文編》，1965 年李孝定編著《甲骨文字集釋》，1974 年周法高所編《金文詁林》、1990 年徐中舒主編《甲骨文字典》、1993 年方述鑫等編《甲骨金文字典》，亦從《說文》爲次，皆始一終亥的編排方式。

〔註108〕唐蘭：《古文字學導論增訂本》，頁 280。

裡。〔註109〕

　　根據此方法，把每一個原始象形所孳乳出來的文字，組成一個系統。屬於象形字的部和部之間的繫聯，唐氏廢棄許慎「據形系連」法，分象形字為三大類：第一是屬於人形或人身的部分，第二是屬於自然界的部分，第三類是屬於人類意識或由此產生的工具和文化。認為以此三大類統屬一切象形文字，同時也統屬一切文字。並列支部、支科與支系。〔註110〕

　　唐氏將自然分類法與文字發生之理論作一繫聯，在古文字的分類上，放棄《說文解字》的部首系統，在三書說的基礎上，以文字的形式，作為分類的依據，而「可以把每一個原始象形所孳乳出來的文字，都組成一個系統」〔註111〕。如下表：

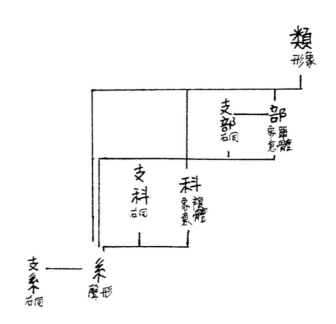

　　在《天壤閣甲骨文存考釋》一書所編目次，即是採用自然分類法，將卜辭一百零八片中所見二百五十一字，以自然分類法編次〔註112〕，以始人（人）

[註109] 有關唐氏然分類法的圖表詳《古文字學導論增訂本》，頁 284-285。

[註110] 唐蘭：《古文字學導論增訂本》，頁 280-286。

[註111] 唐蘭：《古文字學導論增訂本》，頁 283。

[註112] 唐蘭：《天壤閣甲骨文存·檢字》，頁 9。魏建功曾評唐氏自然分類法，以為唐氏此二百五十一字排列情形可分為十一類，分別是人之屬，天地日月山川草木，卜貞，鳥獸蟲魚，數字，制度，服用器物，宮室，祭祀，刑罰及闕疑之屬，詳魏建功：〈讀天壤閣甲骨文存及考釋〉，《中央日報》，民國28年11月12日，第四版。

終（亡），即是將象形大別爲三類，以屬人形或人身的部分作爲首要繫聯部分，依次要據以屬自然界者，及產生的工具和文化等字。然唐氏以象形作爲部首，再將由象形分化出的單體象意隸在部中，就是採用唐氏三書說理論作爲基礎的，先分若干部首，再於每部、每系之下做繫聯。

貳、文字構造理論的檢討

由上述可知，唐氏針對六書理論的不足，另立三書說，爲象形、象意與形聲，在名稱上雖仍沿用象形與形聲，與許慎在《說文・敘》中所論六書中的象形、形聲的名稱相同，象意則由班固的象意名稱而來。然唐氏三書，在內容與範圍方面，與前人已有所不同。以下就唐氏三書、六技理論加以檢討。

一、三書、六技的本源

由唐氏書中可知，三書說的基本理論，在於古文字演變系統和古文字材料系統。然而深究唐氏對中國文字構造理論的三書、六技，其根源就是造字、用字的另一種說解，可謂戴震「四體二用」中體、用說的另一種延伸。

唐氏《古文字學導論》改訂本中說：「《漢書・藝文志》有《八體六技》一書，六技大概就是保氏的六書，八體是字體的區別，六技是造字的技術。」〔註 113〕由於唐氏《古文字學導論》改訂本，只論至象形字爲止，對於六技究竟是否與原來六技之定義相同或相異，無從可知。對六技是否正是造字技術，暫不討論，然就唐氏認定六技爲造字的技術，可知唐氏定義六技（分化、引申、假借、孳乳、轉注與緟益）爲造字的技術，亦即爲造字的方法，由此可知唐氏的三書、六技理論基本上是源自於戴震「四體二用」說而來。〔註 114〕

（一）三書、六技與許慎六書的基本不同

唐氏否定六書，而以三書象形、象意與形聲統之，再加上六技，作爲其文字學理論。如果將唐氏三書象形、象意、形聲，與許慎六書中的象形、指事、會意、形聲相比較，可知：許慎六書中的獨體象形字及部份指事字是屬於唐氏三書中的象形文字，許慎六書中的合體象形字、會意字、指事字之大部以及象

大抵上，唐氏的編排亦即是按照其自然分類法而來。

〔註 113〕唐蘭：《古文字學導論增訂本》，頁 340。

〔註 114〕江灝：《古漢語知識辨異》，頁 34-35。李孝定：〈從六書的觀點看甲骨文字〉，《漢字的起源與演變論叢》，頁 5。

形兼指事字、象形兼會意字都屬唐氏三書中的象意文字，許慎六書中的形聲字，以及象形兼形聲字，屬唐氏三書中的形聲文字。

由此不難得知唐氏將三書說中的象形文字、象意文字借鏡許氏六書說中象形、會意二書，將指事一類摒棄〔註115〕，且由於指事易與象形、會意混淆，唐氏合併指事於象形與會意中，從而提出三書說為象形、象意與形聲，即唐氏三書與許慎六書的最大相異點，如下表：

許　慎　六　書	唐　蘭　三　書　六　技
象形　指事　會意	象形　象意
形聲	形聲
轉注、假借	六技

由表中可知，唐氏將許慎六書中的象形、指事、會意、形聲轉化為三書，作為文字的類別，而以許慎六書中的轉注、假借歸入六技中，作為文字演化的六種過程，這樣說法的根源，便要由唐氏對六書分組問題的看法論起。

（二）唐蘭對六書分組的看法

唐氏雖未明言歷來學者討論六書問題中的分析與綜合分組類別的問題，但在《中國文字學》一書中有段話，說：

> 《說文·敘》又說：「倉頡之初作書，蓋依類象形，故謂之文，其後形聲相益，即謂之字，字者言孳乳而寖多也。」他顯然把「依類象形」，跟「形聲相益」來畫一個界限，一曰指事，二曰象形，都是「文」；三曰形聲，四曰會意，都是「字」。再加轉注和假借兩樣方法，把六書分成三類，後來徐鍇所謂「六書三耦」，我們可以說就是許叔重的原意。〔註116〕

由此可知唐氏對六書問題的看法，就分組的概念而言，由徐鍇的「六書三耦」而來，這種看法鄭樵也有，其後楊慎的「四經二緯」、戴震的「四體二用」、唐氏的「三書六技」，及魯實先先生的「四體六法」〔註117〕，都可說是透過分組

〔註115〕唐蘭：《古文字學導論增訂本》，頁86-87，及《中國文字學》，頁70-71。

〔註116〕唐蘭：《中國文字學》，頁699。

〔註117〕詳魯實先《假借遡原》及《轉注釋義》。班固於《漢書·藝文志》中以為六書皆造字之法，魯實先據班固之說，衍為「四體六法」之說，主張象形、指事、會意、

討論來研究六書的。故對唐氏三書、六技的本源，我們最早可溯至徐鍇的六書三耦，亦正可明唐氏之說實由此而發。

（三）徐鍇的六書三耦至戴震的四體二用

徐鍇創「六書三耦」，將象形、指事歸為一類，會意、形聲為一類，轉注、假借為一類，而分六書為三耦。徐鍇之後，鄭樵亦有類似的說法，《通志·六書略》中，謂：

> 象形、指事，文也，會意、諧聲、轉注，字也，假借，文字俱也；
> 象形、指事一也，象形別出為指事；諧聲、轉注一也，諧聲別出為
> 轉注；二母為會意，一子一母為諧聲。〔註118〕

至明代的楊慎提出「四經二緯」說〔註119〕，以為象形、象事、象意、象聲四類造字的有限，而轉注、假借用字的無窮，提出「四經二緯」說，可說是戴震「四體二用」說的先導。

清戴震提出「四體二用」說：

> 大致造字之始，無所憑依，宇宙間事與形兩大端而已，指其事之實曰
> 指事，一二上下是也，象其形之大體曰象形，日月水火是也；文字既
> 立，則聲寄於字，而字有可調之聲，意寄於字，而字有可通之意，是
> 又文字之兩大端也，因而博衍之，取乎聲諧曰諧聲；聲不諧而會合其
> 意曰會意；四者書之體止此矣。由是而之於用，數字共一用者，如初、
> 哉、首、基之皆為始，卬、吾、台、予之皆為我，其義轉相為注曰轉
> 注；一字具數用者；依於義以引申；依於聲而旁寄，假以此施於彼曰
> 假借，所以用文字者，斯其兩大端也。〔註120〕

自戴震「四體二用」說一出，將六書分為體用之別，被清代學者及後世尊奉者

形聲四者為基本造字之法，轉注、假借為輔助造字之法，故魯實先謂：「所謂四體
六法，造出的字是四個體：象形、指事、會意、形聲。造字的方法有六個：象形、
指事、會意、形聲、轉注、假借。轉注、假借是造字的輔助方法而已。」詳〈魯
實先教授訪問錄〉，《魯實先先生逝世百日紀念哀思錄》，1978 年 3 月，頁 41。

〔註118〕鄭樵：〈六書略〉，〈六書序〉，《通志略》，頁 12。

〔註119〕楊慎：《轉注古音略》附《古音後語》，《叢書集成新編》，第 40 冊，頁 187。

〔註120〕《說文解字詁林正補合編》，第 1 冊，頁 891。

推崇備至，並給予極高的評價。清代研究《說文》大家如段玉裁、朱駿聲、王筠等人均奉爲圭臬，推崇其能夠破「六書爲造字之本」的說法，並劃清造字方法與用字方法的界限。〔註 121〕

（四）三書六技與四體二用

就唐氏「三書六技」與戴震「四體二用」之關係，由理論看來，唐氏將三書——象形、象意與形聲作爲類別文字的三個條目，把轉注、假借視爲造字的方法，又與分化、引申、孳乳與緟益合爲說明古今文字構成過程的六技，而六技正是六種造字的技術。故唐氏的「三書六技」的基石，與戴震的「四體二用」有極密切的關係。戴震把象形、指事、會意、形聲列爲文字的形體結構，把轉注、假借列爲用字的方法。可知唐氏以三書爲文字分類的類別，是爲「體」，而將六技作爲文字產生的方法，可謂「用」。

所以唐氏的「三書六技」，可說是從戴震的「四體二用」轉化而來〔註 122〕，且唐氏曾說六書：「像『六始』的兼有風、雅、頌和比、興、賦一樣，指事、象形、會意、形聲是四種文字的名稱，而轉注、假借，卻是文字應用時的方法。」〔註 123〕將象形、指事、會意、形聲合爲象形、象意與形聲三書，以象形、象意、形聲範圍一切中國文字，則不歸於形，必歸於意，不歸於意，必歸於聲，而「形意聲是文字的三方面，我們用三書來分類，就不容許再有混淆不清的地方」。〔註 124〕

〔註 121〕段玉裁復承襲說，而謂：「蓋有指事、象形，而後有會意、形聲。有是四者爲體，而後有轉注、假借二者爲用。」詳《說文·敘》，頁 764；朱駿聲在《說文通訓定聲·自敘》也說：「天地間有形後有聲，有形、聲而後有意與事。四者，文字之體也。意之所通，而轉注起焉，聲之所比，而假借生焉。二者，文字之用也。」詳《說文解字詁林正補合編》，第 1 冊，頁 242。王筠在《說文釋例》卷一中綜合了經緯體用的說法，謂：「文統象形、指事三體。字者，孳乳而寖多也，合數字以成一字者皆是，即會意、形聲二體也。四者爲經，造字之本也。轉注、假借爲緯，用字之法也。」詳《說文解字詁林正補合編》，第 1 冊，頁 1345。

〔註 122〕李孝定：〈從六書的觀點看甲骨文字〉，《漢字的起源與演變論叢》，頁 5；常宗豪：〈唐蘭三書說的反思〉，《香港中文大學中國文學研究所學報》，1992 年，頁 229。江灝：《古漢語知識辨異》，頁 34-35。

〔註 123〕唐蘭：《古文字學導論增訂本》，頁 401。

〔註 124〕唐蘭：《中國文字學》，頁 78。

　　將三書依形、音、義的三要素相結合，範圍一切的中國文字，不歸於形，必歸於義，即爲唐氏三書之特點。又將轉注、假借與分化、引申、孳乳、縕益合稱，爲六技。然唐氏之「三書六技」與戴震的「四體二用」仍有所不同，即唐氏將「四體二用」中的象形、指事、會意、形聲轉化而爲象形、象意與形聲三書，將戴震二用中的轉注、假借擴大爲六技，以圖示之如下：

	戴　　震	唐　　蘭
體	四體	三書→形音義
用	二用	六技

　　對於唐氏六技的處理，李孝定曾經說：「三書是文字的三大類，而六技則是這三類文字孳乳寖多的過程裡，所採用的幾種不同的方法，原無不可，但一定要將『三書』、『六技』，涇渭分明地加以劃分，似乎沒有很大的必要，而且也不易作到，因爲它們在基本意義上，和名詞的語意上，仍涉含混。」〔註125〕即指出象形、象意、形聲三者本身即爲構成文字的三種方法，與六技在構成文字的方法意義上，劃分的意義並不大，故李孝定稱許唐氏的三書，是包括六書分組與次第的最好安排，然將假借、轉注抽出，所加入的其他名詞分化、引申、孳乳與縕益，成爲六技，增加新的迷亂〔註126〕。此亦是唐氏三書、六技的最大缺失。

二、指事字的安排

　　在唐氏提出三書、六技時，將指事摒除在外，認爲指事的定義含混，介於象形、象意之間，是前人因一部分的文字無法解釋而立的，故在三書中摒除指事一類〔註127〕。事實上，唐說解指事字，乃是由於指事字在六書的定義中，是屬於一頗難理解的範疇，故王筠以爲「六書之中，指事最少，而又最難辨」〔註128〕。且指事多有與象形、會意相混，故指事字在中國文字中數量不多，但辨別往往不易，這正與早期許慎定義不甚明確有著極大的關係。

　　自許慎《說文‧敘》謂：「指事者，視而可識，察而見義，上下是也。」（頁762）對指事定義過於含糊，王筠《說文釋例》說：「視而可知，則近於象形，

〔註125〕李孝定：〈從六書的觀點看甲骨文字〉《漢字的起源與演變論叢》，頁13。

〔註126〕李孝定：〈從六書的觀點看甲骨文字〉，《漢字的起源與演變論叢》，頁37。

〔註127〕唐蘭：《古文字學導論增訂本》，頁403-104。又見該書，頁86-87。

〔註128〕《說文解字詁林正補合編》，第1冊，頁1345。

察而見義，則近於會意……明乎此而指事不得混於象形，更不得混於會意。」
〔註129〕是指事字易與象形、會意相混，由來已久。段玉裁注《說文》時，曾說：
「指事亦得稱象形……有事則有形，故指事皆得曰象形，而其實不能溷。」（頁
762）在《說文》一書中，除上、下等字是許慎明確言「指事」外，一般對指事
字均歸類「象形」，或是「象某之形」的〔註130〕。正可說明指事字與象形相混
且界限不明確之情形。然若能明白指事的特點，在於以符號表示抽象、又不易
指明的事物，則可明白指事與象形、會意的區別。〔註131〕

　　而唐氏於三書中併指事字於象形、象意中，主張無須獨立「指事」為一類，
他說：

> 指事文字原來是記號，是抽象的，不是實物的圖畫……由我們現在
> 看來，這種記號引用到文字裡，它們所取的也是圖畫文字的形式，
> 所以依然是圖畫文字的一類，也就是象形文字……所以我們無須單
> 為抽象的象形文字獨立一類。〔註132〕

認為象形、指事中的一部分合稱為象形文字，唐氏亦指出象形、指事二者的不同
點，一為實物的圖畫形式，一為抽象的圖畫形式〔註133〕，顯然唐氏也同意指事為
畫抽象圖畫的形式〔註134〕。只是我們必須注意的是唐氏的三書說——象形、象意

〔註129〕《說文解字詁林正補合編》，第 1 冊，頁 1345。

〔註130〕如《說文》：「凵，張口也。象形。」頁 63。及：「八，別也。象分別相背之形。」
　　　　頁 49。這些字例之中，無論《說文》中的說解，是象形，或象某之形，事實上，
　　　　不難看出都與象形字有所差別，但字面上卻和象形字很接近，且也具有強烈的象
　　　　形意味，然而深究其所涵蓋的意義，卻都是在一般物的具象上，賦予濃厚的主觀、
　　　　抽象的意義，和象形字重在對物形的客觀描繪有所不同。故若不仔細分析，不免
　　　　混淆象形與指事。

〔註131〕陳光政以為區別象形與指事，宜自構形的特徵研判，即凡象形皆象一物之形，凡
　　　　指事字，皆有不成文字的假設標誌，詳陳光政：《指事篇》，頁 12。林尹《文字學
　　　　概說》中說：「所謂指事，就是以符號表示事情的意思。因為事情沒有具體之形可
　　　　象，只能用抽象符號表示事情的通象來指明其事。使人看見它可以識得它的事象，
　　　　觀察它可以發現它的意思。」詳《文字學概說》，頁 87。

〔註132〕唐蘭：《中國文字學》，頁 70-71。

〔註133〕陳光政：《指事篇》，頁 25。

〔註134〕唐蘭：《中國文字學》，頁 70-71。

與形聲，是由他所謂「文字演變系統」而來的，這些文字，皆由圖畫而來，在這情況下，又必須將三書與文字的形、音、義相結合的情況下，自然而然地把指事一類代表「抽象的圖形」的文字，畫歸入同樣代表圖繪形式的象形中。

常宗豪對於處理指事字，曾有一段評論，他說：「文字的發展是先民長期的生活經驗累積的產物，一時之說一家之言決不能邁越百代而成爲永恒的定律。儘管我們可以釐清《說文》裡的『象形』、『象某某之形』的說解中何者爲象形，何者爲指事，但是造字者靈活的因時制宜的種種造字的變化手法，簡單的六書定義顯然是沒法準確界定的。」〔註135〕故造成後人以某兼某的方式說解文字。照唐氏的說法，希望能以三書包括盡一切中國文字，不要有分類不清的情形，故以三書取代六書。

事實上，問題仍然沒有改變，指事並不會因爲唐氏這樣的一個論說即消失，反而只是被安排到其他地方罷了。卻造成唐氏三書中的「象形」，又該區別爲「由六書中指事而來的字」，及「由六書中象形而來的字」的情形，對之前某兼某的析分，並無太大的改善，只是換一個名詞，又重蹈原本之弊。

三、形聲字產生的商榷

在唐氏三書說中，亦提及形聲字產生的過程，在《古文字學導論》中以古文字演變圖中，指出形聲字的產生爲三條路：

（1）自象形字轉注而來；

（2）自象語字增益而來；

（3）自象意字歸納而來。〔註136〕

並以歸納、轉注、增益爲形聲字產生的三條路徑〔註137〕。至《中國文字學》修正形聲字產生的途徑，以孳乳、轉注和緟益爲形聲字產生的三種方法〔註138〕。然而卻仍未能對形聲字的來源問題，做更深入的探索。

蔣善國於〈形聲字的分析〉一文中，對於形聲字發生的原因，形聲字發展

〔註135〕常宗豪：〈唐蘭三書說的反思〉，《香港中文大學中國文化研究所學報》，1992年，頁224。

〔註136〕唐蘭：《古文字學導論增訂本》，頁91。

〔註137〕唐蘭：《古文字學導論增訂本》，頁118。

〔註138〕唐蘭：《中國文字學》，頁98-102。

的線索與素材的關係，聲符和義符的分析，聲符和義符的缺點等問題，做一較深入的探論〔註139〕。於該文中指出，形聲字發生的原因有六，其中尤以受語言發展的影響、需要而發展出形聲字，這一點原因，特別重要。在基礎上，歸納了四條形聲字發展的路線〔註140〕，簡言之，即：

（1）為區別原來象形字與其他形體相近的象形字，在象形文字上添加注音的聲符；

（2）在同音假借字或引申字上分別加上偏旁，作為區別的記號；

（3）為記錄方言的異名，異言而造的轉注字。

（4）是因為隸變而失去象形的特徵，根據音義重造新的形聲字。

蔣氏的第一項，可謂唐氏的六技中的緟益，第二項可謂唐氏的孳乳和轉注〔註141〕。在唐氏對形聲字產生與蔣氏分析形聲字比照上，可謂後出轉精。王鳳陽在《漢字學》曾以不同的角度看待這一問題，認定形聲字是求區別的產物，指出「形似求別」、「形混求別」、「同音求別」、「同源求別」等，都是產生形聲字的主要原因〔註142〕。

四、轉注、假借的處理

前面已就唐氏三書、六技的基石為四體二用加以論述，故由此看來，唐氏將轉注與假借安排至六技中，作為文字構成的過程、方法〔註143〕，巧妙地避開造字、用字之爭訟，直接將之劃入六技之中。

一九五五年陳夢家曾評論唐氏處理假借的方式，以為假借必須是文字的基本類型之一，是文字與語言聯繫的重要環節〔註144〕，具有橋樑的作用，以為中國文字的特色即為形符文字，要以象形文字（形）為基礎，由形而至音

〔註139〕（蔣）善國：〈形聲字的分析〉，《吉林大學社會科學學報》1957年4期，頁41-75。

〔註140〕（蔣）善國：〈形聲字的分析〉，《吉林大學社會科學學報》1957年4期，頁45-46。

〔註141〕常宗豪：〈唐蘭三書說的反思〉，《香港中文大學中國文化研究所學報》，1992年，頁232-233。至於第三項則是唐氏所忽略的，第四項則是因唐氏三書理論至近古期涉及隸變問題。

〔註142〕王鳳陽：《漢字學》，頁423-434。

〔註143〕唐蘭：《中國文字學》，頁93-102。此即涉及歷來爭訟不已的轉注、假借造字、用字之別，限於篇幅，本論文暫不予討論。

〔註144〕陳夢家：《殷虛卜辭綜述》，頁76。

符，經過假借，而有形聲，所以文字的構成在於象形、假借與形聲。其後一九六八年李孝定也提出與唐氏不同的看法，以爲象形、指事、會意三不足而假借生焉〔註145〕，強調假借的重要性。一九七九年俞敏則立三書爲象形、會意與形聲。〔註146〕

其後一九九○年裘錫圭於《文字學概要》一書中，在對唐氏三書與陳夢家的三書修正基礎上，另立三書爲象形、假借與形聲，認爲將象形一詞改稱爲表義（指用意符造字），可使中國文字中所有的表義文字在三書裡皆有其位置〔註147〕，故立三書爲表義字、假借字和形聲字。一九九三年趙誠於《甲骨文字學綱要》，認爲假借不應該排除在三書之外，重新提出三書爲形義字（象形）、音義字（假借）與形聲字〔註148〕。各家說法以表示之如下：

各家說法	三　　書		
唐　蘭	象形	象意	形聲
陳夢家	象形	假借	形聲
俞　敏	象形	會意	形聲
裘錫圭	表意字（象形）	假借	形聲
趙　誠	形義字（象形）	音義字（假借）	形聲

陳夢家、裘錫圭與趙誠在看待唐氏的三書說時，幾乎都突顯「假借」重要性的特點。但是必須清楚的是唐氏受戴震的四體二用影響，顯然並不把假借、轉注列入或看成文字的類別，只單純就文字最初的意義來劃分文字的類別。例如大象的象字，後來假借爲「類似」的象字，但就象字的最初意思是一種動物而言，「象」字仍是個象形字。如果明白這點，再來檢視唐氏的三書中不包括假借這一類，便能明白。所以對於陳夢家等人強調假借必須是文字的基本類型之一的說法，顯然並沒有考慮到唐氏劃分文字類別的意義。

而唐氏歸納文字的類別爲象形、象意與形聲爲三書，並將轉注、假借作爲

〔註145〕在這觀點上，李孝定是以甲骨文字的分析來說明六書本身分組和次第的問題，並未提出新的三書，詳李孝定：〈從六書的觀點看甲骨文字〉，《漢字的起源與演變論叢》，頁38。

〔註146〕俞敏：〈六書獻疑〉，《中國語文》1979年1期，頁55-59。

〔註147〕裘錫圭：《文字學概要》，頁106。

〔註148〕裘錫圭：《文字學概要》，頁105-107，趙誠：《甲骨文字學綱要》，頁144。

文字產生的方法。這種安排，是爲了能將文字以三書加以涇渭分明地分類，這也是唐氏爲救許慎六書界說不明的處理方法之一。另外，就是要以三書作爲編排古文字的基礎，所以唐氏的古文字書籍的編排方式——自然分類法，就是以三書爲基礎的。

所以，若回歸唐氏立三書、六技的本意來看待三書、六技，就較能明白唐氏這樣安排的用意。不容否認的是，唐氏將六書轉化爲三書、六技，而成爲「九書」，反而造成新的混亂，就此一觀點來看，唐氏的三書、六技，並不如以陳夢家的象形、假借與形聲三書來得簡明。

五、自然分類法的檢討

（一）自然分類法的優點

唐氏重視科學的研究方法，提出自然分類法，作爲編排古文字字彙書籍的方法，並結合三書作爲分類，認爲以現在出土豐富的資料依自然分類法編排，其優點可歸納如下：

1、將文字重新以三書分類

在將文字以自然分類法之部、科、系排列同時，必須先以象形、象意、形聲三書將文字作分類，而能釐清三書間的關係。此爲唐氏由三書說作爲古文字學理論中的中心，並能貫穿其對現代出土資料的整理，故唐氏曾謂：「刱立自然分類法的目的，是要把文字的整部的歷史用最合理的方法編次出來。」〔註149〕即是將自然分類法與三書說作一密切的聯繫。此即其強調立一科學性的研究理論、方法的切實實現的理論。

2、尋出文字的孳乳與演變情形

唐氏以爲依自然分類法，可以看出文字的孳乳與演變情形，並取同類的文字作比較，推出文字的涵義〔註150〕。這就是唐氏強調研究古文字，必須考釋古文字，而考釋古文字，唐氏又最重由字形形體入手，分析其偏旁，考其演變的歷史，加以比較、歸納，以明變化之規律，輔助考釋古文字，亦正是自然分類法的優點之一。

〔註149〕唐蘭：《古文字學導論增訂本》，頁280。

〔註150〕唐蘭：《古文字學導論增訂本》，頁285。

3、每字皆有適當的安排

使無法以《說文》編次收羅的古文字，亦能夠完全地收羅在書籍之中，安置在其適當的位置上，而不是附在《說文》分別部居的各部之後。〔註151〕

由上述可以看出唐氏為古文字分類的本意，最大的用意是要能看出文字的發生與演變的情形，藉以作為同類文字的比較研究，以推出文字的涵義，並且能予一般人以檢查的便利。就此本意而言，唐氏為古文字學研究的步驟是非常遠大的，以甲骨等古文字材料日益豐富的今日，要編輯科學性、又檢索便利的古文字字彙的書籍，是迫切需要的，故唐氏於民國二十四年便提出自然分類法，實屬先見。由此可看出，唐氏於《古文字學導論》一書中，可謂將古文字材料系統、考釋四方法、自然分類法，皆以三書系統加以貫穿，而其終結的目的，在於能夠考釋古文字，建立科學性的古文字學，絲毫不容許有任何「不科學」的情形發生，即便連一個甲骨文字的安排、收羅，皆盡可能地放在其適當的位置上，在這個目標的指導之下，所立的自然分類法，確為一科學的編排法。

（二）自然分類法的商榷

唐氏所提出之自然分類法，確實為一科學性的編排方法，在其《天壤閣甲骨文存考釋》一書中，即採用自然分類法編排二百五十一字。但在檢索文字時，仍不免造成檢索不便之憾，這也因唐氏提出的自然分類法時，立意甚佳，然條例未備所造成。

1、系統過於繁瑣

唐氏將文字依類（象形）、部（單體象意）、支部（單體象意）、科（複體象意）、支科（複體象意）、系（形聲）、支系（形聲）的編次系統，過於繁瑣，應重在簡單和明瞭為主要條件，方易為一般人所接受，對於工具書而言，過於繁瑣的系統，若未能有一張提綱挈領的部首表，面對龐大的檢索資料，當然會產生系統繁瑣的缺失。

〔註151〕《說文》的編排方式，確實不適用於編纂古文字，而至 1990 年編纂的《甲骨文字典》中，卻仍承《說文》的編排，詳凡例，頁 1-2。該書說文依編次，而其中某些甲骨文按偏旁隸定，若是《說文》所無的字，均附於各部之後。而無法隸定的字，則歸入與其字形相近的偏旁部首之後，對於檢索文字及研究文字形體的變化，甚感不便。故唐氏當初即針對編次古文字的此種情形，提出改善方法——自然分類法。

2、難以確定古文字間的繫聯關係

唐氏認爲以目前古文字資料之豐富，要編成一部收羅上千字的字彙書，已勢在必行，所以倡採用自然分類法來作爲編排法。但我們重新再檢視唐氏的《天壤閣甲骨文存考釋》一書的檢索表，不難發現，以自然分類法編排，雖則已大別爲三類，但仍舊需要靠聯想的方式，逐一查索，更無法切確地掌握住某字與某字間的關係。所以在檢索時，勢必作逐一的查尋，無法迅速掌握到文字的編排位置。於是僅收羅二百五十一字的書籍，便發生一個缺憾，即欠缺一分「部首表」，若以「部首表」綱舉目張，以上兩項缺失盡可避免，甚至降到最低。

所以在運用自然分類法時，首先最重要的便是明確地建立一「部首表」以便查索，如島邦男《殷墟卜辭綜類》、姚孝遂《殷墟甲骨刻辭類纂》、《甲骨文字詁林》、季旭昇《甲骨文字根研究》及日人所編《甲骨文字字釋綜覽》等，在編排上就是先立「部首表」以避免混亂的情形。

由於唐氏提出依三書畫分古文字，並且加以有秩序的編排，旨在能夠明白古文字演變、發展之規律，並務使每個古文字有其恰適的收羅位置，故不厭其詳地加以說明，條列其理想中的系統。特別是在每個象形字下所從屬之甲骨文字，應由單體的象形，漸次單體象意、複體象意，而至形聲字，可謂井然有序，且使用起來，毫不紊亂。如果單以姚孝遂所主編《殷墟甲骨刻辭類纂》字形總表來看〔註152〕，其部首表首爲ㄔ（人），次爲似人形的大，在該書字形總表中，列從人部首者約有一百九十六字（含人字），續列大（大）字。其中「人」字所從屬的一百九十五字中，即是依照唐氏的系統，在使用時，絲毫不感到困難或條理不清。甚至在編排上，亦不會感到系統的繁瑣。何況是初立一個方法，本就應盡可能地加以陳述其規律、原則，使後學者能夠在編纂字書之時，依其內容方向之取捨不同，加以做調整，可大可小。〔註153〕

〔註152〕詳姚孝遂主編《殷墟甲骨刻辭類纂》，頁1-26，又可詳見本稿附錄。

〔註153〕日人《甲骨文字字釋綜覽》檢索表，詳該書頁687-718。每個部首之下所從屬的字，亦是據唐氏自然分類法的系統而來，且能條理明確的最佳例證之一。另外，書籍內容取捨的不同，就如季旭昇《甲骨文字根研究》，以一百五十五部首統四百八十一字根，使用自然分類法，亦條理不紊，詳該書字根總表，頁3-21，亦詳本稿附錄。故自然分類法，的確爲一科學性的編排方法。

　　由上述可知，唐氏面對六書的缺失，意欲以三書取代六書〔註154〕，立三書六技，並極力避免六書界說不清之失，然而正如常宗豪所言「一時之說一家之言決不能邁越百代而成爲永恒的定律」〔註155〕，故唐氏的三書六技，其實並未曾消滅六書，只能根據其新系統，重新將文字的構造過程加以劃分、安排，雖則能夠泯除若干六書界說的混淆，但是六書本身所存在的問題只是被抹殺，尚未得到眞正的解決，反而使日趨精密的學說，更爲籠統〔註156〕，且加上新的名詞，確實使人增加新的迷亂。雖然唐氏三書、六技仍有不夠完善之處。然而亦有其一定的成就，特別是在當時，能夠以嶄新的面貌開創我國文字研究的新階段，打破傳統六書之說的藩籬，初步建立較爲科學的文字學理論體系，對後人研究，有極大的影響。

參、文字構造理論的影響

　　唐氏三書說的提出，其最大影響有三：

一、以「動觀」的態度研究文字學

　　不論唐氏三書六技是否爲研究文字學帶來新的迷亂〔註157〕，但以唐氏針對六書缺失所勇於提出新的看法，本身雖不免仍存在著若干缺點，對六書種種的缺失，也無法根治。然而唐氏以「動觀」的態度來研究文字學〔註158〕，在三十年代中提出三書六技的新理論，以此清晰的分析能力，摧廓傳統六書的勇氣所提出的新觀念，並嘗試著去解決學術上的迷誤，精神仍是值得感佩的，而三書六技理論本身的缺失，也正可提供後人思考問題之方向。並且提示人們要以「動觀態度」的觀點來研究、分析古文字，另立一個更周全的條例以範圍上古文字。所謂以動觀態度研究古文字學，就是要主動、自覺地以文字演變的史觀態度來

〔註154〕唐蘭：《古文字學導論增訂本》，頁402。

〔註155〕常宗豪：〈唐蘭三書說的反思〉，《香港中文大學中國文化研究所學報》，1992年，頁224。

〔註156〕常宗豪：〈唐蘭三書說的反思〉，《香港中文大學中國文化研究所學報》，1992年，頁229。

〔註157〕李孝定：〈從六書的觀點看甲骨文字〉，《漢字的起源與演變論叢》，頁37。

〔註158〕殷煥先：〈文字學的破與立──紀念唐立庵師〉，《語文研究》，1983年4期，頁1-10。黃德寬、陳秉新著：《漢語文字學史》，頁195。殷煥先：〈動觀文字學〉，《文史哲》，1983年2期，頁48-55。

研究文字的發展，所以唐氏由古文字形體結構的實際出發，突破六書的藩籬，為建立古文字結構的理論新體系道路，邁出第一步。

二、後世學者重新提出文字構造理論

唐氏立三書六技，其後學者針對唐氏三書說的內容、進行深思，對六書界說的課題，加以論述，在對唐氏三書說的評述後，均重新提出不同的看法，甚或另立新的三書說，如陳夢家於《殷虛卜辭綜述》中立象形、假借與形聲三書，俞敏的〈六書獻疑〉立三書為象形、會意與形聲，裘錫圭於《文字學概要》中立三書為表義字（象形）、假借與形聲，趙誠於《甲骨文字學綱要》立形義字（象形）、音義字（假借）與形聲等〔註159〕，或重新加以分組，不再完全恪守傳統的六書說，對自古以來奉為圭臬的六書而言，提供一重新思考的空間。另外亦為後學承繼之，如殷煥光，姜寶昌等，而姜氏《文字學教程》一書中文字的分類釋字，即從唐氏的三書說為根據〔註160〕。各家重新對文字構造理論加以深思、探討，對認識六書理論，具有一定程度的推動作用。

三、自然分類法的影響

唐氏以自然分類法作為編輯古文字書籍的方法，摒棄《說文》的編次方式，確有其創新與科學的見解。在《天壤閣甲骨文存》一書所考釋的字，其檢字目錄，就是採用自然分類法，以卜辭偏旁作為系聯。所以唐氏提倡這種以象形字（或單體象意字）做為「部」的編排法，最重要的是影響現今甲骨文字書籍的編排方面，一九六七年島邦男編《殷墟卜辭綜類》之部首編排，即自然分類法觀念的具體延續，依甲骨文字形體結構的自身特點，確定其偏旁，作為部首，計分一百六十四部，加以編次，將三千餘文以類相從，雖然未說明部首編排的規則，然而由部首表的排列中，不難看出島邦男的編排原則是近取諸身，而至自然界的物，再至人造而成的器物。故姚孝遂曾謂島邦男《殷墟卜辭綜類》是「為甲骨刻辭資料的檢索提供了極大的便利，是一部在深入研究基礎之上的、具有創新精神和獨到見

〔註159〕陳夢家：《殷虛卜辭綜述》，頁 77-80。裘錫圭：《文字學概要》，頁 107。趙誠：《甲骨文字學綱要》，頁 152-156。俞敏：〈六書獻疑〉，《中國語文》1979 年 1 期，頁 55-59。此篇文章中俞敏另立新三書為象形、會意與形聲。

〔註160〕唐氏的理論和方法，不僅影響當代學人，而且影響唐氏後一代的學人，在此學人中湧現出殷煥光、朱德熙、李榮、王玉哲、梁東漢、黃綺等成績卓著的文字學家。

的、有很大實用價值的工具書」〔註161〕，亦爲值得肯定的嘗試。〔註162〕

更具體、有條理地運用自然分類法，是一九八九年姚孝主編《殷墟甲骨刻辭類纂》，依偏旁作系聯，並在文字形體的分類方面，重新考慮分合，特別是強調在分類時，明白指出「大體上是按照人體的圖像和自然的圖像來加以排列的。」〔註163〕審視姚孝遂《殷墟甲骨刻辭類纂》部首表，即可發現，在自然圖像之後，即排列唐氏所謂的「屬於人類意識，或由此產生的工具和文化」之字〔註164〕，大體上，是承自唐氏「自然分類法」的基本三大分類而來，在這部分上，可謂是唐氏自然分類法的實際運用。趙誠也稱許《殷墟甲骨刻辭類纂》部首表是「與傳世的各種字書的部首表都有所不同，但比較符合甲骨文字系統的形體結構，也便於索檢，有很好的參考作用」〔註165〕，道盡唐氏自然分類法的優點。

至一九九○年季旭昇撰《甲骨文字根研究》即按照島邦男《殷虛卜辭綜類》部首爲依據，作小輻度調整、分合〔註166〕，列甲骨文的字根計四百八十一文，並以一百五十五部首統之〔註167〕。在一百五十五部首的編排上，亦由唐氏自然分類法的三大分類而衍生。

在一九九四年出版日人所編《甲骨文字字釋綜覽》一書中，部首檢索即採島邦男的部首表而有所修正，以統該書所收的文字。部首大體亦依人身、自然界物及工具物而來〔註168〕。雖然以上有關於甲骨文字資料收集的書，在內容方面的取捨、性質各異，然而皆延續或採用唐氏的自然分類法，加以編排，由此可知，唐氏早在三十年代，即提出自然分類法，以便於安排甲骨文字，更方便於甲骨文字的檢索，處理大量收羅甲骨文字書籍的編排、檢索，而不以《說文》的編次爲滿足，放眼現今《殷墟甲骨刻辭類纂》、《甲骨文字詁林》，即是運用自然分類法

〔註161〕姚孝遂：《殷墟甲骨刻辭類纂·序》，頁1。
〔註162〕姚孝遂：〈殷虛卜辭綜類簡評〉，《古文字研究》，第3輯，頁182。
〔註163〕姚孝遂：《殷墟甲骨刻辭類纂·序》，頁5。
〔註164〕唐蘭：《古文字學導論增訂本》，頁283。
〔註165〕趙誠：《甲骨文字學綱要》，附錄一，頁1。
〔註166〕季旭昇：《甲骨文字根研究》，頁19，及凡例，頁23。
〔註167〕本稿所附季旭昇《甲骨文字根研究》之字根總表，頁3。
〔註168〕《甲骨文字字釋綜覽》之〈綜類部首番號一覽〉，頁687-718。

做爲檢索與編排〔註169〕，確能收以簡馭繁、綱舉目張之效。

　　唐氏立自然分類法作爲古文字字彙的編排方法，正合乎其所言：「爲文字學的目的而去研究古文字，那麼，我們必須詳考每一個字的歷史，每一族文字中的關係，每一種變異或錯誤的規律，總之我們要由很多材料裡，歸納出些規律則來，做研究時的標準。」〔註170〕事實上，自然分類法的三大分類的標準，可說是依據《說文‧敘》中所謂：「仰則觀象於天，俯則觀法於地，視鳥獸之文與地之宜，近取諸身，遠取諸物。」（頁761）而來，故在排列上以「人」爲首〔註171〕。只是又將之重新加以編排，並與文字學理論三書、六技及其考釋四個方法，互相緊密地結合，渾然而爲一個系統。

　　另外，較值得深思的是，要使自然分類法達到如唐氏所說的「看出文字的孳乳和演變的情形」，並且「可以取同類的文字比較，可以推出文字的涵義」〔註172〕，那麼，應儘可能地收羅可收集到的古文字，或針對具有同一部首的文字，做盡可能的收集，方能收唐氏立意之功。所以自然分類法的運用，如果是在《天壤閣甲骨文存》這樣小部分的資料的書籍時，一則無法達到自然分類法的目的，二來使檢索更加困難，其所產生的缺失，正如魏建功所謂「材料限於一斑，無以見全豹」之憾〔註173〕。相反的，現今有關大部頭的收集甲骨文字的書籍之編排法，皆運用唐氏所提出「自然分類法」，對於文字的演變、考釋，則更有所助益。

〔註169〕由於《殷墟甲骨刻辭類纂》及《甲骨文字詁林》，皆爲姚孝遂所主編、整理研究甲骨文刻辭系列著作五部中的兩部，詳《甲骨文字詁林‧序》，頁2。而1996年5月出版的《甲骨文字詁林》，編排體例上，即是按照《殷墟甲骨刻辭類纂》而來，故本稿擇《殷墟甲骨刻辭類纂》的編排方式立論。

〔註170〕唐蘭：《古文字學導論增訂本》，頁140。

〔註171〕類似的見解魏建功已於民國28年提出。詳魏建功：〈讀天壤閣甲骨文存及考釋〉，《中央日報》，民國28年11月12日，第四版。

〔註172〕唐蘭：《古文字學導論增訂本》，頁285。

〔註173〕魏建功：〈讀天壤閣甲骨文存及考釋〉，《中央日報》，民國28年11月12日，第4版。

第三章　唐蘭考釋古文字之方法理論與檢討

第一節　通　論

　　唐氏有明確的研究古文字目的，並立明確的文字學理論、考釋理論，正足以左右其考釋古文字的方向，對其成就之影響亦甚鉅。在第一章與第二章中，已論述到唐氏重視在古文字的研究領域中，確立一科學的研究方法，並以科學、有條理的理論，指導其研究方法，故在《古文字學導論》、《中國文字學》二書中，提出三書、六技的文字構造理論及考釋方法。而在本章中，即討論唐氏的考釋方法論，並評其得失。

　　本節先論唐氏在考釋古文字方法的前提，即由文字形體著手，並在探知古文字形體難以辨認的原因基礎上，再論述研究古文字的六條戒律，以便再於此前提下，檢視唐氏考釋的方法，並兼及唐氏前後各家所論考釋古文字的方法、綜合條列，以見其傳承地位的重要性。

壹、由文字形體入手考證

　　唐氏自認是為文字學的目的而研究古文字，故必須詳考每一個字的歷史，及每一族文字中的關係，每一種變異或錯誤的規律[註1]，所以由眾多有關古文字

――――――――――――――

〔註 1〕唐蘭：《古文字學導論增訂本》，頁 140。

的材料中，歸納出原則作爲標準，方能作有系統的研究、考釋。所以要研究古文字，考釋方法上最重要的第一步，即是弄清文字的形體筆畫〔註2〕，以字形爲主，作爲考釋古文字的出發點，並且要在字的音義上獲得相當的證據，方爲考釋古文字的必要條件〔註3〕，故唐氏謂研究文字學，必當有字形的根據。〔註4〕

　　然文字經過幾千年來的發展與使用，在字形、字音與字義方面均有顯著變化，特別是同一字，不同時代的形體變化，更增加考釋工作之困難。是故由文字「形體」著手，注重形體結構的分析〔註5〕，找出變化的規律，即是找出它所要考釋的文字，與已識文字在形體上的繫聯，進一步探索其讀音，由字的形體入手，而推其音、義，進而由每一個字之形、音、義三方面的相互關係，及同時代每個字與其他字的橫向關係，以及找出其在不同時代的發生、發展和變化的縱向關係〔註6〕，而能得出客觀的考釋結論。唐氏強調由形入手，亦是諸家學者所認同的〔註7〕。故唐氏認爲文字的本義是由字形而來，辨析文字是要在文字之所象，極有把握之後，方能推其義，並配合廣徵文字的歷史，在音義上，獲得相當的證據，才是解釋文字的必要條件。

貳、古文字形體難以辨認之原因及補救之道

　　在古文字材料經過整理之後，要對文字有所認識與了解，第一步即是要把文字的形體筆畫都弄清楚〔註8〕，唐氏又指出古文字形體難以辨認的原因，在於材料本身方面所存在的缺陷，有五點：

（1）契刻鑄範的不精，使文字筆畫產生錯誤脫漏、雜亂；
（2）古器物的流傳日久，磨損、破碎，或爲土斑銅鏽所掩，因而使字畫不清楚及殘缺；
（3）器物出土後產生人爲的損壞；
（4）拓本模糊，印本不佳，無法辨認清筆畫；

〔註2〕唐蘭：《古文字學導論增訂本》，頁156。
〔註3〕唐蘭：《古文字學導論增訂本》，頁266。
〔註4〕唐蘭：《殷虛文字記》，頁76。
〔註5〕趙誠：〈關於古文字的研究〉，《中國語文研究》1981年10月第3期，頁48。
〔註6〕于省吾：《甲骨文字釋林·序》，頁3。
〔註7〕于省吾：《甲骨文字釋林·序》，頁3-4。詳本節其後所論。
〔註8〕唐蘭：《古文字學導論增訂本》，頁156。

（5）摹本和臨本的錯誤。〔註9〕

由上述所論，唐氏點明出古文字難以明辨，乃因材料本身的許多缺陷，致使研究工作產生困難，進而由研究材料的方向，轉至研究者本身所因應之道，提出三點補救方法：

（1）了解古文材料書寫行款：了解古時書法分布不如後世整齊，避免造成釋字之誤。

（2）讀通銘辭：在辨識文字，宜將文句讀通，並將文字置諸卜辭文句中釋讀，使文字與句讀二者能互動、互通，進而有助了解文字與文句間的關係。

（3）選擇版本：使用較佳、錯誤最少的版本，若找不到，則應闕疑，避免因拓本模糊而造成的誤認。〔註10〕

由於古文字材料歷時已久，且多為地下出土，本身已有諸多缺陷，加上人為易犯的毛病，宜取印刷清楚之版本作為參考資料，而不宜臆斷。是唐氏由內在、外在兩方面探索研究古文字時，所應注意的事項，加以論述，作為其理論、方法的基礎。並以為當時研究古文字尚未有「用整部古文字做對象的」〔註11〕，雖有許多精確的發現，然而最大的弊病乃缺乏「一定的理論與方法，因之也沒有是非的標準」〔註12〕，引起學術上的極大損失。〔註13〕

參、研究古文字學者的六條規律

　　針對古文字材料本身的缺陷與研究學者所易致的弊病，唐氏繼而提出研究古文字學者的六條戒律，期能在材料與人為研究方面訂定出標準，其六條規律為：1 戒硬充內行，2 戒廢棄根本，3 戒任意猜測，4 戒苟且浮躁，5 戒偏守固執，6 戒駁雜糾纏。〔註14〕

〔註 9〕唐蘭：《古文字學導論增訂本》，頁 156-159。

〔註10〕唐蘭：《古文字學導論增訂本》，頁 159-162。

〔註11〕唐蘭：《古文字學導論增訂本》，頁 270。

〔註12〕唐蘭：《古文字學導論增訂本》，頁 271。

〔註13〕唐氏歸納三點：一、與古文字相關的學術無法進步。二、許多學者認為自己說的話總是對的，不願接受批評，而阻礙個人學業的進步。三、猜謎式風氣盛，阻礙古文字研究的進步。詳唐蘭：《古文字學導論增訂本》，頁 271-272。

〔註14〕唐蘭：《古文字學導論增訂本》，頁 272-275。

　　唐氏以此六條規律作爲學者研究古文字的戒律，認爲研究古文字宜以循漸進的方式累積學問，具備基礎知識，特別是文字學知識與古器物學知識，還要不斷的研究，去除主觀的見解，認清文字筆劃，講求方法，考證文字的歷史，遇有疑點，若能力未逮，宜以現階段能處理的方式，闕疑待問，以待來茲，並去成見與駁雜糾纏。唐氏的六條戒律，以今日的研究觀點看來，仍是十分受用且值得遵循的。〔註15〕

肆、唐蘭古文字考釋方法的承傳

　　關於考釋古文字的方法，各家所提出論點，隨著出土資料日漸豐富而日益精密。唐氏承前人而啓後人，立科學的考釋方法，地位至爲重要。以下就幾位重要學者對考釋古文字的方法加以簡述：

　　一九一一年羅振玉在《殷虛書契考釋》所提出「由許書以溯金文，由金文以窺書契，窮其蕃變，漸得指歸」的考釋方法〔註16〕，即重視將甲骨文與其他文字相比較、參證的考釋方法。

　　一九一一年王國維曾謂：「會合偏旁之文，剖析孳乳之字，參伍以窮其變，比較以發其凡，悟一形繁簡之殊，起兩字並書之例。」〔註17〕而將地下出土的實物資料，與傳統文獻材料互相印證的二重證據法，尤爲擅長。〔註18〕

　　一九五二年楊樹達結合文法，訓詁考釋古文字，提出十四條考釋新字的方法，謂：「舉其條目，一曰據《說文》釋字，二曰據甲文釋字，三曰據甲文定偏旁釋字，四曰據銘文釋字，五曰據形體釋字，六曰據文義釋字，七曰據古禮俗釋字，八曰義近形旁任作，九曰音近聲旁任作，十曰古文形繁，十一曰古文形簡，十二曰古文象形會意字加聲旁，十三曰古文位置與篆文不同，十四曰二字形近混用。」〔註19〕將考釋古文字方法析之更爲精細者。

　　一九七七年（民國六十六年）嚴一萍《甲骨學》一書中析分考釋文字的方

〔註15〕李學勤：《古文字學初階》，頁82-84。馬如森：《殷墟甲骨文引論》，頁252-254。

〔註16〕羅振玉：《增訂殷虛書契考釋・序》，頁1下。

〔註17〕王國維爲羅振《增訂殷虛書契考釋》所寫的序文，頁1下。此外，於〈毛公鼎銘考釋〉序中亦有所論。

〔註18〕《王觀堂先生全集》第6冊《古史新證》，頁2077-2111，二重證據法，詳頁2078。

〔註19〕楊樹達：《積微居金文說》增訂本，頁1。

法為八點：「一、考察文字本身的演變，此即由許書以溯金文，由金文以窺書契之意。這是最主要的方法。二、由甲骨本身字形之比較而得之。三、分析偏旁點畫，以求文字之構成，合以聲韻訓詁，推測其涵義而得之。四、由卜辭辭例之比較而得之。五、由甲骨之綴合以證明而得之。六、由地下遺象之印證而得之。七、由辨析合文而得之。八、由辨認析書及一字重形而得之。」〔註20〕

一九七八年于省吾《甲骨文字釋林・序》中論考釋古文字，謂：「古文字是客觀存在的，有形可識，有音可讀，有義可尋。其形、音、義之間是相互聯繫的……我們研究古文字，既應注意每一個字本身的形、音、義三方面的相互關係，又應注意每一個字和同時代其他字的橫的關係，以及它們在不同時代的發生、發展和變化的縱的關係。」〔註21〕強調由字形入手對文字的形、音、義做全面的探索。

一九八一年王力《中國語言學史》中，將考釋甲骨文的原則歸納為五項：以《說文》為證，與文互證，從甲骨文本身歸納，從字的形象來判斷，從文化史上來考證。〔註22〕

一九八三年高明《中國古文字學通論》中提出四點考釋方法：因襲比較法，辭例推勘法，偏旁分析法與據禮俗制度釋字等方法。〔註23〕

一九八四年林澐《古文字研究簡論》一書，認為應由字形入手，進行歷史的考證、偏旁分析的根本方法，並比較再以推勘文例為輔助方法。〔註24〕

一九八八年陳煒湛、唐鈺明所編《古文字學綱要》，歸納考釋古文字方法為六個字：分析、比較與綜合，謂：「分析，主要著眼於文字的內部聯繫，亦即形、音、義三要素，具體言之，就是從字形著眼的形體分析法、從字音著眼的假借破讀法、從字義著眼的辭例推勘法。比較，主要著眼於文字的外部繫聯，有歷史比較法的文獻比較法。綜合，乃是在分析、比較的基礎上所作的通盤考察，也就是察形、辨音、明義、通讀的辨證過程。」〔註25〕綜合古文字的考釋方法

〔註20〕嚴一萍：《甲骨學》下冊，頁790。

〔註21〕于省吾：《甲骨文字釋林》，頁3。

〔註22〕王力：《中國語言學史》，頁157-158。

〔註23〕高明：《中國古文字學通論》，頁191-195。

〔註24〕林澐：《古文字研究簡論》，頁36-68。

〔註25〕陳煒湛、唐鈺明：《古文字學綱要》，頁35-36。該書歸納古文字的考釋方法為形體

爲分析、比較和綜合。

　　由上所論，知唐氏以後各家之說，大體上在唐氏所提出的比較對照法、推勘法、偏旁分析法與歷史的考釋法基礎上，加以闡發論述。所以唐氏對後世的影響，可見一斑。而唐氏藉由精密地分析文字的偏旁，並追求文字的歷史，搜集材料，找求證據，歸納出規律。在考釋古文字方面建立較完善的科學方法，以糾正過去所謂猜迷式的研究風氣〔註26〕，走上較科學的軌道。直至今天，對古文字的研究尚未有超出此範圍者。

　　以此科學方法研究古文字，揭示出文字發展演化的規律，《殷虛文字記》和《天壤閣甲骨文存考釋》二書〔註27〕，就是在這一觀點下，對甲骨文進行研究的實例，故唐氏在甲骨文的釋讀和研究方法等各方面，確有許多的創見，其所立古文字的考釋方法，亦確實可行。

第二節　唐蘭考釋古文字之理論與釋字檢討

　　由於古文字的大量出土，加以古文字的考釋和《說文》研究相互結合，爲古文字研究的獨立發展，奠定基礎。而唐氏面對大量出土資料，深感各家對考釋文字之漫無標準方法，認爲要先訂定研究方法的標準，必須先詳考每一個文字的歷史，每一族文字中的相互關係，每一種變異或錯誤的規律，要由眾多古文字材料裡，歸納出規律，以作研究古文字時的標準。透過此標準，做有系統的研究，並認爲文字的變化是有可循的規律，要歸納成爲標準，以便作有系統的研究。所以藉由豐富的文字資料，找出規則、標準才能自成一完整的系統〔註28〕。認爲要有正確的方法，則考釋文字才更有成效，於是提出考釋古文字的四方法，提出對文

分析法、假借破讀法、辭例推勘法、歷史比較法、文獻比較法。詳頁 36-40。

〔註26〕高明：《中國古文字學通論》，頁 416-417。

〔註27〕姜寶昌謂《殷虛文字記》和《古文字學導論》是姊妹篇。唐氏原欲將甲骨文的研究成果首先寫成《殷虛文字記》，並於其後續寫二記，以至十記，而合爲一整部的《殷虛文字研究》。然唐氏以爲要完成《殷虛文字記》的總體計畫，費時甚久，若先寫成《古文字學導論》，更能切合時需，故《古文字學導論》一書，重在建立古文字學理論與揭示研究古文字的規律和方法，故謂《殷虛文字記》和《古文字學導論》二書爲姊妹篇。詳姜寶昌：〈殷虛文字記讀後〉，《中國語文研究》1985 年第 7 期，頁 21。

〔註28〕唐蘭：《古文字學導論增訂本》，頁 141。

字字義的解釋與字音的探索〔註29〕。即是透過古文字字形的認識，進一步探索其文字的本義與其音讀，由文字的形、音、義做全面的認識。而唐氏注重研治古文字的科學理論與方法，亦展現無遺。

以下逐一論述並歸納唐氏考釋古文字的方法爲五點，並以《天壤閣甲骨文孝考釋》及《殷虛文字記》等書中考釋古文字的成果爲例。

壹、對照法或比較法

一、比較法理論及釋字例

秦以前的文字，字體往往沒有定型，雖爲同一文字，然甲骨文時代一字有多種的寫法，或即使同一時代，亦是幾種形體同時存在。其中有些文字的字形，並未有太大的改變，故唐氏謂：「因爲周代的銅器文字和小篆相近，所以宋人所釋的文字，普通一些的，大致不差，這種最簡易的對照法，就是古文字學的起點。」〔註30〕

將不同時代、字體的文字，經由相互比較，達到識字的目的，就是比較法，並強調認清字形是學者所最需要注意的，由字形形體、筆畫弄清楚後，方能釋字，故唐氏認爲中國的古文字學幾乎由對照法出發，對照法亦即古文字學的起點。〔註31〕

研究古文字要注意形體，掌握字形之演變的規律，用古文字與後代已識之字，進行形體上的比較、對照，找出兩者間的關聯性，特別是在應用比較法時，應該知道古文字裡的一些變例，例如反寫、倒寫、左右易置、上下易置等。否則，往往會因爲寫法的不同，原本很容易識的字，都變成難識了〔註32〕。故由已識字，推斷未識字，即考釋古文字的基本方法之一。是以用後代與前代文字的相互對比，可以推知前代不識之字，即謂之對照法。

特別是用《說文》爲基礎加以對照，故「一直到現在，我們遇見一個新發現的古文字，第一步就得查《說文》，差不多是一定的手續」〔註33〕，原因

〔註29〕有關於字義的解釋與字音的探索，詳唐蘭：《古文字學導論增訂本》，頁 259-269。

〔註30〕唐蘭：《古文字學導論增訂本》，頁 165-166。

〔註31〕唐蘭：《古文字學導論增訂本》，頁 164-165。

〔註32〕唐蘭：《古文字學導論增訂本》，頁 167。

〔註33〕唐蘭：《古文字學導論增訂本》，頁 165-166。

在小篆上承商周的甲骨、金文，下啓後代的隸、楷等字體，在文字形體演變的過程中，具有其特殊的地位，故《說文》保留小篆的資料，是爲進行文字形體對照的必要書籍。

故舉凡遇新發現之古文字，首先要查閱《說文》，再兼及其他資料。而據文字進行對照的範圍，除《說文》外，尚有其他可資比較的豐富材料，均可作爲提供文字形體之對照、比較的好材料〔註34〕。特別是由各類已識文字的比較，可建立字形演變系列，作爲進行歷史考證的材料。觀唐氏考釋古文字，除參證歷來有關著書及考釋著作，及各家考釋外，並援用眾多參考資料，相互比較歸納。所援用者有《說文》、甲骨、金文、石鼓文、三體石經、碑刻文字、璽文、貨幣文字及各類文字。

一九五二年楊樹達《積微居金文說・新識字之由來》把對照法析爲若干條目，有「據《說文》釋字」、「據甲文釋字」、「據銘文釋字」等；一九八一年王力《中國語言學史》中以爲進行甲骨文研究識字的原則，爲「以《說文》爲證」、「與金文互證」等；一九八三年高明在《中國古文字學通論》中稱爲因襲比較法〔註35〕，各家名稱雖不同，大抵不脫唐氏所標舉考釋古文字方法之範疇。以下即舉例說明：

1、釋羽字

羽字契文作（《合集》三三九）、（《合集》一〇七五正）、（《合集》一五五四）、（《合集》三〇一八）、（《合集》三二九七正）諸形〔註36〕，諸家說法紛紜，唐氏謂：

> 卜辭羽字，變化至多……雖俱由　形所蛻化……銅器中之宰梳角云：「隹王廿祀　又五」　亦羽字，與卜辭　字相類，亦同時之作風也。小盂鼎云：「雩粤　乙酉」，翼字從　，猶與卜辭相近。

〔註34〕除了《說文》可作爲比較文字形體的資料外，還尚有甲骨文、銅器銘文、石刻、簡帛、盟書、陶文、璽印、貨幣文字以及漢魏刻石、唐人書卷等等，均可作爲比較字形的資料來源。

〔註35〕楊樹達：《積微居金文說》，頁1。王力：《中國語言學史》，頁157-158。高明：《中國古文字學通論》，頁191-192。

〔註36〕《類纂》，頁698-699。以下所引《甲骨文合集》均簡稱爲《合集》，《殷墟甲骨刻辭類纂》均簡稱爲《類纂》，由姚孝遂主編，肖丁副主編。

毛白日🔲父簋之日🔲，毛公厝鼎云：「金日🔲金雁」之日🔲，皆當釋明，
其所從之🔲與🔲，俱已小變。秦雍邑刻石云：「🔲朝避其用衛」，
明字所從則變爲🔲矣，然無論作🔲，作🔲，作🔲，仍不離羽形，
未嘗譌也。逮戰國初之楚王歔章鐘則其雪字已作🔲，所從羽形，與
甲骨之羽混。疑春秋後人不識羽之爲彗，睹🔲🔲等字，類似從羽，
臆謂羽爲羽，因以應作🔲形者改作羽，遂致傳譌耳。至小篆作
🔲，則又羽形之變也。〔註37〕

唐氏於此基礎上，謂羽字所像即爲鳥羽之形，《說文》篆文羽字作🔲者，應是
契文形體的傳譌〔註38〕，謂「卜辭之🔲，即後世之翊，則其所從之🔲，即應
是羽字。」〔註39〕卜辭中羽、翊、翌通用無別，均解作《說文》訓爲「明日」
的昱。

今《金文編》收昱作🔲、🔲、🔲、🔲諸形〔註40〕，曾侯乙編鐘中有雩字，
作🔲形〔註41〕。《說文》：「雩，夏祭樂于赤帝，從祈甘雨也。從雨于聲。雩，或
從羽。雩，舞羽也。」（頁580）至《說文》作🔲，透過🔲字的比較，故唐氏
釋羽，假爲昱。唐氏援用各形體的比較，說明羽字之形體與用法，雖非首位釋
讀羽字者，然對於羽字形體結構與文例析論精詳。

2、釋朮字

卜辭中有朮，其形作🔲（《合集》二九四〇）、🔲（《合集》三二三八正）、🔲
（《合集》三二三八正）、🔲（《合集》一六二六七）、🔲（《合集》一八四〇六）
諸形〔註42〕，商承祚釋爲祐〔註43〕，唐氏釋爲朮：

朮字……按《說文》朮字正作🔲，金文盂鼎：「我聞殷述令」之述從

〔註37〕唐蘭：《殷虛文字記》，頁13。諸家說法詳《甲骨文字詁林》，第3冊第1908，頁1856-1871。

〔註38〕徐中舒：《甲骨文字典》，頁386。

〔註39〕唐蘭：《殷虛文字記》，頁12。

〔註40〕容庚：《金文編》，頁458。

〔註41〕馬承源：《商周青銅器銘文選》，第4冊，頁456-457。

〔註42〕《類纂》，頁356。

〔註43〕《甲骨文字詁林》，第2冊第932，頁913-914。

，魚鼎七述字從，均可證。《說文》:「秫，稷之黏者，從禾，朮，
象形。朮，秫或省禾。」……秫字當從禾朮聲，朮字或假作穀名，
後人加禾作秫耳。朮字本作，從又，又者手形，其本義未詳，然
要非秫之省也。卜辭云:「王其朮」，疑假為述，《說文》:「述，循也」，
惟辭意未足，無以決之。〔註44〕

於眉批謂:「小臣謎簋的述字從形。」述字《說文》作，史述簋作，《說
文》籀文作（頁71），《金文編》收為遂字，作，作、諸形〔註45〕，
《金文詁林》無述字，而有遂字。可見釋述、釋遂，歷來學者意見分歧，然郭沫
若由古音證述字與豕字同音，而從朮與從豕得聲之字，可相通用。〔註46〕

《說文》秫字或省禾作朮，篆文字形與之略同，唐氏據以比較金文偏旁從
朮之字而證成即為朮。然其本義未明，唐氏亦無由知之，《甲骨文字集釋》
與《甲骨文字典》均作秫，以為以朮為秫，為假借，所從的禾偏旁，為後加上，
義亦未明〔註47〕。唐氏比較文字形體，考釋朮字，《甲骨文詁林》收作朮字，姚
孝遂於〈按語〉中據卜辭文例「丙戌卜，爭貞，父乙朮多子」(《合集》二九四
〇)，「貞，父乙弗弗朮多子」(《合集》三二三八正)，在文辭方面，與盂鼎的「我
聞殷述令」的「述」用法同〔註48〕，證明唐說之是。

3、釋𤔔字

𤔔字本不可識，然唐氏透過對禺字形體的比較，釋得禺字，以為𤔔字即為
喁，謂:

古𤔔字……余謂當從品禺聲。從品，至顯。從禺者，小篆作，金
文，寓鼎，寓卣，寓字偏旁作，小臣謎簋齵字偏旁作等形，
要皆形之變也。蓋古文下有橫畫者往往變為……則禺字之演
變，當如左:

〔註44〕唐蘭:《殷虛文字記》，頁43。其中唐氏所引盂鼎文，本作「我聞殷述令」，今從《西
周青銅器銘文分代史徵》，頁174，注19中，唐隸定為聞字，作「我聞殷述令」。
〔註45〕容庚:《金文編》，頁102。
〔註46〕周法高:《金文詁林》，第1冊第197，頁310-311。
〔註47〕李孝定:《甲骨文字集釋》，第7冊，頁2353-2354，徐中舒:《甲骨文字典》，頁779。
〔註48〕姚孝遂:《甲骨文詁林》，第2冊第932，頁914。

甹 → 舁 → 禺

則此字當從禺，無疑也。鼺字《說文》所無，疑與喁字同。〔註49〕

唐氏釋鼺為喁，以卜辭鼺作🔲（《前》二、八、七片），其偏旁所從甹，與金文銘文及小篆等從禺偏旁形體相較，如遇作🔲形，戰國盟書作🔲形，戰國印作🔲〔註50〕，愚字所從禺作甹，寓字所從禺作甹，禺字作甹、禺、禺諸形〔註51〕，證成甹即禺字，而釋鼺為喁字。

禺字形體由甲文、金文、戰國盟書等形體的演變，與《說文》篆文喁字之所從禺，作禺形（頁62），於形體的結構，一脈相承，可以證明。而唐氏據契文禺字形體，與金文禺字相比較，釋得禺字形體的演變，進而考釋出喁字，其所使用的方法，正是比較法。

4、釋保字

此字或釋好、仔、保，唐氏釋保，謂：

> 仔字，即保字。前一形作🔲者，習見古金文，前人未識，金謂即保字古文，《召誥》曰：「夫知保抱攜持厥婦子」，抱著懷於前，保者負於背，故🔲字象人反手負子於背也。保字孳乳為緥，是為兒衣，褓緥者古亦以負於背。則🔲即保字……🔲字書之不便，因省而為🔲，更省則為🔲……🔲即🔲之省，金文作🔲者，多一飾筆耳，更進作🔲，則飾兩筆矣。其作🔲者，殆又從玉，為保玉之專字耳。
>
> 〔註52〕

保字契文作🔲（《合集》一四七三）、🔲（《合集》二六四六）、🔲（《合集》一八九七○）、🔲（《合集》二五○三八）、🔲（《合集》英一五五五）諸形〔註53〕，從人從甹（子），字形乃象人負子之形。至金文保作🔲、🔲、

〔註49〕唐蘭：《殷虛文字記》，頁44-45，《類纂》及《甲骨文字詁林》均無收此字。各家所釋，詳日人《甲骨文字字釋綜覽》，頁435，徐中舒：《甲骨文字典》，頁1470。

〔註50〕高明：《古文字類編》，頁106。

〔註51〕高明：《古文字類編》，頁213，容庚：《金文編》頁654。

〔註52〕唐蘭：《殷虛文字記》，頁58-60。諸家所釋詳《甲骨文字詁林》，第1冊第85，頁172-174。

〔註53〕《類纂》，頁72-73，及頁204。

〔圖〕諸形〔註54〕，基本上結構仍與契文同，至《說文》篆作〔圖〕，乃承金文而來，形體一脈相承。

　　唐氏透過金文保字與甲骨文保字之比較，於字形說解，磧不可易。保字從人從〔圖〕（子），初象人負子之形，《說文》謂：「保，養也。从人、𤓯省聲，𤓯，古文孚。」（頁369）古文作〔圖〕、〔圖〕兩形。唐氏說解保字形體之所象，並援用比較法釋爲保字，甚是。

5、釋朝字

　　此字歷來說法集中在釋朝或釋萌〔註55〕，唐氏釋爲朝：

> 卜辭有〔圖〕、〔圖〕二形，是〔圖〕得省爲〔圖〕……《佚》二九二片云：「朝又雨」同片另一殘辭有「昏」字，《庫》一○二五片云「朝酉」，其另一辭云：「貞𦣞酉」，𦣞當即莫，則朝字不當讀爲萌，亡疑也。銅器有塱鼎，云「唯周公于征伐東尸，豐白𣀓古咸𢦏。公歸，禦于周朝，戊辰……」其朝字作〔圖〕……寧不知朝不從月，爲周世金文之習慣。〔註56〕

唐氏援用金文中的朝字來證成其說法。《金文編》中朝字收〔圖〕、〔圖〕、〔圖〕、〔圖〕、〔圖〕等形〔註57〕，而殷周古文從月之字，至篆文輒改從舟，如互、恆、朝等諸字，篆文皆從舟〔註58〕。《說文》謂：「朝，旦也，從倝舟聲。」（頁311）甲骨文朝字形體作〔圖〕（《合集》二三一四八）、〔圖〕（《合集》三三一三○）諸形〔註59〕，從日從〔圖〕（月），且又從草木之形，象日月同現出於草木之中，朝日之出時，尚有殘月之象〔註60〕，作朝意。

〔註54〕容庚：《金文編》，頁556-558。

〔註55〕《甲骨文字詁林》，第2冊第1394，頁1346-1348。

〔註56〕唐蘭：《殷虛文字記》，頁62。

〔註57〕容庚：《金文編》，頁460。

〔註58〕甲骨文字中的朝字，右偏旁從月，而西周早期的廟字所從的朝，也有從月之例的，裘錫圭於《文字學概要》中認爲此現象爲字形演變過程中某些較雜的現象，頁71；王愼行於《古文字與殷周文明》中說舟與月形旁爲形近偏旁混用：「舟與月，其字義殊不相類，但字形相近……在整體輪廓上有相似之處，所以舟、月偏旁在古文字中因形近偶爾混用。」頁59-60；詳高明《中國古文字學通論》，頁119。

〔註59〕朝字詳《類纂》，頁505。莫字詳《類纂》，頁504-505。

〔註60〕徐中舒：《甲骨文字典》，頁730-731，裘錫圭《文字學概要》，頁71，及頁129。

　　唐氏援比較法釋爲朝字，繼而又輔以推勘法加以論述，故謂：「朝字象日月同在艸中，與莫象日在艸中相對。」〔註61〕援卜辭《合集》二三一四八片有「朝酉」，與另一卜辭「貞暮酉」相對，故釋爲朝字。今《類纂》收作朝字（頁505），卜辭曰：「貞，旬無囚，在朝。」（《合集》三三一三〇）「癸丑卜，行貞，翌甲寅毓祖乙歲，朝酢，茲用」（《合集》三三一四八），另莫字見《合集》二三一四八片，卜辭有「貞莫酢」（頁504），朝莫相對，釋朝字是也。

　　唐氏於朝字之釋，雖非首位釋讀者，然援用比較法，又依同版卜辭文例相對照，釋爲朝，可從。朝字金文與甲骨文皆形體相承，至《說文》從軌，已是形體上的譌變。雖則朝字形體幾經變易，然皆保持有《說文》所謂「旦」的基本意。〔註62〕

6、釋巫字

　　唐氏除援金文以比較文字形體外，復援詛楚文的卄字，考釋卄即爲巫字，他說：「卄字，甲骨和銅器裡常見，向來沒有人認得，假如我們去讀詛楚文，就可以知道是『巫咸』的『巫』字，《說文》作卄，反不如隸書比較相近。」〔註63〕

　　巫字作卄（《合集》九四六正）〔註64〕，唐氏援詛楚文卄字，隸定巫即卄，謂巫即巫咸的巫，巫卜辭中作卄（《合集》五七六九正），而春秋齊巫姜簠作卄〔註65〕，侯馬盟書作卄，又作卄形〔註66〕，《說文》篆文作卄。然巫字形體結構及何以作爲卄形者，後人均未得其旨意〔註67〕。《說文》謂：「巫，祝也，女能事無形以舞降神者也。」（頁203）巫字雖造意不明，在卜辭中多用作神祇名，

〔註61〕唐蘭：《殷虛文字記》，頁63。

〔註62〕姚孝遂：〈按語〉，《甲骨文字詁林》，第2冊第1394，頁1348。

〔註63〕唐蘭：《古文字學導論增訂本》，頁167，《天壤閣甲骨文存考釋》，頁48上。《中國文字學》，頁55-57。

〔註64〕《類纂》，頁1119-1120。

〔註65〕容庚：《金文編》，頁313。

〔註66〕山西省文物工作委員會編輯：《侯馬盟書》，頁309。

〔註67〕李孝定：《甲骨文字集釋》，第5冊，頁1598。李孝定亦謂巫字之義「殊難索解，疑象當時巫者所用道具之形，然亦無由加以證明，亦惟不知，蓋闕」，徐中舒：《甲骨文字典》亦謂巫字字形結構不明（頁496）。

則是可確定的。唐氏依詛楚文的巫字做形體比較，釋爲巫，說誠不可易。〔註68〕
由上述可知，援用比較法以釋字，所涉及或可借比較的資料十分豐富，如小篆、
六國文字、石刻文字等，以繫聯未識字與已識字之間的關係，故於考釋古文字
上極具助益。

二、釋字商榷例

在利用比較法考釋古文字時，最須注意的是要做同一字的比較，故唐氏強調
使用比較法時最應注意的，即是「不要把不同的字拉在一起」〔註69〕，必須是同
一字的比較，以明字體之本形及其發展，所以在對古文字進行比較時，要「十分
嚴密才好。而且，無法比較的字，就得用別種方法解決，萬不可胡扯亂湊」〔註70〕，
即應掌握字體的基本特徵，以充分的證據考釋。然而唐氏在採用對照法考釋文字
時，仍不免偶有誤引不同之字做比較，而造成誤釋。以下舉數例說明：

1、釋良字

良字卜辭習見，契文作𝌆（《合集》四九五四）、𝌆（《合集》一三九三六正）、
𝌆（《合集》一七五二七）、𝌆（《合集》一七五二八）、𝌆（《合集》一七二）諸
形〔註71〕。唐氏釋爲良，謂：

> 金文良字甚多……皆由卜辭之𝌆形，衍變而成。《說文》良作𝌆，則
> 又從𝌆形衍變而成。今此良字嬗變之迹，爲表，非主要者闕焉。

> 良字之義，前人無人能解者……按良古本作𝌆，或作𝌆，𝌆即豆形，
> 豆所以盛食物，而作)(者，殆以象食物之香氣也。〔註72〕

按𝌆字形體看來，與良字並不同，唐氏誤引爲相同文字的演變，說解良字時，

〔註68〕姚孝遂：〈按語〉，《甲骨文字詁林》，第 4 冊第 2909，頁 2923。

〔註69〕唐蘭：《古文字學導論增訂本》，頁 168。

〔註70〕唐蘭：《古文字學導論增訂本》，頁 169-170。

〔註71〕《類纂》，頁 1279。

〔註72〕唐蘭：《殷虛文字記》，頁 56-57。

亦產生偏差。認爲良字舊誤歧爲二，以⊕爲良，而以⊕、⊕爲別一字，是錯誤的，又謂古文字之例，常恒以缺底畫，故⊕每作⊕，由⊕小變即爲⊕，故釋⊕與⊕爲良字，並援以金文圖示比較其演變之迹，說法頗爲可議。李孝定駁之，以爲良字或省其底畫作⊕，上兩畫上侈下歛，與下兩畫相反，而⊕字則上下兩畫均平行，一左曲，一右曲，於字形上⊕與⊕的差異甚爲明顯，於卜辭文例中，二者用法亦迥然有別。〔註73〕

良字至金文作⊕、⊕、⊕諸形〔註74〕，至戰國時期作⊕、⊕〔註75〕，《說文》良字篆文作⊕，又載古文作⊕、⊕、⊕（頁232）。今據各類文字形體相較，可知良字形上的變化實有跡可循。釋讀爲良，今已成定論。

然唐氏在做文字形體比較與演變時，誤引不同字作比較，而將良字與⊕說解成同一字。⊕字亦卜辭習見，於契文中作⊕（《合集》六八三四正）、⊕（《合集》一三四七三）、⊕（《合集》一三四七七）、⊕（《合集》七二八）諸形〔註76〕，說法紛紜〔註77〕。然⊕與良形體相去甚遠，釋爲良，應是唐釋字之誤。各家說法雖不同，然作塱（禋），或釋作塱（鏗或斷），於字義上的解釋，爲用在天氣陰蔽之義，或作祭名，用牲法解。

然而就唐氏誤引不同字做比較，於文字形體的說解上，犯了自訂的「任意猜測」戒律。

2、釋還字

還字契文作⊕（《合集》六三四四）、⊕（《合集》六三四五）、⊕（《合

〔註73〕李氏又將⊕的用法歸納爲二，一與夕連文，用作「夕⊕」，二爲用牲之法，下多與羊連文使用。而⊕字則用爲地名或人名，二者用法絕不相混。以說明⊕與⊕之用法不同、形體不同，爲不同字。詳李孝定：《甲骨文字集釋》，第5冊，頁1874-1875。

〔註74〕容庚：《金文編》，頁381-382。

〔註75〕高明：《古文字類編》，頁269。

〔註76〕《類纂》，頁1079-1080。

〔註77〕該字歷來釋讀者甚多，詳李孝定：《甲骨文字集釋》，第14冊，頁4061-4071。《甲骨文字詁林》，第3冊第2814，頁2798-2807，⊕字下，第4冊第3299，頁3355-3356良字下，第4冊第3298，頁3353-3355。日人《甲骨文字字釋綜覽》，頁524，對各家釋字羅列甚詳。

集》六三四六）、【字形】（《合集》七二一〇）諸形〔註78〕，前人未識，唐釋爲還：

> 字從行從方從【字形】，從方與口同，卜辭以【字形】爲衛可證。衛袁古一字，卜辭【字形】或省作【字形】，師遽尊環字偏旁作【字形】，當即【字形】之省變。【字形】從【字形】，與目同，作晨卣晨作【字形】，可證，然則【字形】即古晨字亦即還字也。〔註79〕

唐氏分析還字字形從【字形】（行）從【字形】從【字形】（方），援用金文相互比較，謂師遽尊有環，其偏旁作【字形】形，論證【字形】即還字。釋爲還字，作歸還之意，李孝定從之。〔註80〕

然唐氏援用金文以推甲骨文字，釋爲還字，其說解字形，仍有可議。此字形體作【字形】，《甲骨文編》即不釋爲還字（頁83），而《甲骨文字典》雖釋爲還字，然於書中說：「唐蘭釋爲還本字，自辭例觀之，釋還可通，但金文作【字形】，與甲骨文形異。」（頁155）指出釋【字形】爲還字尚待商榷。而高明的《古文字類編》也不釋爲還字（頁111）。且在周原甲骨還有還字，作【字形】，證明唐氏釋【字形】爲還字，確不可信〔註81〕。在金文中還字主要的字符爲【字形】，金文、小篆皆無例外〔註82〕，而周原甲骨、戰國盟書皆少「〇」，作【字形】、【字形】，再者【字形】與【字形】，及【字形】與【字形】，又絕不相似。明顯的，是唐氏誤引不同的兩個字來做

〔註78〕《類纂》，頁863。

〔註79〕唐蘭：《天壤閣甲骨文存考釋》，頁49下。

〔註80〕李孝定：《甲骨文字集釋》，第2冊，頁531-532。

〔註81〕孫海波：《甲骨文編》，頁83。徐中舒：《甲骨文字典》，頁155，《古文字類編》，頁111。

〔註82〕容庚：《金文編》，頁98-99，《說文》，頁72。相同的情形，環字、繯字皆可爲證，詳容庚：《金文編》，頁490及頁248。姚孝遂於《甲骨文字詁林》中收爲衛，隸定作達字，也看出了所從的【字形】，與晨字形體迥然有別，並據若干卜辭文例，認爲是舌方反叛，商王準備前往征討，並非如唐氏所考釋的「還」義。又據聲音上的關係，認爲字當從【字形】聲，應讀作達，韋、衛、達諸字同源（第3冊第2301，頁2248）。姚氏釋爲達，亦有可商榷的，在字形上，與金文的達字相距甚遠（容庚：《金文編》，頁101），而金文達字與小篆達字在字形上相似，皆從韋（《說文》，頁73）。在此情形下，不如採用《甲骨文編》隸定作衛，而其形義說解如何，尚待進一步的考證。

比較，並造成誤釋的結果。

3、釋旬字

唐氏在考釋旬字時，雖然所釋得的結果是正確的，但是誤將不同的兩個字，皆釋爲旬字，且在說解上，亦有可商榷的。

旬卜辭習見，形體作 ⟨《合集》一六六七七）、⟨《合集》一六六八四）、⟨《合集》一六七四五）、⟨《合集》三五四一一）、⟨《合集》二六六七五）諸形〔註83〕，隸定爲旬。然唐氏將旬與 相比較，而有誤釋，謂：

> 卜辭習見，或作 、 、 、 等形，又或作 、 、 、 等，則其繁形……余謂此簡體作 ，明即 字……王國維讀作旬，甚是……孫詒讓釋爲它，雖不如王氏讀旬之精確，然由字形言之，解爲蛇虺，固猶近之也。〔註84〕

唐氏從王國維釋爲旬，極碻，旬從 ，象迴環之狀，或作 ，以表示由甲至癸十日循環爲旬。旬金文作 、 諸形〔註85〕，字從日從勻，《說文》旬古文作 ，形體上仍有相承處，釋爲旬可從。《說文》曰：「旬，徧也，十日爲旬，從勹日。 古文。」（頁437）唐氏從王國維釋旬，於說解字形未確。又援孫詒讓釋它之說，解爲蛇虺，並就字形與彝器具蟠虺紋飾者相比附，以此字象龍蛇之類，而能興雲之故，其字爲龍類，又參諸《史記·封禪書》所謂螾即 之假借亏，又參以《說文》、《呂覽》等書，謂地螾即螭， 實象螭形。

唐氏將 作憂解。與旬字形體實不同，亦非同一字。據唐氏《天壤閣甲骨文存》第四十一片（即《合集》第一七二五八片），其中的「 」，並非如唐氏所說的旬字。可知援用卜辭文例以考古文字時，須認清文字形體，及文字的音讀，則能略通卜辭文例之義，然於文字字形不能釋讀得通，又誤與不相同的文字做比較，在考釋所得的文字，不免產生附會之誤。

唐氏未能善用同一字之比較，以考釋文字， 爲旬字是也。然說解未精，又謂：「卜辭中同一文字往往因用法不同，書法亦有特異。」〔註86〕但唐氏這種

〔註83〕《類纂》，頁444-450。

〔註84〕唐蘭：《天壤閣甲骨文存考釋》，頁40下-頁41下。

〔註85〕容庚：《金文編》，頁650。

〔註86〕唐蘭：《天壤閣甲骨文存考釋》，頁40下-頁41下。

說法與文字演變的慣例並不相合〔註87〕，未能將旬、云、形體說明清楚。而甲骨文旬、云、三字實有別〔註88〕，形體亦相去甚遠〔註89〕。皆可知三字並非爲同一字〔註90〕。於字形說解上，即是誤引不同字以相比較。雖則唐氏引比較法釋字時，強調不可以不相同之字做比較，然仍誤引不同字形相互比較，造成釋字錯誤。尤有甚者，對文字演變情形所做歸納條例，也必定產生錯誤。唐氏說解旬字，明顯地就是以不同字形的比較而產生的錯誤，且唐氏曾於考釋古文字的六條戒律「戒任意猜測」中指出要「認清文字的筆畫」〔註91〕，然此二字形體相去甚遠，即是唐氏誤引不同字所做的比較，顯然是與其研究古文字六條戒律不合。〔註92〕

由上述可知，在考釋古文字時，要以文字形體入手，由各時代字體的變化中，做綜合性的比較，從中找出共同的特點〔註93〕，故對照法實爲古文字考釋最基本的功夫。

貳、推勘法

唐氏認爲有許多不認識的文字，可透過尋繹文義，根據成語、諧韻以及推勘文義以識字〔註94〕。這是將所釋之字，置諸卜辭文例中（所謂文例，乃是指古文

〔註87〕李孝定：《甲骨文字集釋》，第 9 冊，頁 2898。

〔註88〕云字甲骨文字作（《合集》一三三八九）、（《合集》一七○七二）、（《合集》二一○二一）諸形，《說文》：「雲，山川氣也，從雨云，象雲回轉形……，古文，省雨。亦古文雲。」（頁 580）云爲雲字之初文，後加上雨作爲形符，是後起字。今卜辭雲字與《說文》雲字之古文形同，隸定爲云字，已成定論。

〔註89〕字形體或作（《合集》三二六七九）、（《合集》八六五）、（《合集》三七六正）諸形（《類纂》，頁 680-682），然其本義仍不明，字象一巨口蜷身之動物（陳世輝、湯余惠：《古文字學概要》，頁 168-169），《甲骨文字典》收爲龍字（頁 1261），《甲骨文字詁林》收爲贏字（第 2 冊第 1838，頁 1774）。《說文》：「贏，或曰獸名。」段《注》曰：「贏爲贏之古字，與驢、贏皆可畜於家。」（頁 179）。

〔註90〕《甲骨文字詁林》，第 2 冊第 1178，頁 1153。

〔註91〕唐蘭：《古文字學導論增訂本》，頁 273。

〔註92〕此六條戒律中第四項「戒苟且浮躁」一條下謂：「因爲不能完全明白，就不借穿鑿附會。」（《古文字學導論增訂本》，頁 273）可知唐氏在釋字時亦難免穿鑿附會之誤。

〔註93〕高明：《中國古文字學通論》，頁 191。

〔註94〕唐蘭：《古文字學導論增訂本》，頁 170-171。

字所處的文句），依上下文例或同類之文例，進行推勘以見其義的方法，藉此可表明該字和其他字之間的外部聯系，及其所在文例中的具體語言環境，認識許多字，故唐氏以爲和對照法一樣重要的推勘法，在目前也是不可缺的。〔註95〕

　　是以往昔學者，除對古文字形體進行對照比較外，常用的便是推勘法，藉由推勘法可以使原本不認識的字，經由尋繹文義的結果，而能夠認識〔註96〕。另外，將考釋所得文字，先分析其本義，再推溯其假借等用法，並推尋文字的所有用法和詞類的界定，則必需配合辭例和文句句型的分析歸納，這便是由釋字、讀通文句以至考史時，最直接所需要處理的問題，亦即是如何理解卜辭辭例的上下文意。也由於字義的流轉，多與本字的取象有所不同，故除字形的分析比較外，若無法再單憑文字的形構推尋時，這便需要透過卜辭詞彙、辭例和句法等多方面的理解，方能歸納每一個文字的實際用法，進而讀通文句〔註97〕。所以有些文字雖然已認識，卻發生該字在其具體的語言環境中，所使用的含義與用法無法確定的情形。故唐氏在考釋古文字時，注重以形體爲主的基礎，再輔以辭例的推勘。

　　今觀唐氏考釋文字時，確實使用辭例的推勘。所以在考釋出某個字的音義後，將之置諸卜辭文例中，在各種文例中證驗其是否能講得通，若然，考釋方爲可信。因此，文例對古文字考釋的成果具有證驗作用〔註98〕。故除根據文獻、成語來推勘釋字外，唐氏援卜辭文例本身內容，來考釋每一單字於辭例中的作用與意義，以讀通文句，釐清新釋字與已識之字間的聯繫，作一參驗，以確定此新釋字在文例中的其他用法及含義。據此，上下文義的研究與辭例的推勘往往能得到啓示，而了解字與文句中的用法，亦爲推勘法重要作用。

　　唐氏所謂推勘法，亦即楊樹達所稱「據文義釋字」，高明所稱「辭例推勘法」或「文例推勘法」〔註99〕，均是在唐氏推勘法的基礎上，加以發揮論述而成的。

〔註95〕唐蘭：《古文字學導論增訂本》，頁 171。

〔註96〕唐蘭：《古文字學導論增訂本》，頁 170。

〔註97〕朱歧祥：《殷墟卜辭句法論稿》，頁 1。

〔註98〕李學勤審訂之《商周古文字讀本》，頁 241。

〔註99〕楊樹達：《積微居金文說》，頁 1。高明：《中國古文字學通論》，頁 192。李學勤審訂《商周古文字讀本》，頁 241。高明於該書中，又將辭例推勘法依其具體內容分爲二類，一是據文獻中的成語推勘，二是據文辭本身的內容推勘，亦不脫唐氏論述範疇。

1、釋璞字

此字郭沫若釋爲寇〔註100〕，唐氏隸定 即璞，並推勘其於卜辭文例中用法及意義，謂：

> 卜辭婁言「蠿閄」者，閄即周字，云「放族蠿周」，「旛從昌侯蠿周」，及「多子族從犬侯蠿周」等辭，蠿字介於兩名詞之間，必動詞也。周爲殷之鄰敵，是必征伐之事。蓋蠿即璞，於此當讀爲戬，周王戜鐘云：「王章伐其至，戬伐氏都」。戬薄聲近，故《詩》稱「薄伐玁狁」，虢季子白盤作「猼伐厰execu执」。周爲殷人大敵，故必戬伐矣。
> 〔註101〕

唐氏認爲此字於卜辭文例中，介於兩個名詞之間者，爲動詞，作璞周，周王戜鐘有戬伐某，虢季子白盤有猼伐某，矢人盤有「用矢戬散邑」，《詩·小雅·六月》有薄伐玁狁，即謂征伐之意，故璞周即爲戬周。璞字《說文》所無，卜辭有蠿者，其文例用爲戬伐或擊之意：

> ……令多子族從犬侯 周……（《合集》六八一二正）。

> 貞令多子族既犬侯 周……（《合集》六八一三）。

> ……令旆以多子族 周……（《合集》六八一四）。

> ……令旆……族 周……（《合集》六八一五）。〔註102〕

唐氏由卜辭文例、金文文句及古書文獻，對璞字於卜辭句中之作用與意義，釋 爲戬，從戈，說明撲擊意，而隨字義加上偏旁戈，以明字之動詞用法。又援引古音爲證，謂戬薄聲近，證成璞可假借爲戬，意爲戬伐〔註103〕。於卜辭文

〔註100〕《甲骨文字詁林》，第 3 冊第 2122，頁 2044-2048。

〔註101〕唐蘭：《殷虛文字記》，頁 47。

〔註102〕璞字契文詳《類纂》，頁 773，及頁 820。徐中舒：《甲骨文字典》，頁 34-35。

〔註103〕

字	反　切	中古音		古　音	
		聲	韻	古聲	古韻分部
璞	匹角切	滂	覺	滂	三部尤
樸	匹角切	滂	覺	滂	三部尤
薄	傍各切	並	各	並	五部魚
博	補各切	幫	各	幫	五部魚

例中，宜作動詞，讀爲戮，爲戮伐，而文通句順，其說尤不可易。

　　2、釋龜字

　　此字各家說法紛紜〔註104〕，契文作█（《合集》一一五三七）、█（《合集》二一七九六）、█（《合集》二八二〇六）、█（《合集》屯一〇九五）諸形。唐釋龜爲秋，以爲其本義當是爲龜屬而具兩角者，其物今不可知。從而據《萬象名義》廿五龜部有龜字「奇膠反，虬也，龍無角也」，故謂龜讀爲虬。由考釋卜辭及字書「秋作穐，《隸韻》引燕然銘秋作█，《萬象名義》作穐，并從龜」，至《說文》誤爲█，故凡從龜之字，至後世多誤爲從龜之字。唐氏據此，釋卜辭文例中有「今龜」、「來龜」者即爲今秋、來秋之義：

> 卜辭曰「今龜」「來龜」，又曰「今龜」，龜及龜，并當讀爲穐，即「今秋」與「來秋」也。蓋龜聲本有聚斂之義，故假以爲收斂五穀之稱。《般庚》言：「若農服田力穡，乃亦有秋。」是秋本收獲之義，引申之乃爲收獲之時矣。因有收斂五穀之義，故後世注以禾旁，而爲形聲字之「穐」，其後又省龜，遂爲「秋」之矣。《說文》：「秋，禾穀熟也。從禾龜省聲。█籀文不省。」雖誤龜爲龜，其說固猶有本也。六國文字作稷，則當是從日秋聲……
>
> 秋本收獲之時，百穀各以其熟爲秋，本無定時也。惟穀多一年一熟，故秋之義略當於年，《詩》「如三秋分」是也。卜辭云：「今秋」「來秋」當亦如此……若四時之秋，則後起之名。〔註105〕

龜釋爲春秋之秋，是也，而籀文從龜（《說文》，頁330），是爲形體上的譌變。秋亦作穀成熟之意，《爾雅·釋天》有「秋爲收成」，故《書·盤庚》中「若

備註：戮字《說文》與《校正宋本廣韻》均無，《校正宋本廣韻》有璞字（頁466），璞，匹角切，覺部，與《說文》樸字之匹角切同；薄字，傍各切，並母，各部（頁507）；搏字，讀爲博，博字，補各切，幫母，各部。幫、滂、並母皆爲雙脣音，爲同類，即發音部位相同，可互相諧聲或通用，古聲同類，旁紐雙聲可通用；又魚、尤二部古韻相近可以旁轉，故可相通轉。

〔註104〕葉玉森釋爲蟬，作夏解，董作賓亦從之，釋爲夏，詳《甲骨文字詁林》，第2冊第1881，頁1829-1836。龜字契文詳《類纂》，頁694-696。

〔註105〕唐蘭：《殷虛文字記》，頁9。

農服田力穡，乃亦有秋」中的秋字，則義爲禾穀之成熟，秋本爲收穫之時，穀又多一年一熟，故又作「年」解，唐說是也。由此明龜之義，或春秋的秋，或爲紀時名詞〔註106〕。其作紀時用者，如：

> 庚寅卜㝵貞今秋王往……（《合集》一一五三七）
>
> 辛巳余卜今秋我步茲（《合集》二一七九六）
>
> 丁丑貞今秋王其大史（《合集》三二九六八）

龜字自唐氏釋讀爲秋，已成定論。

3、釋稻字

唐氏釋𪍑爲稻，爲稻，契文作 🌾（《合集》一○○四三）、🌾（《合集》一○○四五正）、🌾（《合集》一○○五一）、🌾（《合集》一○○四七）、🌾（《合集》二四二五四）諸形〔註107〕。並推勘該字於卜辭文例中之作用，謂：

> 𪍑字象米在臼中之意，或從米從臼，以象意字聲化例推之，當讀臼聲。從米臼聲，當即《說文》之釋字……《說文》：「釋，糜和也。」乃後起義矣。卜辭常云「受𪍑年」，每與「受黍年」同出，則𪍑亦穀名……𪍑是穀名，當讀如稌。《說文》：「稌，禾也。」𪍑得與稌通者，《士虞禮記》：「中月而禫。」《注》：「古文禫或爲導」，是其證。朱駿聲疑「稌實與稻同字」，殊有見地……卜辭以𪍑年與黍年同卜，𪍑必爲重要穀類，可知。𪍑，導，稻，蓋三名而一實，𪍑象容米於臼，稻象抒米於臼，故可引申爲同一穀名矣。卜辭之「受𪍑年」，當即「受稻年」，故與「受黍年」並重。〔註108〕

字眾家說法紛紜〔註109〕。唐氏由卜辭「受𪍑年」，每與受黍年同出，謂𪍑亦爲穀名，𪍑即爲稻字，《說文》：「稻，稌也，從禾舀聲。」段注曰：「未去糠曰稻。」

〔註106〕秋字可作爲紀時之用，讀爲春秋的秋外，尚可作爲有關秋時的祀祭，如帝秋、告秋、寧秋等，或作蝗災、地名解，詳徐中舒：《甲骨文字典》，頁784。

〔註107〕《類纂》，頁1060-1061。

〔註108〕唐蘭：《殷虛文字記》，頁34。

〔註109〕詳李孝定：《甲骨文字集釋》，第7冊，頁2399-2400，釋字下，及頁2355，稻字下。《甲骨文字詁林》，第3冊第2734，頁2707-2712。日人《甲骨文字字釋綜覽》，頁219-220。

（頁 325）至金文稻字作【圖】、【圖】、【圖】諸形〔註110〕，已與《說文》篆作【圖】形近，唐氏釋為糧，隸定為稻。但釋為稻字，尚待進一步的考釋。〔註111〕

考諸卜辭文例，䅆字用法或作穀物名，或作地名用〔註112〕，作穀名者，卜辭多作「受䅆年」，如：

　　貞我不其受䅆年（《合集》一〇〇四三）

　　戊戌卜殼貞我受䅆年（《合集》一〇〇四五正）

　　貞不其受䅆年（《合集》一〇〇五一）

4、釋禽字

此字或釋為畢、禽，唐氏據孫詒讓說，釋為禽：

【圖】象【圖】形，其引申之義為禽……其用為動詞，則禽是禽穫，戰是狩

獵也。卜辭【圖】字，讀為禽，則無不順適。〔註113〕

此字契文作【圖】（《合集》二八八三九）、【圖】（《合集》四七六三）、【圖】（《合集》三三四〇四）、【圖】（《合集》三三三八四）、【圖】（《合集》二九二四二）諸形〔註114〕。唐從孫說，謂象罕形，釋【圖】為禽字〔註115〕。而禽（【圖】）金文又作【圖】、【圖】〔註116〕，加上今音，故《說文》謂：「禽，走獸總名，从厹，象形，今聲。」（頁746）篆作【圖】，由卜辭【圖】誤為金文之【圖】，再演變為小篆之【圖】，形體一脈相承。〔註117〕

〔註110〕容庚：《金文編》，頁 501。

〔註111〕詳裘錫圭：〈甲骨文中所見的商代農業〉，《全國商史學術討論會論文集》，頁 198-244。《甲骨文字詁林》，第 3 冊第 2734，頁 2712。

〔註112〕徐中舒：《甲骨文字典》，稻字，頁 780-781，糧字，頁 792-793，姚孝遂亦釋讀為䅆字，尚有下辭文例用義不明者，於此不加以論述。

〔註113〕此字諸家說法詳《甲骨文字詁林》，第 4 冊第 2824，頁 2817-2822。李孝定：《甲骨文字集釋》，第 7 冊，頁 2555-2562。唐說見《天壤閣甲骨文存考釋》，頁 58 上-58 下。

〔註114〕《類纂》，頁 1082-1090。

〔註115〕唐說【圖】即干字，干又孳乳為罕，罕禽同字，則有待商榷。詳姚孝遂按語，《甲骨文字詁林》，第 4 冊第 2824，頁 2821。

〔註116〕容庚：《金文編》，頁 950-951。

〔註117〕詳《甲骨文字詁林》，第 4 冊第 2824，頁 2821。姚孝遂謂其形體演變作：

甲骨文	禽簋	不娶簋	石鼓文	小篆
【圖】	【圖】	【圖】	【圖】	【圖】

　　◈字爲象田獵、捕網的工具，於甲骨卜辭中本用作動詞，由借田獵常用器具，以喻收獲之意，後名所獲物爲禽，用作名詞，作爲禽獸之義，復加手旁而作擒字，專作動詞用。◈字契文所見甚眾，其辭用法多與田獵相關，唐氏釋爲禽，作動詞，爲擒獲之意，置諸卜辭文例，文通句順，例如：

　　　　壬申卜㲉貞甫擒麋丙子陷允擒二百又九一月（《合集》一〇三四九）。

　　　　己卯卜㲉貞我其陷擒（《合集》一〇六五五）。

　　　　……狩獲擒鹿五十又六（《合集》一〇三〇八）。

　　　　擒茲獲兕四十鹿二狐一（《合集》三七三七五）。

　　　　庚戌卜今日其擒狩（《合集》二〇七五六）。〔註118〕

唐氏謂◈爲禽字，又驗諸卜辭文例，以爲作禽字，用爲動詞，作擒獲之意解，其說是也。

　　5、釋冥字

　　冥字契文作◈（《合集》一四〇一三）、◈（《合集》六三五正）、◈（《合集》六九四八正）諸形〔註119〕。郭沫若認爲此字在卜辭中多與女子生育之事相關，爲㝃的古文〔註120〕。唐氏釋讀爲冥字，謂：

　　　　◈即冥字，冥之本義當如幎，象兩手以巾覆物之形，《說文》作◈，

　　其形既誤，遂謂「從日從六冖聲。日數十六日而月始虧，幽也」。穿鑿可笑。卜辭◈字當釋娩，冥或娩之用爲動詞者，並假爲㝃：

　　　　「生子免身也」。〔註121〕

唐氏據卜辭文例，謂冥用作動詞，假爲娩〔註122〕。《說文》：「㝃，生子免身也。」（頁749-750）今字從女，作娩。自卜辭辭例觀之，如：

〔註118〕此處◈字隸定爲擒字，乃從《類纂》，頁1082-1090。

〔註119〕《類纂》，頁782-785。

〔註120〕郭沫若說及其餘諸家說，詳《甲骨文字詁林》，第3冊第2152，頁2067-2071。

〔註121〕唐蘭：《天壤閣甲骨文存考釋》，頁60下-61上。

〔註122〕冥字從◈，從◈，◈中或從口、○，所會意未明（徐中舒：《甲骨文字典》，頁1573）。唐氏釋爲冥，並謂冥的本義當如幎，象兩手以巾覆物之形，然◈應非巾形，於字形之說解，唐說不可從，徐中舒：《甲骨文字典》，頁1573。

己丑卜㱿貞翌庚寅婦好娩（《合集》一五四）。

丁酉卜㢏貞婦好娩嘉王固曰其惟甲娩有崇有……（《合集》一三九六）。

甲申卜㱿婦好娩不其嘉三旬又一日甲（《合集》一四〇〇二正）。

6、釋叀字

此字卜辭習見，作 （《合集》二二七四〇）、（《合集》六六四八正）、（《合集》三二一九二）、（《合集》三三七一六）、（《合集》九六八）諸形〔註123〕，歷來說解不同〔註124〕，唐氏以爲卜辭中習見之叀及重爲語詞，並引諸卜辭文例推勘，謂：

> 卜辭習見之叀（早期）或重字（晚期），均爲語詞，即重牛重羊諸辭，亦非用牲之名也。凡卜辭之言重某者多與其牢同見……是重羊與其牢之辭例相同……則重之意義當與其略同……若叀重字下不繫牲名而繫他辭者，尤非訓爲語詞不可。〔註125〕

唐氏駁斥各家釋字之說，以爲於文法皆不能合。繼援典籍以證成叀或重之用爲語詞，謂：

> 叀或重之得爲語詞者，重古讀當如惠，故金文多以重爲惠，而惠從重聲。惠字古用爲語詞。《左傳》襄公二十六年「寺人惠牆伊戾」，服注「惠伊皆發聲」。其義當與惟字同。《書・洛誥》云：「予不惟若茲多誥。」《君奭》云：「予不惠若茲多誥。」句例全同，不惠即不惟。

釋讀爲重，作語詞使用，則凡卜辭中有此字而文義不明，讀爲惟，未有不文從字順者。

唐氏據卜辭文例及典籍，以推勘重字的用法，讀重爲惠，以爲作發語詞之用，與隹相同，並引楊筠如之說，釋讀爲語詞，與經籍中語詞的惟、唯或維等

〔註123〕《類纂》，頁 1138-1140。

〔註124〕各家說法詳李孝定：《甲骨文字集釋》，第 4 冊，頁 1417-1433。《甲骨文字詁林》，第 4 冊第 2953，頁 2979-3001。日人《甲骨文字字釋覽》，頁 106-107。

〔註125〕以下所引重字均自唐蘭：《天壤閣甲骨文存考釋》，頁 33 上-33 下。唐氏謂「《書・洛誥》云：『予不惟若茲多誥。』」應出自〈酒誥〉一篇，可參《十三經注疏》，藝文印書館印行，頁 219。

字同〔註126〕，以釋讀卜辭諸文例，於文義上，無不允洽，其說碻不可易。

李孝定從唐說，謂此字作語詞用，然對叀字於卜辭中用法僅以「語詞」作解，《甲骨文字典》於叀字的釋義謂「語詞，讀與惟同」（頁452），其後趙誠等人對卜辭中諸虛詞進行收羅整理並分類解說，歸納卜辭中叀字之意義爲助詞與介詞等用法，有詳實的析論，可謂後出轉精。〔註127〕

唐氏在考釋古文字時，常援用辭例推勘法，除以上數例證外，尚有若干例證：

如釋🀫（《合集》二六八正），繼而由卜辭文例考羽的假借義，爲紀時之稱，是也。而卜辭羽、翊、昍通用無別，均當讀作《說文》的昱，而訓爲明日。

釋習字〔註128〕，舉卜辭條例有「習一卜」、「習龜卜」，以爲習即具有重義。並援典籍爲證，皆使用辭例推勘法以考釋古文字之例。

唐氏據文字形體，謂🀫即爲帚字〔註129〕，又據卜辭文例、金文文例以爲帚當讀爲婦，習用於人名，故卜辭中帚字，多假爲婦字，而卜辭中帚與婦用法無別。

犌字〔註130〕，《說文》所無，唐氏依象意字聲化例推當讀爲從牛、從帚（或霎）聲的犅（或犌）字。並據卜辭「犅我西啚田」（《合集》六〇五七正）、「犌我示彞田七十人」（《合集》六〇五七正）諸例中的犌、犅，皆假爲侵。且卜辭中有以土方之征，呂方之犅並言（《合集》六〇五七正）。又據《穀梁傳‧隱公五年傳》曰：「苞人民，敺牛馬，曰侵。」故侵或作掠人之意，卜辭均用作侵伐之意。

〔註126〕惟、唯或維等字爲發語詞（見《匡謬正俗》二），《說文》段注云：「經傳多用爲發語之詞。」毛《詩》皆作維，《論語》皆作唯，古文《尚書》皆作惟，今文《尚書》皆作維（《說文》，頁509）。故唯、惟、維皆作發語詞，詳俞敏監修，謝紀鋒編纂之《虛詞詁林》，唯字，頁486-487，惠字，頁517-518，惟字，頁500-504。

〔註127〕管燮初：〈甲骨文金文中唯字用法的分析〉，《中國語文》1962年6月，頁243-250。趙誠：〈甲骨文虛詞探索〉，《中國語文研究》第8期，頁15-32。張玉金〈甲骨卜辭中惠和唯的研究〉，《古漢語研究》1988年第1期，頁4-9。張玉金：《甲骨文虛詞詞典》，頁92-116中，對惠字（即叀字）之用作副詞，分十二類，論之亦詳，大抵不脫助詞與介詞等用法的範圍。

〔註128〕《殷虛文字記》，頁21-22。

〔註129〕《殷虛文字記》，頁24-27。

〔註130〕《殷虛文字記》，頁30-31。

又卜辭中「於朝」、「於萌」，歷來爭訟不已，唐氏釋爲朝字，並據卜辭有「朝酉」，另一辭有「貞蠹酉」，朝莫（蠹）相對（《合集》二三一四八片），故應釋爲朝字〔註131〕，此即利用對貞的卜辭以釋古文字者。

南字，郭沫若釋爲南，唐釋爲青字，並據卜辭文例，以爲此字卜辭中用法，一是假爲方向之名，二是祭品名，即讀爲穀。〔註132〕

由上述所舉之例，可知唐氏極重視由辭例的推勘來考釋古文字，嘗謂：「治卜辭者，首當通其文例。」〔註133〕故必將考釋所得契文，置諸卜辭文例中，或探勘其詞性，或明其本義、明假借義者甚多。即是明考釋文字之方法，在識文字，從而能審文例，明白卜辭之內容，將釋得古文字的點，擴至卜辭文例中的線，及其他文例中的用法，進而明白古文字之本義、假借義的面，而能讀通句讀。

除援用卜辭文例以輔助考釋文字外，唐氏亦援古書文獻中的用語或注解，爲辨識古文字提供的推勘條件，進而釋讀古文字，此即利用文獻、成語資料以進行推勘的具體成果，如釋囏字，即是此例。囏契文作 𦰩（《合集》二四一五一）、𦰩（《合集》二四一六五）、𦰩（《合集》二四一七六）、𦰩（《合集》二四一七七）、𦰩（《合集》二四一八〇）、𦰩（《合集》二四一八三）諸形〔註134〕，《說文》：「囏，土難治也，從堇艮聲，𦰩籀文囏從喜。」（頁700）卜辭與《說文》籀文同。羅振玉據字形釋讀爲囏〔註135〕，唐氏從之，並據古籍考證卜辭囏字，作囏難意：

> 卜辭囏字，用爲囏難之義。《大誥》：「寧王遺我大寶龜，紹天明即命，曰：『有大囏於西土。』」與卜辭正合。《易‧大有》：「囏，則無咎。」是囏與咎有殊也。卜辭多借壴穚嘻等字爲囏，囏字從英，英者暵也；難也；饉也；壴其聲也。囏從壴聲……周時囏字變爲囏，毛公厝鼎、不娶簋均然。後人以喜聲不諧，故改艮聲從囏，而囏字遂無人知其

〔註131〕《殷虛文字記》，頁61-63。參本章比較法釋朝字。

〔註132〕《殷虛文字記》，頁86-93，及《天壤閣甲骨文存考釋》，頁50下-51上，及〈釋四方之名〉一文。

〔註133〕《天壤閣甲骨文存考釋》，頁34上。

〔註134〕《類纂》，頁104。

〔註135〕李孝定：《甲骨文字集釋》，第13冊，頁4019，及頁4013。《甲骨文字詁林》，第1冊第237，頁296-297。

從壴聲，且亦不通行矣。〔註136〕

唐氏由《大誥》「有大艱於西土」句，與卜辭文例相推勘，而論囏釋作艱難。考諸卜辭，囏即作艱難、困阨或禍患解〔註137〕。卜辭中諸囏字，以艱難意釋讀之，文通句順，如：

> ……來囏自方（《合集》二四一五一）。

> ……其在茲有囏二月（《合集》二四一五○）。

> 辛亥卜祝貞……日無來囏自……（《合集》二四一五三）。

> 辛巳……貞今日……囏九月（《合集》二四一六八）。

> 丁未卜即貞今日無來囏（《合集》二四一七七）。〔註138〕

唐氏以古籍文獻推勘卜辭文例，釋讀該字於文句中之意義，其說是也。

唐氏又謂由推勘法所認得的文字，並「不一定可信，但至少這種方法可以幫助我們去找出認識的途徑」〔註139〕，所以應用推勘法「不是完全可靠的」，而「只能使我們知道文字的一部分讀音和意義，要完全認識一個文字，總還要別種方法的輔助」〔註140〕，並強調不可拋開了文字的形體〔註141〕，這是由於辭例能夠提供的是對考慮不識的文字爲何字時，能有一特定的範圍，卻並非是縮小到唯一的可能〔註142〕，故仍應由文字形體入手，由辭例檢驗。且在援用卜辭文例以參驗文字所釋之義時，宜援同類文例爲佳，則能使推勘之誤差減小。是故透過推勘的方法亦爲輔助釋字的重要方法。〔註143〕

以上兩種考釋古文字的方法——比較法與推勘法，是過去許多古文字學家研究古文字所普遍應用到的，以不同時代、不同字體的文字相互比較，並參照文義、辭例、諧韻關係來釋字的推勘法。另一方面，由於一個字的字義是多方

〔註136〕唐蘭：《殷虛文字記》，頁83。

〔註137〕徐中舒：《甲骨文字典》，頁1646。

〔註138〕《類纂》，頁105。

〔註139〕唐蘭：《古文字學導論增訂本》，頁170。

〔註140〕唐蘭：《古文字學導論增訂本》，頁172。

〔註141〕唐蘭：《古文字學導論增訂本》，頁174。

〔註142〕林澐：《古文字研究簡論》，頁38。

〔註143〕李學勤審訂之《商周古文字讀本》，頁242-243。

面的，而要確定文例中或單獨使用的文字字義，必由上下文及其實際使用的環境加以考慮，故辭例對於一個字在具體使用的場合下的字義，具有最重要的決定性作用〔註144〕。而能否正確地確定一個字於文例中所表達的意思，其前提便是對該字字義有全面的了解，並且以辭例作為判定的依據，故要完全認識一個文字，則需要其他方法的輔助〔註145〕，所以唐氏又著重論述其他兩種釋字方法——偏旁分析法與歷史考證法。

參、偏旁分析法

一、偏旁分析法理論及釋字例

　　唐氏認為偏旁分析法接近科學方法，宋代學者已採用，而至孫詒讓達到較精密的程度。〔註146〕

　　偏旁分析法就是把已認識的古文字，分析做若干個單體——也就是偏旁，再把每一個單體的各種不同的形式集合起來，考其變化，等到遇見不認識的字，只要分析為若干單體，假使各個單體都認識了，再合起來認識那個一字〔註147〕。由於同一個偏旁常為許多文字所共同擁有，故由小篆及小篆以前已識字的字形，利用分析偏旁的方法，以偏旁為單位所得到的形體變化，更便於深入研究文字形體演變中的共同規律。再將每個已識文字的偏旁形體，依時代先後排列，以了解每個字形體的歷史演變情形，若遇到不認識的古文字，亦由此方法加以分析，與已識字偏旁的形體相比較，則能認出該字是由那些已識偏旁所構成，進而識出古文字，此即所謂偏旁分析法。故林澐曾說要以偏旁分析法作為古文字歷史比較法的主幹〔註148〕。而偏旁分析法亦正是對文字構形研究的重要方法。

　　唐氏主張在孫詒讓的偏旁分析基礎上，對偏旁要辨認得清楚正確〔註149〕，則可認出由同一個偏旁構成的一組字，稱為「字族」。認為單個的識字如手工勞

〔註144〕林澐：《古文字研究簡論》，頁122-123。

〔註145〕唐蘭：《古文字學導論增訂本》，頁172。

〔註146〕唐蘭：《殷虛文字記‧序》，頁1。而唐氏亦謂自民國8年治古文字學，即最服膺孫詒讓之術，此術即為偏旁分析法。

〔註147〕唐蘭：《古文字學導論增訂本》，頁179。

〔註148〕林澐：《古文字研究簡論》，頁61。

〔註149〕唐蘭：《古文字學導論增訂本》，頁184-186。

動，用偏旁分析法釋字則好比是機器生產，以此方法整理甲骨文，能使可識之字比一般的估計增加一倍〔註150〕。所以通過對偏旁的分析可以考釋一群字，說：「如其僅拿一兩字來說，這種方法應用的範圍似乎太瑣小狹隘了。這種方法最大的效驗，是我們只要認識一個偏旁，就可以認識很多的字。」〔註151〕因此陳夢家推崇唐氏《殷虛文字記》一書充分運用偏旁分析法，凡屬同偏旁的字彙列在一起，加以考釋，又稱唐氏是在孫詒讓之後，以偏旁分析法尋求古文字之沿革大例中的努力者。〔註152〕

其後，王力「從字的形象來判斷」，楊樹達「據甲文定偏旁釋字」，高明「偏旁分析法」〔註153〕，大抵上都不脫唐氏偏旁分析法之範圍。

透過偏旁的分析，唐氏考釋古文字中的「乙」即冎字，而釋得從冎的三個字〔註154〕，如：釋「徛」即為過字，釋「藞」即為稱字，釋「尹乙」即為歡字。除冎字之外，唐氏於《古文字學導論》中亦舉「斤」字為例，釋讀出偏旁從斤等二十餘字，如斧、新、薪、斬、兵等〔註155〕，其中若干字已成為學界之定論，雖有些為後來學者所推翻，但大抵上是在唐氏釋讀從斤偏旁的基礎上，後出轉精的，故唐氏所標舉之偏旁分析法，在考釋文字上，是極有見地的。〔註156〕

故通過字體的偏旁分析以考釋古文字，可謂成效卓著。唐氏在《殷虛文字記》與《天壤閣甲骨文存考釋》二書中，隨處可見運用分析偏旁的方法以考釋古文字群之例。如：歸納從「帚」之字〔註157〕，前人未識或釋字未碻者，重新整理得：帚、婦、𡩡、𩁹、𤔔、帰、𠌶、㚻、帝、屚、𢀺、𩎺等字。經

〔註150〕唐蘭：《古文字學導論增訂本》，頁 192-193。

〔註151〕唐蘭：《古文字學導論增訂本》，頁 188。

〔註152〕陳夢家：《殷虛卜辭綜述》，頁 71。

〔註153〕王力：《中國語言學史》，頁 158。楊樹達：《積微居金文説・新釋字之由來》，頁 1。高明：《中國古文字學通論》，頁 193-194。

〔註154〕唐蘭：《古文字學導論增訂本》，頁 188-189。其餘諸家詳《甲骨文字詁林》，第 4 冊第 3361，頁 3450-3451。

〔註155〕唐蘭：《古文字學導論增訂本》，頁 189-192。

〔註156〕唐氏雖考定斤字，然於「斤」的文字形體未能加以説明，于省吾《甲骨文字釋林》中將斤字的演變情形與發生發展有詳確之論述，可補唐説之不足。于省吾：《甲骨文字釋林》，頁 339-342。

〔註157〕唐蘭：《殷虛文字記》，頁 24-31。

過考釋⺕爲小篆之彗〔註158〕，又考得所從之字爲霭、習、騽等字；由從壴之
偏旁的字，考釋得鼓、彀、鼗、喜、㒸、侸、娷、嬉、藝等字〔註159〕；分析
曻、厗、葟、㹩、皐、衭等字〔註160〕。皆以偏旁分析法而釋字。除可釋出
一群字外，對於文字形體偏旁的分析，亦可針對單個字體形體加以分析而釋
字。以下即舉例說明：

1、釋定字

唐氏考定**𠧪**爲從宀、正聲的定字，謂：

> 甲骨文的**𠧪**字，前人誤釋做「𠧪」（迥），我考爲從宀正聲，即定
>
> 字。〔註161〕

此字王襄釋爲迥，孫海波釋爲迥〔註162〕。唐氏釋爲定字。定字契文作**𠧪**（《合
集》三六八五〇）、**𠧪**（《合集》三六九一八）諸形〔註163〕，**𠧪**字從宀，從**𠧪**，
而**𠧪**即爲正字。至金文作**𠕒、𠕒、定、定**諸形〔註164〕。從宀從正，與《說
文》定字之篆文作**定**相同。由此正可看出定字由甲骨、金文而至小篆的演變
情形。《說文》謂：「定，安也，从宀从正。」（頁342）。唐說爲定字，極碻。

唐氏在考釋文字方法上，提倡分析文字偏旁的方法，謂經過此法，只要識
得一個偏旁，進而可認識很多的字〔註165〕，在考釋方法的運用上，不僅停留於
理論的闡揚，在實地釋字過程中，亦能切確實行。

2、釋龖字

《說文》：「龖，龍耆脊上龖龖也，從龍幵聲。」（頁588）商承祚釋爲龍
〔註166〕，唐氏由金文冄簋中之冄字偏旁從TT，釋讀爲龖字：

〔註158〕唐蘭：《殷虛文字記》，頁19-22。

〔註159〕唐蘭：《殷虛文字記》，頁63-83。

〔註160〕唐蘭：《殷虛文字記》，頁31-39。

〔註161〕唐蘭：《古文字學導論增訂本》，頁187-188。

〔註162〕《甲骨文字詁林》，第1冊第820，頁789-790。

〔註163〕《類纂》，頁304。

〔註164〕容庚：《金文編》，頁514-515。

〔註165〕唐蘭：《古文字學導論增訂本》，頁188。

〔註166〕《甲骨文字詁林》，第2冊第1836，頁1766-1769。

　　龖字……從龍开聲，TT即开也。金文弮簋云：「隹八月甲申，公中才

　　宗周，易弮貝五朋。」弮字作🔲，昔人不識……余謂當是從弓开聲，

　　即「帝嚳躬宮」之弮字也。蓋古文字之垂筆，每易增一橫筆……則

　　TT即是开之初文。〔註167〕

唐氏藉由一字的偏旁分析、比較證得爲龖字，此字作🔲形（《合集》三六七
正）〔註168〕，又謂古文字之垂筆，往往增一橫畫，早期甲骨文字偏旁結構，習
有筆畫增易之情形，唐說是也。龖與《說文》小篆🔲形類似〔註169〕，《甲骨文
字集釋》、《甲骨文字典》與《甲骨文字詁林》均從唐氏之說，收作龖字，惟此
辭僅餘殘文，其義不明。〔註170〕

3、釋驪字

　　唐氏分析所從偏旁🔲，爲麗字，非鹿字，而隸定作驪字，謂：

　　從馬從🔲，🔲與鹿殊，當是麗字。金文🔲殷邐字作🔲，尹光鼎邐

　　字作🔲，取虘盤麗字作🔲，與卜辭小異。《說文》：「驪，馬深黑色，

　　從馬麗聲。」卜辭以驪爲馬名，義同。〔註171〕

驪字作🔲（《合集》三七五一四），唐氏先分析其偏旁爲從麗字，並與金文中
之麗字及從麗字者，如邐字，相比較，證明絕非鹿字。

　　另有卜辭「惟駲暨駛子無災」（《合集》三七五一四），其中🔲字，羅振
玉釋讀爲駲，謂駲與驪同，《廣韻》謂駕同驪〔註172〕，其說是也〔註173〕。而🔲
當從唐氏隸定作驪，而🔲亦當從羅振玉之說，釋讀爲駲。商代甲骨文中的驪
與駲當有所區別，而至後世因二字聲旁相通，故可通用〔註174〕。唐氏經由偏旁

〔註167〕唐蘭：《殷虛文字記》，頁 45。

〔註168〕《類纂》，頁 680。

〔註169〕徐中舒：《甲骨文字典》，頁 1261。

〔註170〕《類纂》，頁 680。《甲骨文字詁林》，第 2 冊第 1836，頁 1766-1767。

〔註171〕唐蘭：《殷虛文字記》，頁 23-24。

〔註172〕李孝定：《甲骨文字集釋》，》第 10 冊，頁 3035。

〔註173〕郭沫若《卜辭通纂》、陳漢平均從羅說（陳漢平說見〈古文字釋叢〉，《考古與文物》
　　　　1985 年 1 期，頁 104）。

〔註174〕陳漢平：〈古文字釋叢〉，《考古與文物》1985 年 1 期，頁 104。

的分析與比較，駁郭沫若之說，隸定為驪，即《說文》的驪字，謂：「驪，馬深黑色。」（頁466）

4、釋䯄字

此字契文作 [契文字形]（《合集》三七五一四）〔註175〕，唐氏透過對老字形體的變化與分析，隸定為䯄：

> ……當即䯄字……按 [字形] 當是老字，卜辭老作 [字形]，[字形]……《說文》老部之字多從 [字形]，而云從老省，不知老本作 [字形] 也。[字形] 或作 [字形]……
> [字形] 字當從老高聲，蓋即《說文》之蕎也。《說文》：「蕎，年九十曰蕎，從老蒿省聲。」轉從蒿聲而省為蒿，與從高聲固無異也。《說文》老部之字俱從 [字形]，獨蕎異者，以餘字尹形在上，蕎字獨在下，作 [字形] 則不整齊也。然 [字形] 即蕎字，無疑也。卜辭䯄字，從馬橐（蕎）聲，字書所無。其義為馬名，以聲推之，疑即驕之或體，《說文》：「馬高六尺為驕。」〔註176〕

字從馬、從高、從老，唐氏分析其偏旁，隸定作䯄，疑即《說文》中的驕字，就其方法而言，是正確的。可備為一說〔註177〕，於卜辭中，用作馬名，則是可以確定的。

5、釋尋字

甲骨文中此字習見契文作 [契文字形]（《合集》三六九○四）、[契文字形]（《合集》三六九○五）、[契文字形]（《合集》九四反）、[契文字形]（《合集》八一二八）、[契文字形]（《合集》八一八二）諸形〔註178〕，各家說法紛紜〔註179〕。唐釋為尋，李孝定從唐說，《甲骨文字集釋》、《類纂》及《甲骨文字詁林》均從唐氏之說收為尋字。唐氏釋為尋字：

〔註175〕《類纂》，頁627。

〔註176〕唐蘭：《殷虛文字記》，頁23。

〔註177〕《甲骨文字詁林》，第2冊第1642，頁1600。

〔註178〕《類纂》，頁975，及頁823-824。

〔註179〕《甲骨文字詁林》收作尋，第3冊第2233，頁2142-2146，及第2冊第1036，頁970-974。徐中舒：《甲骨文字典》收為埶，頁863，林小安釋為逆迎之義，見〈殷武丁臣屬征伐與祭考〉，《甲骨文與殷商史》，第2輯，頁223-302。李實從林子安說，釋迎。詳《甲骨文字考釋》，頁18-35。

余謂 [字] 若 [字]，實尋之古文，由字形言，八尺曰尋……卜辭偏旁之，正象伸兩臂之形。其作 | 者丈形，《說文》作 [字]，從十，十在古文當爲 | ，以手持杖是爲丈。卜辭作 [字]，則伸兩臂與杖齊長，可證其當爲是尋丈之尋也。卜辭或作 [字] 者，《公食・禮記》：「加萑席尋。」注：「丈六曰常，半常曰尋。」是席長亦八尺故伸臂與之等長也。卜辭又有 [字] 字，地名，前人不識。余謂當是從口 [字] 聲，蓋 [字] 形小變而爲 [字] 耳。又有 [字] 字，前人亦未釋，余謂 [字] 即 [字] 之變體。此 [字] 及 [字]，當即今隸之尋字。蓋古文 口 或作 | ，故 [字] 與 [字] 可併爲一字。口 或變 工，故 [字] 或 [字] 可變爲從 工，則作 [字] 形者，可變爲 [字]，稍易其形，即爲 [字] 矣。〔註180〕

唐氏謂偏旁所從 [字] 爲席，是正確的，又謂爲象伸臂之形，其偏旁從 [字] 席，乃爲席長八尺，而古人謂八尺亦尋，故得爲尋字，則意有未安。李孝定則就其形體進一步而加以論述，其謂：「蓋凡此數義均爲八尺舒兩臂已可示其意，又恐與舒張之意相混，乃復增象度器之 | （即唐所謂丈）爲之偏旁以會意，仍以示舒兩臂之長也。至或從 [字] 者，[字] 爲西（簟）之古文，象席形，席爲寢具，其長約略與人之身相埒（今猶如此）。舒兩臂之度亦如之也，故於文 [字]、[字]、[字]，其意相同。」〔註181〕於字形之說解，可補唐氏之說。〔註182〕

二、釋字商榷例

經由偏旁分析法，唐氏認爲釋得一字，或一字之偏旁，從而可釋得更多字，然而卻「不可先立一義」對文字說解〔註183〕，方不致陷入「任意猜測」與「偏守固執」之失〔註184〕，唐氏在運用偏旁分析法釋字時，仍不免偶有誤釋偏旁，

〔註180〕唐蘭：《天壤閣甲骨文存考釋》，頁 42 下-43 上。

〔註181〕李孝定：《甲骨文字集釋》，第 3 冊，頁 1038。《甲骨文字詁林》，第 3 冊第 2233，頁 2142-2146。

〔註182〕從而又釋讀樿字，《天壤閣甲骨文存考釋》，頁 43 上。唐氏爲樿，各家均未予隸定，然於卜辭作爲地名，則是可確定的，《甲骨文字詁林》，第 2 冊第 1407，頁 1365。

〔註183〕唐蘭：《天壤閣甲骨文存考釋》，頁 22 下。

〔註184〕唐蘭：《古文字學導論增訂本》，頁 273-274。唐氏自言研究古文字的六條戒律。

進而又誤釋從該偏旁之字。

1、釋 🔹字與釋 米🔹米字

　　唐氏釋🔹為豕，又釋從🔹偏旁之米🔹米為�，釋日🔹為琢〔註185〕。於《天壤閣甲骨文存考釋》書中，唐氏以極大的篇幅，由比較法、推勘法及歷史的考證等方法，說解🔹即為豕字。認為🔹為豕形，無足而倒寫，🔹即🔹之倒文，豕當作🔹，而作🔹，無兩足，亦為其簡形。🔹、🔹等形，又與卜辭之豕相近。並例舉從豕偏旁之字，如豢、尳等字為證，以為🔹、🔹、🔹等形體近似，與唐氏「豕形無足」說相合。〔註186〕

　　而🔹字形體或作🔹（《合集》八一四）、🔹（《合集》九四〇八）、🔹（《合集》三二一八九）、🔹（《合集》一七四二四臼）諸形〔註187〕，各家說解紛紜，釋作茅、矛、勹、身〔註188〕，唐氏駁前人釋字之非，然亦未能正確釋字。

　　于省吾釋🔹字為屯〔註189〕，以為屯象待放的花苞與葉之形，其字體或填實、或虛廓作🔹、🔹形，至金文作🔹、🔹、🔹諸形〔註190〕，形體與卜辭同。屯字上部的〇在金文中變為口，或作🔹，或作一形，《包山楚簡文字編》中作🔹〔註191〕，至《說文》小篆作🔹，（頁 22），於字形之說解「從屮貫一」，乃是據小篆之形體說解。唐氏未能詳考屯字形體的演變，專就「倒文」之說，隸定為豕，從而誤釋若干從🔹之字，如釋米🔹米為榱，謂即《說文》之樣，又假為遂，用為紀時。《說文》謂：「樣，栩也，從木、羕聲，《詩》曰：『隰有樹檖』。」（頁 246）據段《注》，為檖，做樹名解。而唐氏謂米🔹米字形從林從豕，象豕食艸木之葉，亦為臆說〔註192〕。並與檖字相牽涉，亦不足信。

〔註185〕唐蘭：《天壤閣甲骨文存考釋》，頁 20 下-24 上。

〔註186〕豕契文作🔹、🔹、🔹（《類纂》，頁 611-616），象豕碩腹垂尾形，用為牲畜名，已成定論，《甲骨文字詁林》，第 2 冊第 1599，頁 1563-1565。

〔註187〕《類纂》，頁 1266-1270。

〔註188〕詳日人《甲骨文字字釋綜覽》，頁 15-16。《甲骨文字詁林》，第 4 冊第 3275，頁 3313-3323。

〔註189〕于省吾：《甲骨文字釋林》，頁 1-2。《甲骨文字詁林》，第 4 冊第 3275，頁 3313-3323。

〔註190〕容庚：《金文編》，頁 31-32。

〔註191〕張守中：《包山楚簡文字編》，頁 7。

〔註192〕唐蘭：《天壤閣甲骨文存考釋》，頁 23 下。

[字形] 字作春字解，其形作 [字形][字形]、[字形]、[字形]、[字形] 諸形〔註193〕，隸定作春字，金文春字作 [字形]、[字形]、[字形] 諸形〔註194〕，《說文》篆文作 [字形] 形（頁 48），契文春字與篆文略同。釋爲春字，毫無疑義，唐誤釋 [字形] 字，進而又誤釋 [字形][字形] 字。

唐氏既誤釋 [字形] 爲豕，誤釋 [字形] 爲屯，又謂卜辭假屯爲 [字形]，作爲春意，用爲紀時，頗值得商榷〔註195〕。然 [字形] 字之說解，眾家紛紜〔註196〕。形體作 [字形]（《合集》六五〇二）、[字形]（《合集》六六九〇）、[字形]（《合集》二五三七〇）等形〔註197〕，文字所象不明，至今未能定論。唐氏雖於《殷虛文字記》中以大篇輻說解、改正，然所據偏旁分析法釋字已屬誤釋，故而於字形說解不確。〔註198〕

2、釋逸字

唐氏釋 [字形] 爲兔字，進而釋逸：

> 余由此獸之長耳厥尾諸特點，斷以爲兔字……其獸形亦見於田獵之辭……以字形言之，則 [字形] 或作 [字形]，即雍邑刻石 [字形] 字及小篆 [字形] 字所從出，因甚易知也。更以偏旁考之，則 [字形] 字昔人所誤釋爲逐者，當釋爲逸。而諸從龟之字，其偏旁作 [字形]，與 [字形] 絕相類。則以上諸文之爲兔或龟字，無可疑矣。〔註199〕

此字諸家皆釋爲逐，逐字於契文形體繁多，逸契文作 [字形]（《合集》一〇二三六正）、[字形]（《合集》二八三六八）、[字形]（《合集》三三三七五）、[字形]《合集》五七七五正）、

〔註193〕《類纂》，頁 514-515。《甲骨文字詁林》，隸定作春，詳第 2 冊第 1436，頁 1387-1393。

〔註194〕容庚：《金文編》，頁 39。

〔註195〕其後唐蘭於《殷虛文字記》1937 年 7 月的〈跋〉中謂第一個字即錯，而來不及改正。今本《殷虛文字記》中已附上〈補正〉，即包含此字，頁 1-6，及〈補正〉，頁 110-111。

〔註196〕《甲骨文字詁林》，第 2 冊第 1405，頁 1355-1364。諸家或釋作春，或釋作條，假爲秋，或釋作截，或釋作者，未能隸定，姚孝遂於《骨甲文字詁林》之〈按語〉中以爲此字待進一步的考察。

〔註197〕《類纂》，頁 507-509。

〔註198〕春字的說解已見前說。唐氏謂此字形體作 [字形] 形者，即爲屯，且引金文屯爲例，相比較。並考察其演變，謂金文屯形體多作 [字形]（容庚：《金文編》，頁 31-32），據文字形體增繁之例，於垂筆恒增一畫、點，點又引爲畫，以爲屯字的演變爲：[字形]→[字形]→[字形]→[字形]，亦多臆測。

〔註199〕唐蘭：《天壤閣甲骨文存考釋》，頁 27 下-30 上。

✦（《合集》一〇二九四）諸形〔註200〕。李孝定從唐說，從兔者收爲逸〔註201〕。偏旁或從豕，或從犬，或從✦形等，卜辭均通用無別〔註202〕，蓋因諸獸偏旁而通作無別，《甲骨文字詁林》收爲逐，《說文》謂：「逐，追也，從辵，豕省聲。」（頁74）甲骨文從屮於獸之後，表示追逐之意，羅振玉謂亦象獸走而人追之意，故不限於何獸〔註203〕。如果釋字憑義近形旁通作，則從兔，當釋作逐，然而釋字應據字形所本象爲何物，在這一方面，唐氏釋兔，又釋此字爲逸字。究竟應釋爲何字，仍有待進一步考證。然而唐氏注重文字形體分析之研究方向，正給予後人學習的最佳典範。

3、釋牽字

此字契文作✦（《合集》一一六反）、✦（《合集》一八五三臼）、✦（《合集》六五五二臼）、✦（《合集》七二八七臼）、✦（《合集》一七五〇六臼）諸形〔註204〕，各家說解紛紜〔註205〕。唐氏釋爲牽字：

> 牽爲武丁時卜人之名……字當作✦，見《新》一五九片，象以手牽牛，當是牽之本字，作✦、✦者，其變形也。〔註206〕

唐說之誤，李孝定駁之甚明，李氏謂唐氏所據董作賓之《新獲卜辭寫本》第一五九片，應爲貞人之名，作✦（如所附寫本），與它辭作✦者，爲一字，恐係誤摹，或誤刻，唐氏據此唯一例外，說爲牽字，並不可據。〔註207〕

〔註200〕《類纂》，頁328-330。兔字詳《類纂》，頁640。

〔註201〕李孝定：《甲骨文字集釋》，》第10冊，頁3085。

〔註202〕羅振玉：《增訂殷虛書契考釋》卷中，頁27下。高明：《中國古文字學通論》，頁161。姚孝遂：〈甲骨刻辭狩獵考〉，《古文字研究》第6輯，頁42-43。詳《甲骨文字詁林》，第1冊第845，頁842-845。

〔註203〕《甲骨文字詁林》，第1冊第845，頁842。

〔註204〕《類纂》，頁377，孫海波：《甲骨文編》，頁3807。

〔註205〕劉鶚釋ㄓ哉，孫詒讓釋爲戔，胡光煒釋爲爭，于省吾起先釋爲曳，後又釋爲爭，李孝定從之。今徐中舒之《甲骨文字典》釋爲夬，謂此字爲形而有缺口之玉璧，以兩手持之，爲玦字之初文（頁34，及頁285-286）。詳李孝定《甲骨文字集釋》，第4冊第1445-1449，《甲骨文字詁林》，第2冊第1045，頁999-1001，日人《甲骨文字字釋綜覽》，頁459。

〔註206〕唐蘭：《天壤閣甲骨文存考釋》，頁35下。

〔註207〕李孝定：《甲骨文字集釋》，第4冊，頁1449。董作賓：《新獲卜辭寫本》，《董作

《新獲卜辭寫本》第一五九片

今《天壤閣甲骨文存考釋》第三十六片，此字形作🔲，若如唐氏謂以手牽牛，則失之疏漏。在對偏旁🔲及所從之🔲形等的分析，應作全面性的分析，不可但據一、二句卜辭契文驟下定論。

此字于省吾引金文爭字形體演變諸形，以爲此即爭字〔註208〕。爭字篆文作🔲，《說文》謂：「爭，引也，從𡗶，𠂆。」（頁162）爭字金文所無，靜字偏旁所從之爭字，作🔲、🔲、🔲、🔲、🔲諸形〔註209〕，在形體上，🔲與🔲，只是🔲形演變爲向左下迤作🔲之形，另外所從之🔲與所從🔲，古文字一也〔註210〕。而至秦公𥭣靜字所從的爭字作🔲，應爲《說文》之所本。

由上述可知，唐氏雖強調要將偏旁認識得清楚、正確，方能正確地釋字，不要「苟且浮躁」，更不可以穿鑿附會，卻仍不免誤釋🔲字、🔲🔲🔲字、逸字及牽字等，可見考釋古文字確實並非一件容易的事。唐氏透過偏旁分析法所釋得之字群，可謂成果豐碩。故嚴一萍《甲骨學》推崇曰：「分析偏旁以釋字，當推唐立厂氏用力最勤，其所著《殷虛文字記》，主要爲分析偏旁，所得甚多。」〔註211〕說極切實。

賓先生全集》，第2冊，頁480。《新獲卜辭寫本》第159片《合集》未予收錄，而《合集》所收爭字，未有作🔲形者，就《新獲卜辭寫本》看來，此字應如李孝定所說的屬於誤刻情形。

〔註208〕于省吾：《甲骨文字釋林》，頁90-91。

〔註209〕容庚：《金文編》，頁350。

〔註210〕于省吾：《甲骨文字釋林》，頁91。

〔註211〕嚴一萍：《甲骨學》，下冊，頁794。

肆、歷史考證法

一、偏旁分析法與歷史考證法相參輔

唐氏認爲偏旁分析法確實爲一科學的考釋方法，然而本身存在著兩項缺失：一、偏旁分析法難以應用到原始的單體文字中。這是由於有些原始的文字與後代文字間的連鎖關係遺失了的緣故。二、由於文字並非一個時期發生的，而且不是一成不變的，故文字形體變化多，愈分析得精密，則窒礙越多。〔註212〕故說：「分析偏旁，在古文字研究中，雖爲最科學之方法，有時卻不免隔閡。必別作歷史研究，始能完善。」〔註213〕其補救方法，是進一步提出歷史考證法。

強調應在嚴格的分析下，同時注意到文字的演變歷史，互爲補充，認爲：「第一得把偏旁認眞確了。第二，若干偏旁所組合成的單字，我們得注意它的史料，假使這字的史料亡缺，就得依同類文字的慣例，和銘詞中的用法等由各方面推測」〔註214〕。由此可知唐氏對文字的偏旁加以分析後，便要詳考其歷史，參酌其變化與發展，歸納通則而釋字，二者要同時進行，以臻於客觀。故唐氏在分析文字偏旁同時，對文字的變化、發展極爲重視，曾說：「文字是活的，不斷地在演變著，所以我們要研究文字，務必要研究它的發生和演變。」〔註215〕正是說明能夠明白在古文字中，同一個偏旁，不僅在不同時代，具有不同的形狀，即便在同一時代，亦具各種形體，而不同的偏旁，有時亦會因爲形體的相近而致混淆，明白這種種情形，則能夠對文字做比較全面的考察，並羅列其歷史源流，做出正確的考釋。〔註216〕

因此，古文字形體的錯綜複雜，隨時代的變更而不停地變化、發展，在使用偏旁分析法時，宜熟悉同一時代的各種古文字形體的規律、特點，並通曉各時代、各文字形體的規律，由總體上來認識與把握，方能正確分析文字，辨識文字〔註217〕，故提出歷史的考證。也就是說，應由文字可分解爲偏旁的角度，

〔註212〕唐蘭：《古文字學導論增訂本》，頁196。

〔註213〕唐蘭：《殷虛文字記》，頁94。

〔註214〕唐蘭：《古文字學導論增訂本》，頁186-187。

〔註215〕唐蘭：《古文字學導論增訂本》，頁197。

〔註216〕王慶祥：〈古文字學與古史研究〉，《語言文字學》1980年6期，頁10。

〔註217〕張亞初：〈古文字分類考釋論稿〉，《古文字研究》17輯，頁230。

進行文字的歷史演變的分析、比較，不僅能使字形的對比，趨於精密合理，而且在處理複雜、繁多的字形時，也能夠以簡馭繁。〔註218〕

二、歷史考證法的理論與釋字例

由於上古文字尚無定寫，一個字產生不同之寫法，其偏旁或有增加，又或更易位置，筆畫或又有所省變，又或有所增繁，是以增加考釋文字辨識上的困擾。在分析過文字的偏旁後，尚無法認識或有疑問，即需要探尋文字的歷史，搜集文字的材料，找出證據並歸納出條例，此即歷史考證法。

歷史的考證與偏旁分析法互為補充，這一點尤為唐氏所強調，故說：「偏旁分析法研究橫的部分，歷史考證法研究縱的部分，這兩種方法是古文字研究裡的最重要部分，而歷史考釋法尤其重要。」〔註219〕其原因即在於文字的形體變動不拘，所以偏旁分析法用於研究固定型式方面，而流動型式方面，則非考證文字的歷史不可。〔註220〕

對於文字形體要先明白其歷史發展情況，經由對文字歷史的考證上，能找出每一字的歷史，由於「每一小組文字，或相近的文字，在演變時有共同的規律」〔註221〕，這種歷史和規律，就可形成一個系統，這正是王力所稱「從甲骨文本身歸納」的考釋方法，亦即楊樹達的「義近形旁任作」、「音近聲旁任作」、「二字形近混用」〔註222〕，就是要站在歷史的考證角度，歸納古文字，正是明白古文字的發展變化與考釋古文字的方法之一，也是認識文字最科學的方法。〔註223〕

此外，古文字的研究，更可由甲骨、金文、古陶文、璽印文、貨幣文字、簡帛書等大量發現的資料，據其時代的先後，加以排比，研究其結構的變化和發展，並歸納其規律，窮其流變，更能得到正確的結論，此即唐氏所謂歷史的考證。針對文字的變化而注意每個文字的歷史，並詳考其發生與演變情形，將

〔註218〕林澐：《古文字研究簡論》，頁62。

〔註219〕唐蘭：《古文字學導論增訂本》，頁198。

〔註220〕唐蘭：《古文字學導論增訂本》，頁201。

〔註221〕唐蘭：《古文字學導論增訂本》，頁201-202。

〔註222〕王力：《中國語言學史》，頁158。楊樹達：《積微居金文說‧新釋字之由來》，頁1。

〔註223〕伍仕謙：〈怎樣認識甲骨文字〉，《古文字研究》第6輯，頁145。

每字的變化，找出詳細之歷史，對於文字的考釋、認識則更具可信度〔註224〕。由於甲骨、金文使用時期極長，其中的演變極大，故對文字歷史的系列整理工作，極爲重要。

　　觀唐氏在論歷史考證法時，特別說明文字字形演變的規律和字形通轉的規律，對於詳考文字的歷史具極大的助益。今就唐氏對字形演變規律與字形通轉規律論述如下：〔註225〕

（一）字形演變的規律

　　文字的形體不停的改變，特別是古文字的形體尚未確定時，唐氏認爲文字的形體和它的聲音一樣，是時刻不停地在變動的，這種流動是有原因，且可以找出變化的規律，所以字形演變的規律是古文字研究中最重要的對象。〔註226〕

　　並認爲考釋文字的歷史，要多歸納其規律，作爲科學考釋的依據，對於文字歷史的考證方面，將文字的演變情形，歸納出規律，一是輕微地漸進地變異，二是鉅大的、突然的變化〔註227〕。其中「漸進的變異」又可分爲自然的變異與人爲的變異〔註228〕，前者雖是輕微的，但時代較久後會發生極大的改變，後者可分爲刪簡改易與增繁〔註229〕。這種漸進的變異，累積日久，也會造成字形形

〔註224〕唐蘭：《古文字學導論增訂本》，頁 254-255。

〔註225〕唐氏論述「歷史的考證」，除了字形演變的規律，字形通轉的規律外，尚有圖形文字的研究，字形的混殽和錯誤，文字的改革和淘汰，及每個文字的歷史的系列等四部分，詳唐蘭的《古文字學導論增訂本》，頁 202-259。本論文側重在討論對文字的演變歷史及通轉情形，及對文字變化的歷史情形，其餘部分，暫不予討論。

〔註226〕唐蘭：《古文字學導論增訂本》，頁 216-217。

〔註227〕唐蘭：《古文字學導論增訂本》，頁 218。而突然的變異，唐氏歸納爲三點：一是冷僻罕用的字常被改寫爲其他相似的字；二本是圖形文字，而受形聲字的影響而加注音符，其後也將原來的圖形省略而爲形聲字的；三本是用圖形表達的象意文字，改爲用音符的形聲文字。有關突然變化的文字，詳《古文字學導論增訂本》，頁 228-230。

〔註228〕唐蘭：《古文字學導論增訂本》，頁 218。

〔註229〕所謂刪簡改易是簡化原始近於圖畫的文字，並使之整齊畫一，太繁之文字，省去一部分。而增繁則是使文字結構趨向整齊，而添加一些筆畫使之疏密勻稱；又因形聲字的盛行及藝術美的緣故加上偏旁或筆畫，詳《古文字學導論增訂本》，頁 219-228。唐氏之謂文字的刪簡改易、增繁的情形，即爲文字的簡化與

體較大的差異，故儘可能利用時代相近的文字形體來作爲研究的原則，就可以由字形相近而找出其漸變的關鍵鍵。〔註230〕

對於文字形繁與形簡的變化之掌握，有助於釐清文字演變後不易辨識的缺憾。後來楊樹達以爲考釋文字的方法要明白有「古文形繁」與「古文形簡」的情形〔註231〕，亦正是唐氏所舉發的「字形演變的規律」。考察唐氏在考釋古文字時，習採用此法，將字形演變的情形以圖示之，更爲其考釋工作得到進一步的成果，此亦爲唐氏考證古文字的歷史後，歸納一般性的規律外，還能注意到每一個字的歷史，並詳考其發生和演變的情形，故能正確地考釋古文字。

（二）字形通轉的規律

古文字的形旁常有通轉通作的情形，相互代用，不因更換形旁而改變字的意義，這種情形普遍存在，故在研究古文字時，要尋出規律。

唐氏推定義近形旁通作是字形通轉的規律之一，以爲凡義相近的字，其偏旁可通轉〔註232〕，說：「凡是研究語言音韻的人，都知道字音是有通轉的，但字形也有通轉。」〔註233〕而通轉是「在文字的型式沒有十分固定以前，同時的文字，會有好多樣寫法，既非特別摹古，也不是有意創造新體，只是有許多通用的寫法，是當時人所公認的」〔註234〕，正是說明了文字字形通轉的規律，並歸納爲三類：

1、別體的通用

唐氏認爲文字中有些型式，到後世已有所分別，但在上溯文字發生的歷史，原本是由一個系統裡演變而來的，故可相互通用。又認爲古文字裡，這一類的別體是很多的，所以許多型式是能相互通轉。例如 𠂇（人）字本象正立之形，

繁化，詳李學勤審訂《商周古文字讀本》，頁 248-253。其中將文字的簡化與繁化之情況有詳盡的說明，此不綴述。而文字的簡化途徑，據高明的歸納爲變圖形爲符號，刪簡多餘與重複的偏旁，用形體簡單的偏旁替代形體複雜的偏旁，截取原字的一部分替代本字，及用筆劃簡單的字體替代筆劃較複雜的字體，即在唐氏論點的基礎上加以分析的，詳高明：《中國古文字學通論》，頁 181-186。

〔註230〕林澐：《古文字研究簡論》，頁 70。

〔註231〕楊樹達：《積微居金文說·新釋字之由來》，頁 1

〔註232〕唐蘭：《古文字學導論增訂本》，頁 241。

〔註233〕唐蘭：《古文字學導論增訂本》，頁 231。

〔註234〕唐蘭：《古文字學導論增訂本》，頁 231。

或作&#xFFFD;，也作&#xFFFD;等，金文中的&#xFFFD;字或作&#xFFFD;等。皆是這種情形。

2、同部的通用

唐氏所謂同部特別是指由一個象形文字裡所孳乳出來的文字。認爲同部的文字，只要在不失本字特點的情況下，其偏肪是可以通用的，所以大、人、女等象人形的字，在較早時，是可以通用的。又如從手形的字，常又作&#xFFFD;、&#xFFFD;、&#xFFFD;、&#xFFFD;、&#xFFFD;等，&#xFFFD;通&#xFFFD;，&#xFFFD;形通&#xFFFD;等情形，即爲同部通用的例證。

3、義近通用

唐氏指出意義相近之字，作爲偏旁時可以相互通轉使用，如巾與衣通，士和𦥑通等均是義近通用的例證。而義近通用，也是研究古文字形體的重要方法。〔註235〕

唐氏認爲使用以上的字形通轉三大規律來考釋古文字，必須在詳考文字歷史的演變後，方能說某與某通轉、通作，或斷定某即爲某字，又變作某字之情形。故若援文字之演變與通轉之規律，有利於考釋文字，進而釐清卜辭文字中易混亂的文字。而明白某些偏旁間的相互關係，掌握其通轉的規律，有助於研究文字形體的演變及考釋古文字。〔註236〕

後來楊樹達在《積微居金文說》稱「義近形旁任作」、「音近聲旁任作」、「二字形近混用」〔註237〕，高明在《中國古文字學通論》中重申「義近形旁通用」，都是利用偏旁分析來研究古文字形體一項非常重要的方法〔註238〕。高明並就古文字字體和古代文獻中的通用實例，歸納整理出三十二例。施順生《甲骨文異體字研究》中論及義近偏旁相通之例頗詳〔註239〕，將唐蘭、楊樹達、許師錟輝、

〔註235〕唐蘭：《古文字學導論增訂本》，頁232-241。

〔註236〕王愼行：《古文字與殷周文明》，頁2。

〔註237〕楊樹達：《積微居金文說・新釋字之由來》，頁9-10。

〔註238〕高明：《中國古文字學通論》，頁146。

〔註239〕許師錟輝《說文重文形體考》中以四十八組小篆、金文、甲骨文中義近相通用的偏旁；韓耀隆《中國文字義符通用釋例》分列十三部，各部中又作「義近通用」、「義異或作」、「形近譌作」等三項；何琳儀之《戰國文字通論》中將戰國文字形體演變列形符互作二十組的偏旁通用例（頁205-207）；朱歧祥〈殷墟甲骨文字的藝術〉中舉甲骨文偏旁通用例，則列十組通用偏旁（《甲骨學論叢》，頁28-30），另在〈甲骨文一字異形研究〉中的「偏旁混用的通用」又分同類偏旁用例十九組，全體與局部通用例二組，正體與側通用例一組，單筆與複筆通

高明、韓耀隆、何琳儀與朱歧祥等人立論相關者，作一系統介紹。皆在唐氏理論上，進一步發揮的。以下即舉數例說明。

1、釋鼓字

鼓字羅振玉釋爲鼓，郭沫若謂壴、鼓同字〔註240〕，唐氏從羅說釋爲鼓，先釋 🥁 爲壴字，以爲即鼓之本字，鼓之象形，又謂鼓、鼓皆鼓字，謂：

> 鼓及鼓，皆即鼓字。《說文》以鼓爲鐘鼓字，而以鼓爲擊鼓……金文鼓字，或從🥁，或從🥁，殊無別。卜辭則有從攴從殳三體……蓋古文字凡象以手執物擊之者，從攴，殳或支，固可任意。〔註241〕

鼓字契文作🥁（《合集》八二九一）、🥁（《合集》六九四五）、🥁（《合集》二五八九四）、🥁（《合集》二一八八一）諸形〔註242〕，從🥁（壴）從🥁（殳），🥁或作🥁（支）其意皆同，《說文》小篆作🥁，謂：「鼓，郭也，春分之音，萬物郭皮甲而出，故曰鼓，從壴從屮，又，屮象🥁華飾，又象其手擊之也。」（頁208）然卜辭🥁即象鼓之形，《說文》誤以爲從屮、豆。鼓字從🥁（壴），《說文》以鼓爲鐘鼓字，以鼓爲擊鼓，而古本同字〔註243〕，從殳，從殳或作攴，皆有手擊之意〔註244〕，正與《說文》所謂🥁象手擊形同，故🥁（壴）爲象鼓形，用爲名詞，🥁象擊鼓之形，用爲動詞〔註245〕。而偏旁所從之殳、攴與支因義相近而通用。

《說文》謂：「攴，小擊也，從又卜聲。」（頁123）攴字表人手執物之狀。殳，《說文》謂：「以杖殊人也。」（頁119-120）。攴、殳均象人手中持物一類以

用例一組四類（《甲骨學論叢》，頁 64-67）。施順生：《甲骨文異體字研究》，該書討論義近偏旁相通用所產生之異體字中，分別就二十一組共一百二十九個偏旁相通用所產生之異體字，頁 59-310。另外王慎行於《古文字與殷周文明》一書中對古文字義近偏旁通用條例歸納爲二十二例，及古文字形近偏旁混用之例爲十八例，詳，頁 1-36，及頁 37-66。

〔註240〕《甲骨文字詁林》，第 3 冊第 2797，及第 2798，頁 2772-2778。

〔註241〕唐蘭：《殷虛文字記》，頁 66。

〔註242〕《類纂》，頁 1073。

〔註243〕姚孝遂按語，《甲骨文字詁林》，第 3 冊第 2797，頁 2776。

〔註244〕《甲骨文字詁林》，第 3 冊第 2798，頁 2778。

〔註245〕徐中舒：《甲骨文字典》，頁 517。

擊物之形，其造字之本義相近，於古文偏旁，可相互通用無別〔註246〕。攴《說文》謂：「去竹之枝也，從手持半竹。」古文攴作𢽾，段《注》曰：「上下各分竹之半，手在其中。」攴下有敊字，《說文》謂：「持去也。」段《注》曰：「攴有持義。」（頁 118）攴小篆作𣀈，形同甲骨文，支字形體具有以手持物之形，與攴、殳近，三字的大致意義，皆與手持物而動作有關〔註247〕，故三者可通用。

卜辭鼓字諸形，唐氏以殳、攴、支三者象人以手執物品以擊之形，相互通作，說解鼓字形體，甚是。

2、釋埽字

唐氏隸定從帚之字，從而釋讀掃字，謂：

> 叜字作𡠜象手執帚，而此作𢼄若𢽺，則手在對方，非執也。案從又之字，後世多變從手，則此字當釋掃。《說文》有埽字而無掃字，故後世多以掃為俗字。然經傳習見。今據甲骨，知商時已有埽字，則掃非俗可知。〔註248〕

此字契文作𢽺（《合集》一六六一臼）、𢼄（《合集》一四四三三臼）、𢼄（《合集》一六九一〇臼）、𢼄（《合集》一六九七六臼）、𢽺（《合集》一七五七三）諸形〔註249〕。字形從彐（手），持帚（帚），具掃除之意。從又之字，後多變為從手，故為掃字，《說文》中收埽字，未收掃字，《說文》：「埽，棄也，從土帚。」（頁 693）埽應為後起之會意字〔註250〕，即為掃，而𢽺即《說文》埽之本字。〔註251〕

從又之字，後世多從手，唐說是也。又，小篆作彐，甲骨文作彐形，金文作彐〔註252〕，與小篆之字形相同，象手臂及手指之形。於古文字中，「又」字多與「手」通作，手字小篆作�，甲骨文中未見手字，金文手字作𡥫、𡥫、𡥫

〔註246〕王愼行：《古文字與殷周文明》，頁 14-15。

〔註247〕施順生：《甲骨文字異體字研究》，頁 211。

〔註248〕唐蘭：《殷虛文字記》，頁 28-29。各家說法詳《甲骨文字詁林》，第 4 冊第 2984，頁 3027-3028。

〔註249〕《類纂》，頁 1154-1155。

〔註250〕徐中舒：《甲骨文字典》，頁 1456。

〔註251〕姚孝遂按語：《甲骨文字詁林》，第 4 冊第 2984，頁 3028。

〔註252〕《類纂》，頁 338-347。容庚：《金文編》，頁 180-182。

諸形〔註253〕，與小篆之 ![img] 形近，乃小篆字形所本。「手」、「又」造字本義均象人手之形，小篆所從手之偏旁，甲骨文多從又，金文從又之字，或從手，在古文字偏旁中可互作無別〔註254〕。唐氏隸定爲埽，釋讀作掃，其說可從。

3、釋南字

此字形體作 ![img]（《合集》八七四九）、![img]（《合集》二○五七六正）、![img]（《合集》二四四二九）、![img]（《合集》三○一七三）、![img]（《合集》二八○八六）諸形〔註255〕，卜辭習見，下部從 ![img]，象倒置之瓦器，上部之 ![img]，象懸掛瓦器之繩〔註256〕，羅振玉釋爲南，謂與古金文形同，後學者從之。唐氏亦從而釋爲南字，在與郭沫若論南字的基礎上，考釋南字形體遷變之情形，他說：

> 右青，亦即南字。孫詒讓釋南，學者從之，而不知其本爲青字也。據卜辭，方向之南，本無正字，借青爲之。後世形聲俱變，遂歧爲二字耳……以形體演變證之。卜辭青字形體雖繁，要以作 ![img] 形者爲最原始，其演變之大略如次：

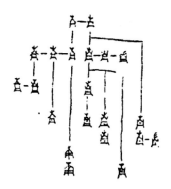

> 由此可見 ![img] 爲原始：卜辭 ![img] 字甚多，大抵從青或 ![img]，亦可爲證也。《說文》：「青，幬帳之象，從冂，屮其飾也。」按 ![img] 小篆作 ![img]，![img] 小篆作 ![img]，依此例，是小篆之青，即古文之 ![img]。〔註257〕

〔註253〕容庚：《金文編》，頁774。

〔註254〕從手與從又在古文字偏旁中可互作無別，詳韓耀隆：《中國文字義符通用釋例》，頁265-266，及王慎行《古文字與殷周文明》，頁12。

〔註255〕《類纂》，頁1106-1110。

〔註256〕徐中舒：《甲骨文字典》，頁684。

〔註257〕唐蘭：《殷虛文字記》，頁86-99，釋青殼。其中引文引自該書頁89-90。其餘各家說解詳《甲骨文字詁林》，第4冊第2863，頁2859-2872。

此字經唐蘭、郭沫若二人之說交相修正，其說已成定論。唐氏謂青與殷，卜辭中有用作祭牲之名，當讀爲毃，具乳子之義〔註258〕。至金文作 南、南、南 形〔註259〕，與契文同，至篆文作 南（《說文》，頁276），許愼謂：「南，艸木至南方南枝任也。從 木、羊 聲。」釋其形體，不確。而唐氏將南字契文作一有系統的形體變遷歷史表，使南字文字形體的演變與字義，經過此番歷史的考證，更爲明白。

除上述數例之外，唐氏習採用歷史考證法來考釋古文字，將古文字之演變，畫成圖表，展示其變易的軌跡，如釋 鬯 字，釋鼄字，釋羽字等，皆有助於明白文字的演變及形體的變化。

三、釋字商榷例

將古文字之演變，畫成圖表，確實有助於明白文字演變及形體的變化。然而若將不相同的字，相互作形體上的繫聯，謂某即某字，則易造成說解文字歷史演變的錯誤。另外，利用文字偏旁通作的情形，確實可用以考釋古文字，然更須注意，必須輔助以其他方法之配合，方能斷言，例如在字形方面，除比較偏旁外，其他部分是否相契，音的方面是否可讀通，讀通後其義是否可通順。若未能確定或有充分之證據，不宜遽然運用通轉的規律來考釋古文字。唐氏考釋古文字時就不免有此小疵，以下舉數例說明：

1、釋 色 字

此字契文作 色（《合集》七〇九正）、色（《合集》一五四七九）、色（《合集》二一四三九）、色（《合集》三二五七一）、色（《合集》三五一七四）諸形〔註260〕唐氏釋爲色字，謂：

> 《說文》：「色，顏氣也。從人從卩」，從人從卩而會意，殊不可解……余謂古者從人從刀及從匕之字多亂，色本字當從刀從卩作 色，其後或書作 色，後人誤認爲從人。〔註261〕

《說文》謂色爲「顏氣也，從人從卩」（頁436），唐氏據甲骨卜辭作上諸形，爲

〔註258〕李孝定：《甲骨文字集釋》，第6冊，頁2097，《甲骨文字詁林》，第4冊第2863，頁2871。

〔註259〕容庚：《金文編》，頁420。

〔註260〕《類纂》，頁166。

〔註261〕唐蘭：《殷虛文字記》，頁103-104。

從 🔲 從 ⟋（刀）之形作 🔲 形，釋爲色，謂其字本象一刀形而人跽於其側〔註262〕。唐氏謂古者從人從刀與從匕之字多亂，而色字本當從刀從 🔲 作 🔲，而刀誤爲從人。

七字篆作 🔲，契文象人拱手側立之形〔註263〕，與人字形近而易致混淆〔註264〕，人與刀、匕在字義上並無相關處，於文字形體卻近似，而致混淆使用，在文字的偏旁使用情形中，從人與從刀每互用〔註265〕。所以唐氏由從刀與從人從匕之偏旁常有混用，確是。然而運用在考釋古文字時，不可一味就文字形體相混做主觀的說解，即釋某爲某字，以避免任意猜測的主觀臆想。

2、釋 🔲 字

唐氏認爲 🔲 字即爲 🔲 字的本字，然 🔲 字與 🔲 字並非同一字，見《天壤閣甲骨文存》第四○片，及《合集》第一四七七二片；唐氏所引的乃爲 🔲 字，契文作 🔲（《合集》一四七七○）、🔲（《合集》一四七七一）、🔲（《合集》一四七七二）、🔲（《合集》一四七七三）諸形〔註266〕，唐氏釋爲死，謂應讀爲列，用作國名，他說：

> 🔲 字極奇詭，昔人未釋……🔲 當是人名，既與土同列，其祭禮又頗隆重，蓋大示也。

> 余頗疑 🔲 即 🔲 之本字，古 🔲 形多變作 🔲 者。晚期卜辭有 🔲 字，或變 🔲、🔲、🔲、🔲 等形，爲用牲之名。又早期卜辭有 🔲 方，晚期則恒見伐 🔲，字或爲 🔲、🔲、🔲 等形，疑爲一國。🔲 者從人載 🔲，🔲 則 🔲 之變也。🔲 當即《說文》𣦵字古文之 🔲，🔲 則即《說文》死字古文之 🔲，其用爲祭法之 🔲 當讀爲《詩‧生民》：「載燔載烈」之烈。其用爲國名之 🔲 若 🔲，則當讀爲列。

〔註262〕徐中舒：《甲骨文字典》，頁1013。

〔註263〕趙誠：〈甲骨文虛詞探索〉，《古文字研究》第15輯，頁279。

〔註264〕姚孝遂按語，《甲骨文字詁林》，第1冊第2，頁7，屈萬里、林澐亦曾區分七、人二字形體之差異，詳《甲骨文字詁林》，第1冊第66，頁129-132，及第67，頁135-138，李孝定亦謂金文中从、比二字的形體略同，李孝定：《甲骨文字集釋》，第8冊，頁2697。可見人、匕二字形體確實因相近而常致混淆。

〔註265〕韓耀隆：《中國文字義符通用釋例》，頁144。王愼行：《古文字與殷周文明》，頁39。

〔註266〕《類纂》，頁1278。

既即占古文之 卢，則本象骨形，以字形察之，殆是獸頭之骨，而 之從 ，殆象人戴獸首。〔註267〕

唐氏釋 字，誤與 釋爲同一字，又據以做字形演變，其考證古文字歷史演變的方法，確有可議。 與 並非同一字，唐氏誤以爲同一字，並就二字形體的演變加以論述，爲之說解，並分析其文字演變遞邅之情形，其說自有可疑。而 字契文作 （《合集》六五五八）、 （《合集》八四二七）、 （《合集》八四二四）諸形〔註268〕。唐氏又誤與 字相連，此字契文作 （《合集》三二正）、 （《合集》六五四三）、 （《合集》六五四九）、 （《合集》六五五二正）、 （《合集》六五五三）諸形〔註269〕，三者實非同一字，文字形體甚渺遠，李孝定也說 、 並非一字〔註270〕。所以在唐氏說解形體演變，亦自不可信，詳所附拓片：

《天壤閣甲骨文存》40

〔註267〕唐蘭：《天壤閣甲骨文存考釋》，頁 40 上-40 下。

〔註268〕《類纂》，頁 1279。

〔註269〕《類纂》，頁 34。

〔註270〕李孝定：《甲骨文字集釋》，第 7 冊，頁 2552。

《合集》六五五四

3、釋□字

□字，此字形體作□（《合集》九〇五正）、□（《合集》三五二一正）、□（《合集》一六九七四）、□（《合集》一二八六七）、□（《合集》五八三反）諸形〔註 271〕。孫詒讓釋爲□，郭沫若從之，謂假爲祟，即蔡、殺，羅振玉、王國維釋爲求〔註 272〕。唐氏於□字下釋爲鬽，謂即爲密國之本字，釋云：

> □字從大，無可疑者，蓋即《說文》鬽字籀文之□也。《說文》:「鬽，老物精也，從鬼，彡，彡，鬼毛。魅，或從未聲。□籀文從彖首，從尾省聲。□古文。」……然則□字本應作□，□字本應作□也。又以□字古本作□例之，則□字古應作□也。□字與□近而與□遠，可以下圖明之：
>
> □→□→□→□
>
> □→□→□

〔註 271〕《類纂》，頁 572-577。

〔註 272〕《甲骨文字詁林》，第 2 冊第 1540，頁 1482-1495。

則大當釋象無疑也。且魁魅二字，俱從鬼，蓋魅者幻作人形，故也。古文作象，當作象，象鬼身之有毛也。然則籀文之象，本作大，應從大，象人形，而非從⊻，可知也。大易譌為𣥂，且大字有時作大，故致混淆，後人誤認其為豕頭，遂改為象而從⊻耳。然則於文從大之大，必為象字。〔註273〕

釋大為象字，即魁字，說解有誤。唐氏由文字歷史的考證歸納文字演變之迹，是亦為考釋文字重要的方法之一，然於此字則有所失，故李孝定收魁字於《甲骨文字集釋‧存疑》，謂：「唐氏謂籀文之象為大字之譌，姑無論大象二形為唐氏想像所虛構，即如其說，從大之字，亦無譌為從⊻之理，又古文從鬼，從大，亦無相通之例。」〔註274〕季旭昇《甲骨文字根研究》一書中謂：「文字之演變史，未必皆能保存完好，唐氏云『切戒杜撰』者，即於此歷史環節有缺之際，不得任意杜撰歷史。雖然，唐氏於書缺有闕之時，似亦不免杜撰歷史……唐氏釋為魁之籀文象，形體相去並非絕遠，然謂『象字本應作象』、『象字古應作大』則絕無證據。」〔註275〕即說明唐氏在進行歷史的考試時所產生之疏失。

今《甲骨文字詁林》從孫詒讓之說，釋作彖，《說文》謂：「彖，脩豪獸，一日河內名豕也，從⊻，下象足，凡彖之屬皆從彖，讀若弟，豕籀文，象古文。」（頁460），彖字古文作象，與三體石經春秋殘石之蔡字古文作象形，而金文蔡字作象、象、象、象、象諸形〔註276〕，又《說文》所載殺字古文象（頁121），均與契文同，因彖、蔡、殺音近故，假為殺、蔡、祟〔註277〕。於卜辭中用為祟，作禍患之意。〔註278〕

〔註273〕唐蘭：《殷虛文字記》，頁39-43。

〔註274〕李孝定：《甲骨文字集釋》，頁4549。

〔註275〕季旭昇：《甲骨文字根研究》，頁12。

〔註276〕容庚：《金文編》，頁36-37。

〔註277〕李孝定：《甲骨文字集釋》，第9冊，頁2998-3000，周法高：《金文詁林》，第1冊，頁173，《甲骨文字詁林》，第2冊第1540，頁1483-1484。

〔註278〕卜辭中用為祟，作為禍患之意。郭沫若謂蔡、殺、祟古音通假，並引典籍以為證，說甚是。詳《甲骨文字詁林》，第2冊第1540，頁1484。此字裘錫圭從羅振玉，釋為求，詳〈釋求〉，《古文字研究》第15輯，頁195-205。裘錫圭認為此字於卜辭中用為咎意，實與姚孝遂謂彖一也。且求乃裘之本字，《說文》中以求為裘之古

字	反　　切	中古音		古　音	
		聲	韻	古聲	古韻分部
蔡	蒼大切	清	泰一	清	十五部脂
穼	羊至切	喻	至一	定	十五部脂
祟	雖遂切	心	至二	心	十五部脂
殺	所八切	疏	黠一	心	十五部脂
備註	古韻同部，心、清爲旁紐雙聲。				

故可知於文字考釋時，對於文字歷史的考證，應有確實根據，方不致誤釋。

4、釋死字

卜辭中習出現的「囚」字，歷來眾家說解不一，唐釋爲併字，其謂：

> 把囚字釋死，就說人在棺槨之中，其實井字不會有棺槨意義的。按囚字郭沫若釋因亦非。當爲井，即荆字。古人字每誤爲刀……併象人在陷阱中。誤爲荆，乃增人爲俐，猶任誤爲到，乃增人爲倒，例同。〔註279〕

死字契文作 𡨢（《合集》一一○正）、𡨢（《合集》七三四正）、𡨢（《合集》三○九六）、𡨢（《合集》一○四○五正）、囗（《合集》一七○七三）諸形〔註280〕，另有作 𠂤（《合集》一七○五五正）、𠂤（《合集》一七○六○）、𠂤（《合集》二一九四八）諸形〔註281〕。諸家考釋不一，釋囚、荆、因、死等。囚字丁山釋死最礭，謂死本作囚，乃象人在棺槨中之形。後胡厚宣於〈釋囚〉一文中，將卜辭出現此字者，作綜合性的分類，從而參酌地下遺址資料，以爲墓中槨作井形，

文，作 𣲷（頁402），與今夵字形體懸遠，釋求並不可據，《甲骨文字詁林》，第2冊第1540，頁1495。唐氏於《西周青銅器銘文分代史徵》一書中收夵尊，唐氏於夵字下隸定爲蔡字，無說解，可知唐氏早年所釋爲魃字，後已改從釋蔡字。詳唐蘭：〈五省出土重要文物展覽圖錄序言〉，《唐蘭先生金文論集》，頁76-82，原載於1958年版的《陝西江蘇熱河安徽山西五省出土重要文物展覽圖錄》。及《西周青銅器銘文分代史徵》，頁122-123。

〔註279〕唐蘭：《古文字學導論增訂本》，頁 267。此字歷來各家眾說紛紜，詳《甲骨文字詁林》，第1冊第53，頁92-103，及第4冊第2869，頁2877-2880。

〔註280〕《類纂》，頁 35-38。

〔註281〕《類纂》，頁 1111-1112，徐中舒《甲骨文字典》謂此象人拜於朽骨之旁，以會死意，頁463。

證成丁山釋死爲正確。李孝定釋 [甲骨字] 與 [甲骨字] 爲死，作 [甲骨字] 爲 [甲骨字] 的異構，乃古文字偏旁從人從大無別，將字形分二系統，以 [甲骨字]、[甲骨字] 爲一系，[甲骨字]、[甲骨字] 爲一系，據卜辭考之，爲同字。〔註282〕

張政烺釋爲蘊，訓爲藏埋，姚孝遂主編《殷墟刻辭類纂》及《甲骨文字詁林》均從而釋 [甲骨字] 爲因、殪與瘞〔註283〕。李實從李孝定說作 [甲骨字]、[甲骨字] 皆死字〔註284〕。考諸金文，死字作 [甲骨字]、[甲骨字]、[甲骨字] 等形〔註285〕，與篆文 [甲骨字] 無別。而作 [甲骨字] 形，與 [甲骨字] 形是否即爲死字，各家仍論訟不已。

雖則人、刀二字形體相近，每有通用者，然若未能詳細審度，參證以其他考釋文字之法，注意文字形體變化，留心出土資料，就以某與某通作來釋字，則容易造成釋字之誤。

季旭昇謂唐氏之歷史考證法與對照法二者頗有相似之處，然對照法所重在文字史上的某兩點之比較，歷史考證法則爲文字史上的全體說明，仍有所不同〔註286〕，說甚是。然歷史考證法所重，還兼在對某個文字歷史的變化上，做出歸納的規律，並以此規律，探索其他文字的變化規律是否相通，以便再歸納出許多共同性的規律，作爲文字變化的公例，及考釋文字時的指標之一，所以比較法所重在一字不同形體間的變化異同上，歷史的考證則重在歸納規律的範疇方面。

唐氏主張爲創立新文字學而研究古文字，必須詳考每一個字的歷史，每一族文字中的關係，每一種變異或錯誤的規律，歸納出些規則來，以作爲研究時

〔註282〕《甲骨文字詁林》，第1冊第53，頁92-103。

〔註283〕張政烺：〈釋因蘊〉，《古文字研究》12輯，頁73-84，張氏又有〈釋甲骨文俄、隸、蘊三字〉，《中國語文》1965年4期，頁296-298轉335，該文中之 [甲骨字] 亦訓爲蘊字。因、殪、瘞見《類纂》，頁35-38，《甲骨文字詁林》，第1冊第53，頁92-103。而死字見《類纂》，頁1111-1112，《甲骨文字詁林》，第4冊第2869，頁2877-2880。

〔註284〕詳李實：《甲骨文字考釋》，頁51-75。其中並據卜辭考證，修正李孝定說 [甲骨字]、[甲骨字] 爲王死之專字。並反駁張政烺說，謂 [甲骨字]、[甲骨字] 與 [甲骨字]、[甲骨字] 乃同爲死字，而作殪、因與死字當爲字音分化後的同義異形字。並透過新的出土遺址資料，以爲死字所以有二種不同字形系統，乃與古人的二次葬之習有關，又援引古籍以輔證，李實之說可備爲參考。

〔註285〕容庚：《金文編》，頁280-281。

〔註286〕季旭生：《甲骨文字根研究》，頁12。

的標準，而提出考釋古文字的方法，其主張可謂別具卓識的〔註287〕。由此更可以明白詳考文字歷史的演變情形之重要性。

伍、以音求字

文字具有形音義三部分，是故文字的考釋，由字音著手，考其本源，亦為方法之一。唐氏在論文字考釋的四方法，雖著重在因形求義部分，然對以音求字，亦為其習用之法。

文字具有形音義之三要素，故在考釋古文字時，是不能將音讀排除在外的，除在文字形體上對文字進行各種考釋分析與比較，再輔以對字音的方面的探索，更有助於明確地考釋出文字的形音義，進而了解文字之作用，故唐氏謂：「研究古文字的音讀，是極難的事情。凡是象形或象意字，在未確實認識以前，加上一個讀音，是很危險的。形聲字的聲母即使辨明了，但古代讀法，是否和後世相同，也還是疑問。」〔註288〕然而又認為：「讀音還是不能不注意的。我們第一得找出古音的歷史證據……其次得確定形聲字非形聲字的界限，和分出形聲字裡的聲母。」〔註289〕亦即說明了解並正確運用音韻學知識，有助於考釋古文字〔註290〕，今觀唐氏於考釋古文字的方法，由文字形體入手，以一聲之轉及象意字聲化之運用考釋古文字。

一、一聲之轉

（一）一聲之轉理論與釋字商榷例

唐氏於考釋古文字之過程中，習見以一聲之轉說解文字，書中習用「一聲之轉」、「音近而轉」、「某轉音如某」、「轉音」、「音轉」等語，由這些詞語向上溯推，即訓詁學所謂「轉語」。一聲之轉乃是訓詁書中說解兩個字詞間聲音相近，語義相通的情形，即稱之為一聲之轉。換言之，就是指說解聲韻有關係，而且意義相近的字群間的關係的方法之一。

考「轉語」，是指語詞因聲音有變轉，而因時間、地域不同而有所轉變，但字間之意義仍相通者。轉語一詞首見於西漢揚雄《方言》中，其中已特別提出

〔註287〕黃德寬、《漢語文字學史》，頁195。

〔註288〕唐蘭：《古文字學導論增訂本》，頁268。

〔註289〕唐蘭：《古文字學導論增訂本》，頁268-269。

〔註290〕林澐：《古文字研究簡論》，頁120。

轉語或語之轉，在卷十有：「焣，火也，楚轉語也，猶齊言煓火也。」至晉郭璞
注《方言》，其中言及轉語者即有十四次之多，所論及者除引用揚雄之轉語、語
之轉外，尚有語聲轉、聲之轉及某聲之轉，已具有使用不同名稱的用法，以區
別其音韻上的不同。

　　至清代，學者即從聲音轉變而意義相通這一規律，以說明古書中之音義相
關的字詞，戴震有《轉語二十章》，其書不傳，但存序一篇，載於《戴東原集》，
分聲音之轉變爲二類：同位與位同，同位爲正轉，位同乃發音方法相同。如端、
定二母相轉爲同位，端、精二母或定、從母相轉爲位同，而謂「凡同位爲正轉，
位同爲變轉……凡同位則同聲，同聲則可以通乎其義。位同則聲變而同，聲變
而同，則其義亦可以比之而通」，由此則可「疑於義者以聲求之，疑於聲者以義
求之」，戴震從聲母方面歸納出語音的對應關係，開推求轉語之法〔註291〕。段
玉裁、王念孫又將轉語觀念加以發揚，於《廣雅疏證》中論轉語，而有一聲之
轉、聲之轉、某聲轉、語之轉、某即某之轉、方俗語轉等語均是。

　　其後章太炎對同源字作一全面性探討，即利用轉語，其作《文始》，即「取
《說文》獨體命以初……及合體象形指事，與具而形殘，若同體複重者，謂之
準初文，都五百十字，集爲四百三十七條，討其類物，比其聲均，音義相讎謂
之變易，義自音衍，謂之孳乳……」〔註292〕。王力《中國語言學史》中即言章
氏「初文的孳乳是建築在古音系統的基礎的」〔註293〕，分古韻部爲二十三部，
作爲成均圖，以明對轉、近轉、近旁轉、次對轉之理，又定古聲母爲二十一紐，
同紐者爲正紐雙聲，類者爲旁紐雙聲。

　　唐氏在考釋古文字時，習以一聲之轉考釋古文字之形音義，有時確實能正
確釋字，然而就其研究成果而言，仍以值得商榷的釋字例居多。在說解字形時，
偶有對字形認識未明，即以聲轉而斷定爲某字，再援象意字聲化，找出其聲符，
此種依聲轉而強爲之說解，不免造成疏漏之誤。以下即舉例證，並附相關聲韻
表以見唐說之非。

〔註291〕陳根雄：〈從廣雅疏證看王念孫的聲轉理論及其實踐〉，《香港中文大學中國文學研
　　　　究所學報》20 卷，1989 年，頁 115-178。

〔註292〕章太炎：《文始‧敘例》，頁 2。

〔註293〕王力：《中國語言學史》，頁 193。

1、釋夾字

此字在卜辭中習見，字形除從「大」為可確定之形外，其另一旁所從則變化多端，其形不一。契文作 [字形]（《合集》四○九）、[字形]（《合集》二三三二五）、[字形]（《合集》二七五○四）、[字形]（《合集》三二七四四）、[字形]（《合集》三三六五四）、[字形]（《合集》三六一九五）諸形〔註294〕，象人雙手挾持二物之形，然所持所象為何物，不詳。雖則器形不同，而左右手下之二物均同形。由於字形多變，歷來說解紛紜，諸家爭訟不已。〔註295〕

唐氏自字形釋為夾，有妻意，又根據卜辭，以為此字與妾通用，故妻、妾與夾三字，意義皆當如妻，而妻妾二字為一聲之轉，夾與妻亦聲之轉，三字得相通假〔註296〕。《說文》：謂「夾，盜竊裹物也，從亦，有所持。俗謂蔽人俾夾是也。」（頁498）李孝定駁唐說曰：「謂卜辭母、妾、[字形] 三者異名而同實，亦不可易，惟謂此字象人懷挾二皿之形，因釋為夾，就字形言，固較葉氏釋夾又進一說，然何以懷挾二皿之夾得有妃匹之意，於其音義亦無以通……僅謂『夾與妻亦聲之轉，與妾聲尤相近，故此三字得相通假』，然夾之與妻聲韻並遠，與妾雖較近，向古籍中未見有夾妾通假之例。」〔註297〕所論甚是。

唐氏於字形的說解，多憑主觀的臆想，不免失之疏略，又援「一聲之轉」則益形疏略。

于省吾以為此字即爽字之初文，《說文》：「爽，明也，從[字形]、大。」（頁129-130）字形上所從由火而多變為 [字形]、[字形]、[字形]、[字形] 等形，至商周金文

〔註294〕《類纂》，頁95-97，又可參孫海波：《甲骨文編》，頁419-421。

〔註295〕徐中舒：《甲骨文字典》，頁373-374，《甲骨文字詁林》隸定為爽字，第1冊第225，頁241-255。

〔註296〕唐蘭：《天壤閣甲骨文存考釋》，頁36上-39下。

〔註297〕李孝定：《甲骨文字集釋》，第4冊，頁1194。

字	反切	中古音		古音	
		聲	韻	古聲	古韻分部
夾	失冉切	審	琰	透	侵28
妻	七稽切	清	齊一	清	脂4
妾	七接切	清	葉	清	盍31
備註	透與清同位，音間有流轉，然夾、妻二字於字義渺遠，並非如康氏所謂夾、妻為聲之轉。				

變爲從❖❖，作❖〔註298〕，所從僅單雙之別，於古文字中，單雙每無別，故即爲爽字。在字義上，甲骨文之通例，多用在祖妣之間，也用於祖妣之末，用爲匹配之義。在字音上，爽、相二字疊韻，故爽與從相之字通，而相字訓爲輔相、佐助，與匹配意相符〔註299〕。于氏析論字之形、音、義較唐說更爲入理精闢，茲從其說。

2、釋聞字

聞字契文作❖〔註300〕，唐氏釋爲聞〔註301〕，謂於卜辭當作聝，即憂字，是正確的，但若以聝爲先公之冥，則非是〔註302〕。若僅就聞、冥一聲之轉論，並不能將聞、冥與昏的關係說明清楚。

《說文》謂：「聞，知聞也。从耳、門聲，❖昏，古文从昏。」（頁 598）就文字字形來看，聞字契文作❖、❖、❖諸形，象人跽而以手附耳諦聽之形，隸定作聝，或耴，至金文作❖、❖、❖、❖諸形〔註303〕，其中聞作❖形，從耳昏聲，與《說文》古文同。至小篆作❖，已更變從耳門聲的聞。形體有所譌變，但仍作聞用〔註304〕。但是以聝爲昏、爲婚，可由銘文中得到證明，聞與昏的通用情形極盛〔註305〕。若就字音上來看，聞字《說文》古文作❖昏，其旁從昏，段《注》曰：「昏聲。」則古文睯爲從昏得聲。昏聲與聞聲古音極近，故《說文》古文聞字從昏聲，而聞、昏二字相通假。

〔註298〕容庚：《金文編》，頁 232。

〔註299〕于省吾：《甲骨文字釋林》，頁 45-47。

〔註300〕《類纂》，頁 238。

〔註301〕唐蘭：《古文字學導論增訂本》，頁 222，及唐蘭：〈懷鉛隨錄〉，《考古社刊》第 6 期，頁 333-334。

〔註302〕于省吾：《甲骨文字釋林》，頁 380。

〔註303〕容庚：《金文編》，頁 772-773。

〔註304〕于省吾：《甲骨文字釋林》，頁 382。而昏字至金文作❖、❖，詳容庚：《金文編》，頁 457，及頁 793。《說文》婚字下有一籀文作❖（頁 620），自形體上看來，譌變的情形嚴重。

〔註305〕毛公鼎銘文謂：「余非庸又昏，女母敢妄寍。」即以聞通作昏之用，叔季良父壺銘文謂「用盛旨酒，用享孝於兄弟婚媾諸老」，詳容庚：《金文編》，頁 793，即用作婚字用。

　　而金文假聞爲婚，爲後起形聲字，由於假聞爲婚，故有從耳、昏聲的睧字作爲聞〔註306〕。故唐氏說聞、冥一聲之轉，並不足據。

字	反　切	中古音		古　音	
		聲	韻	古聲	古韻分部
聞	無分切	微	文	明	諄九
昏	呼昆切	曉	魂	曉	諄九
冥	莫經切	明	青一	明	耕十二
備註	昏字呼昆切依段注。明、曉並非同類，並非同位，古音同爲諄韻。				

　　3、釋固字

　　固字，契文作 囷 （《合集》三六七反）、 囷 （《合集》七二一反）、 囷 （《合集》六六五三反）諸形〔註307〕，歷史對其形體說法紛紜，多集中於占與卟二者間。〔註308〕

　　唐釋爲占〔註309〕，於字形說解上，大致無誤，然於其音讀仍有待商榷者。謂固當從占，卣聲，「王固曰」當讀爲王繇曰，而囷讀爲卟，卟占音轉，故固可讀爲從卣、占聲，「王固曰」又可讀爲「王占曰」。然唐謂所從 囗 爲迴，已是字形的誤判，從而謂 囗 爲其聲符，亦不可通。唐又據「音轉」，論囷讀作卟，卟、占音轉，故原本當從占、卣聲之囷，亦可讀作從卣、占聲之字；在此唐氏於於說解上，明顯是有待商榷之處。

　　此字形體多變，釋作固是也，就甲骨文卜辭中習見用語「王固曰」，用作動詞，即後來的占〔註310〕，《說文》謂：「占，視兆問也，從卜從口。」（頁128）同頁又有卟字，謂：「卟，卜以問疑也，從口卜。」俱與貞卜事有關。王筠《說文句讀》謂「卟與占同體」，朱駿聲《說文通訓定聲》謂：「從口、從卜，會意，讀與稽同，按與占同意，疑即占之或體。」〔註311〕以爲占與卟當本同字，說甚

〔註306〕龍宇純：〈說婚〉，《中央研究院歷史語言研究所集刊》第 30 本，頁 605-615。《甲骨文字詁林》，第 1 冊第 696，頁 668-669。

〔註307〕《類纂》，頁 836-841。

〔註308〕《甲骨文字詁林》，第 3 冊第 2243，頁 2174-2177。

〔註309〕唐蘭：《天壤閣甲骨文存考釋》，頁 4 上-12 下。

〔註310〕趙誠：《甲骨文簡明詞典》，頁 312，《甲骨文字詁林》，第 3 冊第 2243，頁 2176-2177。

〔註311〕《說文解字詁林正補合編》，第 3 冊，頁 1298。

是〔註312〕。唐氏考釋所得雖正確，但在說解上，仍稍有小疵。

　　4、釋訊字

　　訊字契文作ㅂ坒（《合集》六五九）、坒（《合集》一九一二九）、ㅂ坒（《合集》一九一三一）、ㅂ坒（《合集》一九一三二）、ㅂ坒（《合集》三六三八九）諸形〔註313〕，唐氏釋讀爲訊字：

> ㅂ坒字《說文》所無，以字形觀之，一手被反縛兩手，而別有一口，
> 自含訊囚之義，蓋訊鞫之本字也。以象意字聲化例推之……呭字亦當
> 是從口伭聲，伭讀如弦或係，而得轉爲訊……然則呭本訊鞫之專字，
> 其音當讀如係，轉音如訊。後世呭字既湮，經傳多借訊爲之。〔註314〕

訊字本作ㅂ坒，爲象人反縛其手，而臨之以口，爲訊鞫之義，卜辭增系作ㅂ坒，是要更加突顯出縛系的形象。此字象一人之雙手反縛，前有一口，會執敵而訊之意，唐氏釋爲訊字是也。然而又依象意字聲化例謂呭字從口，伭聲，與《說文》中的伭字、弦字、係字相繫，就已是依後世的音推古音，做法上是值得商榷的〔註315〕。《說文》謂訊爲問也（頁92），其本義應爲訊鞫，爲動詞，作問皐之意。與經傳中訊字之意同，皆爲使用訊字的本義，許氏訓訊字之說是也。

字	反　切	中古音		古　音	
		聲	韻	古聲	古韻分部
訊	思晉切	心	震一	心	十二部眞　九部諄
係	胡計切	匣	至霽一	匣	十五部脂　十部支
伭	胡田切	匣	先一	匣	十二部眞　六部眞
備註	心、匣非同位，也非同類。古韻依陳新雄分爲三十二部，各爲諄、支、眞部，支諄爲旁對轉，眞支旁對轉，眞諄旁轉。				

〔註312〕李孝定：《甲骨文字集釋》，第3冊，頁1101-1102，姚孝遂亦從此說，《甲骨文字詁林》，第3冊第2243，頁2177。

〔註313〕《類纂》，頁189。

〔註314〕唐蘭：《殷虛文字記》，頁61。

〔註315〕姚孝遂按語，《甲骨文字詁林》，第1冊第469，頁491。及《甲骨文字典》，頁222-223。李孝定就曾評唐氏說解字音是「失之支離」，以駁唐氏於「音」方面說解訊字。詳李孝定：《甲骨文字集釋》，第3冊，頁749。

5、釋禽字

此字自唐氏據孫詒讓釋為禽〔註316〕，然在音讀上，猶有可議：

> ✡字孫據金文禽作☗，謂似即☗之省……余按✡即干字，干禽聲近，《史記‧蘇秦傳》：「禽夫差于于遂。」朱駿聲謂即《周語》之聆遂。《墨子》有禽艾，前人傅會為《世俘解》之「禽艾侯」，殊可笑。禽艾即咸艾，咸古讀如感也。干、聆、禽、感並一聲之轉。然則孫詒讓以✡為禽，實較羅為優，惟✡當讀之本字，而非省文，蓋後世音讀差異，遂加今聲。〔註317〕

唐氏釋✡為禽，是正確的，然又謂✡即干字，干又孳乳為罕，罕、禽同字，其說仍有可商者。又自圓其說，謂干、聆、禽、感並一聲之轉，籠統、且又無直接的例證，實難以置信，亦可知唐說並不可據。〔註318〕

字	反 切	中古音		古　音	
		聲	韻	古聲	古韻分部
禽	巨今切	群	侵	匣	侵二八
聆	七林切	清	侵	清	侵二八
感	古禫切	見	感	見	侵二八
干	古寒切	見	寒	見	元
備註	聆字反切見宋本《廣韻》，頁219。				

6、釋良字

唐氏釋良字，亦援用一音之轉，其謂：「☖象熟食之香氣，其音當讀若香，而今作良音者，香良音近而轉……臭之香者食之良，引申之為良食之稱，更引申為良善之通義，及引申義掩其本義，而☖形復變為☗、☗等形，於是良字之解，莫能言矣。」〔註319〕然而香字《說文》訓芳（頁333），良字《說文》訓善（頁

〔註316〕詳《甲骨文字詁林》，第4冊第2824，頁2817-2822，日人：《甲骨文字字釋綜覽》，頁387-388。又參辭例推勘法論禽字。

〔註317〕唐蘭：《天壤閣甲骨文存考釋》，頁57下-58上。

〔註318〕姚孝遂按語，詳《甲骨文字詁林》，第4冊第2824，頁2821。

〔註319〕良字契文詳比較法論述，此處僅就唐氏謂香、良音近而轉論述。唐蘭：《殷虛文字記》，頁57。

232），唐氏謂🔸、🔸字同一字之形變，其說已確有待商榷者〔註320〕。良、香二字古韻同部，故唐氏謂音近而轉，而謂引申爲良善的通義。唐氏說解良字字形錯誤，又謂：「🔸象熟食之香氣，其音當讀若香。」良、香二音近而轉，字義與字形上均渺遠，不屬於音轉者可見。故唐氏之考釋古文字，乃不免產生附會之疵，而且並不足據。

字	反切	中古音		古　音	
		聲	韻	古聲	古韻分部
良	呂張切	來母	陽一	來	十部陽
香	許良切	曉	陽一	曉	十部陽
備註	依段玉裁之古韻分部均爲第十部陽部。				

　　綜合以上數例，知唐氏使用的一聲之轉，仍不免有爲附會其說解字形，在釋字不確的基礎上，往往以「音轉」的關係加以繫聯，然則於字音、字義上，卻多無干係，故所釋之字，多不可據。

　　但是仍有說解正確的，如釋監字，監契文作🔸（《合集》二七七四〇）、🔸（《合集》屯七七九）、🔸（《合集》屯二五八一）諸形〔註321〕，唐氏釋讀爲監字：

> 　　監字本象一人立於側，有自監其容之意，後世變爲🔸，又變爲🔸，其實非從臥從血也。其本義當爲「視也」，後別爲「臨視也」，又爲「覽觀也」。引申之爲所監之器之名，金製則爲鑑，盛水則爲鑑。至《說文》「臨下」之義則又視義之引申矣。

> 　　監字本從皿從見，以象意聲化例推之，當是從皿見聲。見在元部，而監在談部，而監得從見聲者，同在見紐，一聲之轉也。《說文》監古文作🔸，實亦從言見聲也。〔註322〕

唐氏首先就字形說解字義，再援以文字從皿從見，以象意字聲化例推監與見爲一聲之轉，其說甚碻。《說文》：「見，視也，從目從儿。」（頁412）《說文》：「監，臨下也。」段注曰：「《小雅》毛傳：『監，視也。』許書瞰，視也，監，

〔註320〕李孝定：《甲骨文字集釋》，第5冊，頁1874。

〔註321〕《類纂》，頁225。

〔註322〕唐蘭：《殷虛文字記》，頁101-102。

臨下也，古字少而義賅，今字多而義別，監與鑒互相假。」（頁 392）監字從 （見）從 （皿），爲象人於監水盆側，鑑照面容之形。引申爲監視之意，用爲動詞。甲骨文監所從之 ，至金文已譌爲 形，後遂成從臣，從臣形，唐氏謂監字的臣即爲目形〔註 323〕，金文有作 、 可證，故爲監字。至金文監字形體偏旁所從已爲從臣、從人〔註 324〕，與《說文》篆作 形體一脈相承。

字	反 切	中古音		古 音	
		聲	韻	古聲	古韻分部
監	古銜切	見	銜	見	八部覃　三二談
見	古甸切	見	霰一	見	十四部元　三部元
備註	監、見古聲相同，爲諧聲可通轉。				

監與見皆有視意，又古音在見母，唐氏謂監、見爲一聲之轉，得監字音義，唐氏釋爲監，是極正確的〔註 325〕。然而不難發現，其實這個字以比較法，就看得出來其字形自甲骨、金文，至小篆皆一脈相承，所以仍是在字形的憑藉下釋得的字。

事實上，唐氏曾在考釋古文字時，對於以音求字，提出應注意的事項，他說：「語音變化自有一定的軌迹，所以應該追溯每一語詞的歷史，才能信而有徵。不能只是聲轉、韻同，就都可以通假，至於旁轉，就更渺茫。如離開語詞歷史，空談通借，任何不同音的字都可想法把它講通，這不是科學的態度。」〔註 326〕由此可知，唐氏明知道以音釋字所應注意的規律，亦不免有「不科學」的研究態度，所以在考釋古文字的過程中，遇到講不通的地方，應避免無所不通，無所不轉的考釋。〔註 327〕

〔註 323〕唐蘭：《殷虛文字記》，頁 101。目臣通作之例，詳韓耀隆之《中國文字義符通用釋例》，頁 107-109。

〔註 324〕容庚：《金文編》，頁 582-583。

〔註 325〕姚孝遂按語《甲骨文字詁林》，第 1 冊第 639，頁 619，李孝定：《甲骨文字集釋》，第 8 冊，頁 2717。

〔註 326〕唐蘭：〈永盂銘文解釋的一些補充〉，《文物》1972 年 11 期，頁 56。

〔註 327〕王慶祥：〈古文字學與古史研究〉，《語言文字學》1980 年 6 月，頁 10。

二、以象意字聲化釋字

（一）象意字聲化理論及釋字例

漢字形體以象形爲基礎，而有指事、會意，續有形聲字，就文字形體結構大致上來分，由於形聲具標音之偏旁，故形聲和前三者之差別較大。唐氏以爲在會意字中，有一些近於形聲字的，其中有一偏旁具標音作用，介於會意與形聲之間。而唐氏分析中國文字爲象形、象意和形聲三類，象意字通常是由兩個偏旁所構成之字，以表達字義，有些象意字，其一偏旁，表意又表音，此一類字，稱之爲聲化象意字。在《古文字學導論》和《中國文字學》二書中已有論述，他說：

> 在象意文字極盛的時候，漸漸發生了有一定讀音的傾向。我曾研究
> 過這種「聲化象意字」，發見了牠們聲化的規律，大概可歸納爲兩類
> （象意字不變爲形聲字的部分，不適用此項規律）。

（一）從名詞變作動詞的部分，每一個字有主動的和受動的兩方面，以主動的爲形，受動的爲聲。例如：

　　䫵、䫴、妞、巩，等字，以丮爲形。

　　昇、畀、乓、奔。弄。䶗，弅，等字，以𠂇爲形。

　　叓。叓。觀。敊，敏等字，以又爲形……

凡是形的部分，全是主動的，而代表語聲的半個字，全是受動的。

（二）在主語上加以詮釋或補充而成的文字，每一個字裡有主語和附加的兩方面，則以主語爲聲。例：

　　晛，望，二字裡的日和月是用以補足見和朢兩字的；

　　衏，復，徫，等字裡的行或彳形，指出在路上的意義；

　　瀧，漁等字裡的水形，指明在水裡……

所以日，月，行，彳，水，宀，口，等形，全是形，而其餘的部分是聲。

其後又在《中國文字學》中強調：

> 中國語言裡的動字、區別字，大都和名字的聲音相同，而只有小差
> 別。名字是「食」，動字是「飤」；名字是「子」，區別字就是「字」；
> 名字是「魚」，動字是「敊」，區別字是「漁」（漁本象魚在水中），
> 因之，寫成文字時，有許多象意字，可以只讀半邊，我們稱爲象意

字聲化。〔註328〕

唐氏歸納出象意字聲化之規律，在說解文字形體及其音讀時，多所應用，往往採用「依象意字聲化例」推文字的音讀。在《殷虛文字記》與《天壤閣甲骨文存考釋》二書中，援引象意字聲化規律以考釋文字，即以主動、受動，主語、附加來作爲考釋文字的方法，以輔助說解字形和本義。

1、釋家字

家字契文作 （《合集》三五二二正）、（《合集》一三五七九正）、（《合集》一三五八四正甲）、（《合集》一三五八六）、（《合集》屯三三二）諸形〔註329〕，唐釋爲家：

> 字卜辭習見……牡豕爲豭，故當爲豭之本字。《說文》：「夋，豕也，從屮，下象其足，讀若瑕」朱駿聲云：「當爲豭之古文。」蓋之變爲，即得轉爲夋。然夋即形之變，而《說文》僅云豕也，下象其足，已失其義。豭則後起之形聲字，遂獨專牡豕之義矣。《說文》家字從豭省聲……蓋卜辭家作，象夋在宀中。以象意字聲化之例推之，當讀夋聲，其但作豕形者，可謂爲夋省聲。夋即古豭字也。〔註330〕

唐氏援象意字聲化第二條規律，以主語夋爲聲，以附加的宀爲形，是符合其象意聲化的規律的。

家於金文作、、、諸形〔註331〕，釋讀爲家，甚是。《說文》謂：「家，居也，從宀，豭省聲。」（頁341）然而對於家字從豕或豭省聲之論，歷來各家聚訟紛紜〔註332〕。甲骨文家字，多從豕，亦有從者，字，唐氏釋作豭是也。《說文》謂：「夋，豕也，從屮，下象其足，讀若瑕。」（頁461）朱駿聲謂夋當爲豭之古文，夋與豭既是古今字〔註333〕，則《說文》謂：

〔註328〕唐蘭：《古文字學導論增訂本》，頁113-116，及《中國文字學》，頁97。

〔註329〕《類纂》，頁759-760。

〔註330〕唐蘭：《天壤閣甲骨文存考釋》，頁35下-36上。

〔註331〕容庚：《金文編》，頁510-151。

〔註332〕家字各家說法，詳《甲骨文字詁林》，第3冊第2044，頁1995-2001。

〔註333〕《說文解字林正補合編》，第8冊，頁328。

「豰，牡豕也，从豕，𣪊聲。」（頁 459）夋字為象形，而豰為後起之形聲字。故所從豕，所從豰形的均為家字，無誤。

　　唐氏釋𣪊為「豰」字，是也，而家字所從豕者，應為會意，從豰者，為形聲〔註334〕。而今家字作從宀，從豕之家字，蓋因商周甲骨金文之中，就已出現將豰寫作豕的省變，再隨文字孳乳發展、混淆，而作豕形的家。〔註335〕

　　2、釋殼字

　　殼字契文作𣪊（《合集》二六七正）、𣪊（《合集》九〇一三反）、𣪊（《合集》九四一一）、𣪊（《合集》一三五〇五正）、𣪊（《合集》一三五四五臼）諸形〔註336〕，孫詒讓釋為殼，唐氏從之〔註337〕，先釋讀𣪊為靑字，進而釋讀偏旁從殳的殼字，謂：

> 殼字以字形言之，當象以殳擊靑，發為靑然之聲。以象意字聲化例求
> 之，則從殳靑聲也。
>
> 卜辭用殼字，除卜人名外，「五殼」殆當讀為「五穀」，「王示殼二𣪊」
> 之「殼」，似亦當讀為「穀」。〔註338〕

唐氏當是依其象意字聲化第一條規律，主動的殳為形，受動的靑為聲，故謂從殳、靑聲，是符合其象意字聲化之規律的。

　　此字釋為殼，《說文》謂：「殼，從上擊下也，從殳，靑聲。」（頁 120）契文從殳，從𣪊（南），南為樂器，所以從殳以擊之，而殼字正象鼓樂之形，與《說文》篆文作𣪊形同，於卜辭中用為人名。〔註339〕

　　（二）釋字商榷例

　　唐氏立象意字聲化的規律，在說解文字時，有時雖能正確地運用象意字聲

〔註334〕姚孝遂按語，《甲骨文字詁林》，第 3 冊第 2044，頁 2001。

〔註335〕羅琨：〈釋家〉，《古文字研究》第 17 輯，頁 210-216。

〔註336〕《類纂》，頁 1110-1111。

〔註337〕其餘各家釋讀，參《甲骨文字詁林》第 2864，頁 2872-2875，及日人《甲骨文字字釋綜覽》，頁 91-92。

〔註338〕唐蘭：《殷虛文字記》，頁 95，另唐蘭於《天壤閣甲骨文存考釋》中亦有論及殼字，頁 50 下-51 上。

〔註339〕《甲骨文字詁林》，第 4 冊第 2864，頁 2872-2874。

化的規律來釋得文字的音和義，但是由於古文字資料的不足，即使考釋出來，也只能存疑，或往往說解不正確，又或者根本與唐氏所定的規律相互違背，在這情形下，就可以看出唐氏的錯誤來。以下舉數例明之。

1、釋🔲字

此字契文作🔲（《合集》三二八八）、🔲（《合集》五七〇八正）、🔲（《合集》六五五四）、🔲（《合集》六五五三）、🔲（《合集》一〇〇四三）諸形〔註340〕，此字釋讀，至今說法仍各家不同〔註341〕。唐氏以象意字聲化例析分此字，釋為牆字，謂：

> 🔲則像爿在合中，與會、倉同意，依象意聲化之例，當是從合爿聲。《說文》有牆字，從倉爿聲，引《書》「鳥獸牆牆」，咸以為蹌之俗字，然俗字必有所取義，如蟲魚之名，悉增蟲魚之旁，是牆之從爿，又何為乎？此可見牆實古字。《公羊傳》定十四年有頓子牂，《左傳》作牂，則《說文》以為爿聲者，必有所本。余疑牆即🔲字所孳乳，後人罕覯🔲字，遂改🔲為倉耳。〔註342〕

唐氏經由象意字聲化例以推求🔲字，為從🔲（合）、爿聲，乃運用第二條規律以釋讀其音讀，亦能符合其規律之說。

唐氏謂此即牆字，與會、倉同意，而🔲即從🔲從爿聲。《說文》謂：「牆，鳥獸來食聲也。從倉，爿聲，《虞書》曰：『鳥獸牆牆。』」（頁226）李孝定據出土資料謂🔲字即倉之異體，倉之古文〔註343〕，然今《甲骨文字典》從唐氏之說，亦釋為倉字，姚孝遂主編《類纂》及《甲骨文字詁林》均隸定為🔲字，謂各家之考釋難以為據，應待再進一步的考證〔註344〕。然此在卜辭文例中，作方國名，則可確知，如卜辭習見有「🔲侯」，意即為🔲地之侯長。

2、釋🔲字

此字契文形體作🔲（《合集》十六）、🔲（《合集》十七）、🔲（《合集》六

〔註340〕《類纂》，頁1188-1189。

〔註341〕詳《甲骨文字詁林》，第4冊第3081，頁3114-3120。

〔註342〕唐蘭：《天壤閣甲骨文存考釋》，頁62上-62下。

〔註343〕李孝定：《甲骨文字集釋》，第5冊，頁1790-1794。

〔註344〕《甲骨文字詁林》，第4冊第3081，頁3114-3120。

三八四）、（《合集》七九四六）、（《合集》九五〇四正）諸形〔註345〕，此字
羅振玉釋爲羅（離），謂古羅、離爲一字，其後陳夢家從之，釋爲離字〔註346〕，
唐氏駁之，釋爲隹，即爲鴠，唐氏謂：

> 余謂爲鳥在罕中之形……以象意聲化例推之，當讀干聲。移佳於旁
> 爲鴠，《說文》無鴠字，《玉篇》鴠或作鴠，然《說文》並無鴠字，
> 蓋偶遺耳。〔註347〕

唐氏說解此字，謂爲鳥在罕中之形，釋爲隹字，依象意字聲化例推，應以第二
條規律，以罕爲形，以鳥爲聲，方合其規律。然唐氏卻謂「以象意聲化例推之，
當讀干聲」，並不合其規律之說。又謂「隹本象以罕取鳥」，則依其第一條規律
主動爲形，受動爲聲，然唐氏卻是以主動的干爲聲，以受動的佳爲形，亦不合
其自訂之規律。

　　唐氏以爲所從的者，即爲干字，故謂罕字爲干的孳乳字，即謂罕、華、干、
單爲同一字，而釋爲隹字，依象意字聲化之例，從干聲，《說文》無鴠字，《玉篇》
謂：「鴠，鵲也。」又有鴠字，謂：「鵲鵲。」即今之鴠字。〔註348〕李孝定《甲骨
文字集釋》辨唐氏說爲隹之誤，從羅振玉釋爲羅，訓爲遭。姚孝遂隸定爲隻字，
其下所從之爲罕，上從佳，或從倒佳，或增加於其旁，字之形體乃象以罕捕
佳（鳥）之形，故罕與隻均具擒獲之意，而隻字，依其形體結構分析，應是利用
羅網以捕鳥之義〔註349〕。而隻字所釋，諸家說法尚待進一步的考證。〔註350〕

　　3、釋犅字
　　此字契文作（《合集》一八三八七）、（《合集》一八三八八）等形

〔註345〕《類纂》，頁 1095-1096。

〔註346〕《甲骨文字詁林》，第 2826，頁 2824-2829。

〔註347〕唐蘭：《天壤閣甲骨文存考釋》，頁 28 下-29 上。

〔註348〕《大廣益會玉篇》，鴠字見頁 555，鴠字見頁 559。

〔註349〕姚孝遂謂隻與罕（名詞當動詞）均具擒獲之意，然在卜辭文例中亦擴大引申爲
　　　　補獲各種鳥獸之用，如「允隻七兕」此一情形，姚孝遂言之甚詳，見《甲骨文
　　　　字詁林》，第 4 冊第 2826，頁 2827。

〔註350〕姚孝遂、肖丁《小屯南地甲骨考釋》，頁 151-152，《甲骨文字詁林》，第 4 冊第 2826，
　　　　頁 2827-2828，劉釗：〈卜辭所見殷代的軍事活動〉，《古文字研究》第 16 輯，頁
　　　　123。

〔註351〕，唐氏釋爲犕字，謂：

> 以字形言之，從牛從𩵋，當是形聲字。𦭜本作▬，已象雙角，不
> 應更作角形，故知非象意字也。犕及𩵋字，今字無之，𩵋象兩手持
> 角，以象意字聲化例推之，當爲從臼角聲。《爾雅‧釋器》：「角謂之
> 觷。」《說文》無觷字，徐鉉《新修十九文》有之，云「治角也」，
> 疑本當作𩵋矣。犕從牛𩵋聲者，當即牿字，或作𤚩，尤與卜辭作𤚩
> 者近。《說文》無牿𤚩字，古鈢印習見𤚩字，《玉篇》牿同觸，𤚩牛古
> 文，是許氏偶遺也。牿𤚩當從牛角聲，此從𩵋聲，同。〔註352〕

此字從角從（臼），從牛，《說文》謂：「解，判也，從刀判牛角也。」（頁188）
象以手解牛角之形〔註353〕，商承祚、王國維釋爲解字，極是〔註354〕。然唯卜辭
辭例殘闕，其義不詳。若依唐氏的象意字聲化規律來看，以主動的臼爲形，以受
動的角爲聲，是符合唐氏的第一條規律的，然而在說解字形上，仍有可議之處。

此字至金文有作、諸形〔註355〕，可知由偏旁分析與歷史考證法即知
此爲解字，而中山壺之「夙夜匪解」解字作，借爲懈義，所從的，已與《說
文》小篆解字形體（頁188），形體相近，現行解字所從刀形近似，應即篆
文解字從刀之所本〔註356〕。是釋爲解字，應無疑義。

4、釋芻字

芻契文作（《合集》二二二一）、（《合集》六〇一六正）、（《合
集》四〇九）、（《合集》九五）、（《合集》九五〇四正）諸形〔註357〕，
羅玉釋爲芻，唐氏先是釋爲艾，後又改釋爲芻：

> 字羅振玉釋芻，余昔釋爲艾……今按亦即芻字……象以手取
> 艸，可訓爲擇菜，亦可解爲芻蕘之芻，由象意字聲化之例，爲從艸

〔註351〕《類纂》，頁708。

〔註352〕唐蘭：《殷虛文字記》，頁98。

〔註353〕徐仲舒：《甲骨文字典》，頁481。

〔註354〕《甲骨文字詁林》，第3冊第1912，頁1874-1875。

〔註355〕容庚：《金文編》，頁293。

〔註356〕詳姚孝遂按語，《甲骨文字詁林》，第3冊第1913，頁1875。

〔註357〕《類纂》，頁348-350。

又聲，聲轉爲𦥑，又之即寸字也。⿰形變而爲⿰，又誤爲⿰，《説

文》訓爲刈艸也，象包束艸之形，非是。〔註358〕

⿰字象以手取艸之形，由象意字聲化例推之，則爲從艸、又聲，是依第一條規律，然而唐氏釋𦥑字，是以主動的又爲聲，以受動的艸爲形，已顯是不合其規律。又於聲轉一語帶過，實是疏失。在字形的說解上，確有可議之處。

若就𦥑字形體演變的情形而論，𦥑字金文作⿰、⿰形〔註359〕，而古陶文從𦥑之字有驕〔註360〕，其形體作⿰，與公𦥑權之𦥑字全同〔註361〕。而甲骨文雛字偏旁作⿰〔註362〕，其偏旁所從之𦥑字，與散盤的𦥑字形同。𦥑字包山楚簡作⿰〔註363〕，至篆文作⿰，於文字形體可謂一脈相承。

5、釋興字

興字契文作⿰（《合集》二七〇正）、⿰（《合集》六五三〇正）、⿰（《合集》一八九一九）、⿰（《合集》三三五六四）、⿰（《合集》三四四二八）諸形〔註364〕，羅振玉釋爲與，郭沫若釋爲興，唐氏從之，釋爲興，謂：

> ⿰從兩手持⿰，即枏之本字……舁即興字也。《説文》興字從舁，從同，同力也。卜辭作⿰則象兩人奉⿰，以象意聲化例推之，當爲⿰聲，⿰⿰一字，故後世從同作舁。然則卤同卤⿰與卤興，其聲義當相同。古書用興字者，義多若同，《微子》云：「小民方興相爲敵讎。」即小民方同相爲敵讎也。又云：「殷邦方興沉酗于酒。」即殷邦方同沉酗于酒也。又云：「我興受其敗。」我同受其敗也。《呂刑》云：「民興胥漸。」民同相漸也……是則卤興當讀爲卤同。〔註365〕

〔註358〕唐蘭：《天壤閣甲骨文存考釋》，頁 36 上。各家說法詳《甲骨文字詁林》，第 1 冊第 914，頁 890-895。

〔註359〕容庚：《金文編》，頁 38，釋爲若字。

〔註360〕徐中舒主編：《漢語古文字字形表》，頁 379。

〔註361〕詳周何總編之《青銅器銘文檢索》，第 6 冊，頁 2453。

〔註362〕徐中舒：《甲骨文字典》，頁 395。

〔註363〕張守中：《包山楚簡文字編》，頁 8。

〔註364〕《類纂》，頁 1103-1104。

〔註365〕其餘各家說法詳《甲骨文字詁林》，第 4 冊第 2847，頁 2851-2853，日人《甲骨文字字釋綜覽》，頁 75，唐氏引言自《天壤閣甲骨文存考釋》，頁 9 上-頁 9 下。

唐氏據第一條規律釋為興，以主動的舁為形，以受動的同為聲，是符合其規律的。然於音讀方面確有可商榷者。興字從舁，從般〔註366〕，為象兩人舁般興起之義。而唐氏謂舟即同字，亦為聲符，然興與同二字音讀懸遠，不應讀為同〔註367〕。由此則是唐氏謂卜辭中的卣同、卣同、卣興，聲義相當同，故讀同，以曲就「攸同」的解釋。而從同聲，則不足為據。〔註368〕

然此字釋為興，則是也。金文興字作舁、舁、舁諸形〔註369〕，與契文同。其後增口，李孝定謂：「古文衍變往往增口無義。」〔註370〕為篆文興之所本。《說文》：「興，起也。從舁，從同，同力也。」（頁106）於卜辭中則作舉，或地名、祭名。〔註371〕

雖唐氏依據象意字聲化謂此字應為舟（同）聲，符合其象意字聲化之規律，然而在說解字形上，唐氏之說仍有待商榷者，且舟字非同字，至顯，故興字從同得聲，亦並不足據。

由以上數例可知，唐氏以其歸納的象意字聲化的規律，考釋古文字，有時說解文字的字形和本義，甚有助益，然而有時卻不免有所疏漏而不可取，甚至自亂其律〔註372〕。對於所釋之字，又發生與其規律不相合的情形，所以以象意字聲化考釋古文字仍必須注意到文字形、音、義的配合，才不致誤釋。

由此可知唐氏說解象意字聲化的根本缺失。唐氏認為通常由兩偏旁所構成的象意字，其中有一個偏旁，於表意之餘，也表音，和形聲字的聲旁無異，

〔註366〕李孝定：《甲骨文字集釋》，第3冊，頁831-832。

〔註367〕詳徐仲舒：《甲骨文字典》，頁254，《甲骨文字詁林》，第4冊第2845，頁2843-2850，收為凡字。凡字契文詳《類纂》，頁1101-1103。而凡、同、舟三字因形體相似，偏旁亦常相混。王慎行：《古文字與殷周文明》，頁60-61，有凡、舟混用例。

〔註368〕李孝定：《甲骨文字集釋》，第3冊，頁381，雲惟利：〈唐蘭象意字聲化說平議〉，《漢字研究》第10卷第1期，頁320，姚孝遂：《甲骨文字詁林》，第4冊第2847，頁52-2853。

〔註369〕容庚：《金文編》，頁166。

〔註370〕李孝定：《甲骨文字集釋》，第3冊，頁832。

〔註371〕徐仲舒：《甲骨文字典》，頁254-255，《甲骨文字詁林》，第4冊第2847，頁2852-2853。

〔註372〕雲惟利：〈唐蘭的象意字聲化說平議〉，《漢學研究》第10卷第1期，頁314。

稱之為象意字聲化〔註373〕，這確實是一個新的名稱。唐氏在對文字學理論的論述時，偏重在以文字形體結構立論，而其象意字聲化說亦主要就字形結構論而論，所以只要一個象意字的讀音和其本身一個偏旁相同，即聲化象意字。其結構實與一般的形聲字並無差別。然仔細分析其偏旁，仍然是個象意字。這是因為各個聲化象意字與其本身偏旁，存在著意義的聯繫，若換了另個同音的偏旁，便可能象不出其意來，或者變了不同的意義，故結構似形聲字，唐氏仍將之歸屬於象意字〔註374〕。所以唐氏的象意字聲化說本身亦存在著缺陷，此乃因為只注意到文字形體的表面現象，卻忽略文字孳生的內在因素，故其歸納出的象意字聲化規律，尚欠周全，致使其運用這些規律以考釋文字時，亦往往不合於其規律。

　　唐氏純就文字形結構來說解的聲化象意字，忽略語源的這層關係，而一個象意字與其所從之偏旁，意義相同，音讀也相同，二者必有內在的同源關係，所以唐氏忽略這一層，而僅以象意字偏旁的主動、受動，主語、附加之別說解，其說難免不確。〔註375〕

　　實則唐氏所說解象意字聲化的情形，古人早已覺察到，從許慎的亦聲說，宋人的右文說，清人的形聲兼會意說等，到近人的語源說，在名稱上，雖有不同，卻實是一脈相承的。而唐氏的象意字聲化說，雖然並不與之相比附，嚴格說來，並無二致，差別則在唐氏的象意字聲化說源於說解古文字，並改會意為象意而已。

第三節　小　結

壹、唐蘭考釋古文字的檢討

　　唐氏主張訂立古文字的研究理論和方法，故將其理論和方法寫成《古文字學導論》一書，提出四點考釋古文字的方法，以期古文字的研究，能夠具有科學性的理論和精密的方法。第二節中著重論述唐氏考釋古文字的方法並舉例說明，以下就其方法與釋字成果作一總結。

〔註373〕唐蘭：《古文字學導論增訂本》，頁113-116。及唐蘭：《中國文字學》，頁97。

〔註374〕唐氏此一規律與六書系統裡面的會意兼形聲無別。

〔註375〕雲惟利：〈唐蘭的象意字聲化說平議〉，《漢學研究》第10卷第1期，頁324。

貳、考釋古文字的成就

唐氏的古文字學研究主要針對的是古文字的形體，由形入手，進而兼及音、義。在繼承前賢考釋古文字成果上，開啓後人考釋古文字的途徑。其考釋古文字的方法，除前文舉出的四點（對照法、推勘法、偏旁分析法與歷史的考證）外，還兼及以音求字。以下即分別作總的檢討：

一、對照法或比較法

雖然古文字與後來文字形體差異性甚大，然透過文字做比較，可以明白古文字形體的變化，故唐氏重視對文字形體要有深刻、明白的認識。可以提供作為比較的資料，包括《說文》及甲骨文、金文、三體石經、碑刻文字、唐寫古本書等字體，將其作形體的比較，以明變化之跡。在唐氏考釋文字時，亦習用此法。如釋羽字、釋尤字、釋喎字、釋保字、朝字及巫字等。

二、推勘法

唐氏強調考釋文字字形，並探究該字於卜辭文例中的作用，以讀通卜辭文例，所以治卜辭首先要讀通文例，故在考釋時，習引卜辭文例以考釋文字，如釋璞字、黿字、稻字、禽字、冥字、叀字等。除援卜辭文例外，又兼引典籍以輔助考釋文字，如釋虌字。

三、偏旁分析法

唐氏對分析文字偏旁以考釋古文，用力最多，特別是先考釋獨體字所構成的古文字，而漸及其他從比偏旁的字族。並藉由偏旁的認識，考釋文字的變化，對偏旁進行分析並考察其變化軌跡，經由分析合體字的偏旁，再合起來釋讀完整的一個字。

四、歷史考證法

注意文字演化的歷史過程，對文字各期、各類文字的演化做出歸納，以明白文字通轉、增繁、刪省等規律，唐氏認為這將有助於文字的考釋，故常採用歷史考釋法以考釋古文字。唐氏將偏旁分析與歷史考證相結合，在對文字的歷史進行考察時，往往畫出其演變的圖表，使讀者一目瞭然，並且援用偏旁通作的規律，考釋古文字。後人在此基礎上，歸納出更多通作、混用的情形，皆可說是受到唐氏的啓發。

五、以音求字

唐氏援一聲之轉以釋字，一則明其音讀，二則明該字之作用。所運用方法較異於時人者，乃是依象意字聲化條例以考釋古文字的音讀。如釋毀字、殼字等。

參、唐蘭考釋方法的商榷

唐氏注重研治古文字的理論和方法，提出對照法（或比較法）、推勘法、偏旁分析法和歷史考證法，一聲之轉及象意字聲化以釋字，皆為研治古文字的正確方向。然而唐氏考釋文定時，仍不免偶有疏誤、論說不精當之處：

一、字形析分、說解失誤者

唐氏認為考釋古文字，首先最應注意的是認清字形，然而在文字形體的析分方面，亦有說解錯誤者，如：

1、運用對照法（或比較法）時，偶引用不同的文字以做比較，如釋旬字、釋良字及釋還字等。

2、在進行文字考證時，對於文字形構或偏旁辨析不清而誤釋，如釋牽字、𡰱字𣏟字等。

3、唐氏偶有將不同的字，相互繫聯，純就主觀地對文字演變說解，並且在運用通作、通轉的條例時，亦未就對文字形體本身做深入的考察，所得的結果，亦不足探信。所以對文字歷史的考證，若缺乏證據時，應以闕疑、待考的處理方式，而非強為之考釋，如釋𦥑字、色字、死字、大字等。

二、字音說解偶有失誤

考釋文字，應全面性地在文字的形、音、義的考證上，在據形體釋字後，繼而論及其音讀，才算是完整的考證。唐氏習用一聲之轉求文字的音義，但任意採用「音轉」、「一聲之轉」，用《說文》中的字與甲骨文字相套合，以圓其說，加以繫聯，其實往往是音或義皆不相侔，例釋爽字、聞字、禽字等。皆是為了要在自圓其說的情況下，統以「一聲之轉」的用法帶過，並未深刻加以細究，足見其釋字之疏漏。甚至還有靠主觀想法，比附《說文》中字義的解釋，以「音轉」籠統帶過的，如釋良字等，是以不可據。這是因為象意字聲化本身存著缺點，而唐氏又為「彌縫」所致。

而音讀並非考釋古文字的唯一條件，唐氏考釋古字，習慣依自訂之象意字聲化條例推文字的音、義，卻往往多有不合其自訂規律者，如釋蠱字、爲字等。甚至可以發現單就字形演變上來考釋，反而更能得到正確的結論。由此亦可反證唐氏的考釋古文字四方法，仍是顛撲不破的，所以最終仍要回到「字形」上來說解古文字，以避免濫用象意字聲化或任意比附文字的形、音、義來釋字。

三、字義說解偶見失誤

在援用卜辭文例以推勘文字意義之時，往往強加考釋文字之義，例春字；或因釋得文字之義後，又據卜辭、典籍強將不同的兩個字加以聯繫，如爽字、爲字等。

由以上數例可知，知唐氏創立完善的考釋方法，完備的考釋規律，甚至創立考釋古文字的戒律，然而細究其釋字成果，雖不乏有正確的釋字成績，卻有許多值得商榷的地方。由此，不難察覺到唐氏往往有「自亂其律」或「作法犯法」的情形產生〔註376〕。正說明考釋古文字須要靠綜合性的方法，才能得到正確的考釋。所以縱有完備的考釋古文字的方法與戒律，仍不免在釋字時產生疏誤。然就唐氏欲引研治古文字學者以科學研究風氣的精神，仍是值得感佩的。

由以上的論述，評析唐氏考釋古文字方法，可以得到下列結論：

（一）綜合方法的運用以考釋古文字

研究甲骨文字，必須由考釋文字入手，由考釋文字進而釋詞，並探究文字背後之歷史意義。對文字字形的考釋，分析以偏旁，比較其形體，並推究其演變的軌跡，再由《說文》上推金文，上推甲骨文，作爲佐證，用已知的推論未知的，以歸納文字演變之規則，此亦爲唐氏提出四個考釋方法中，比較法、偏旁分析法與歷史考證法等方法的綜合性運用，並以象意字聲化明其音讀。

對於文字的用法，便著重在單字於古籍文獻中的使用，或於卜辭文例中上下文的用法。此即唐氏所謂推勘法的運用，是基於對古文字研究由考釋古文字，而至讀通文句的全盤了解，與各種方法間的綜合性使用。唐氏先就文字形體入手，分析、比較文字及其偏旁，並考其演變及通轉，並援音韻求其音讀，就卜辭文例以求字義，綜合各種方法以考釋古文字。其方法可說是「全面聯系，分清主次，

〔註376〕李旭昇：《甲骨文字根研究》，頁12。

多找可能，正反考慮」。〔註377〕

（二）重視文字於卜辭文例中的用法

唐氏以爲要辨明古文字的形體，首重認清字形，其次則是辨識一字時，讀通辭例〔註378〕，又謂研治卜辭，首當通文例〔註379〕，且在考釋古文字的四種方法中提出辭例推勘法，皆唐氏重視認識古文字後，並尋出其於文例中的用法、意義的證明，故在唐氏確認文字形體後，即運用辭例推勘，以明字義。因爲古文字的考釋，是經由文字的字形入手，進而探究字義，所以考釋文字的目的，即是透過識字而讀通文句，並了解該字在辭例中的使用及其意義〔註380〕；是故陳夢家曾評唐氏將考釋文字認爲是一種辨識單字的工作，限定或過分強調於分析文字的形體，忽略該單字作爲一個詞，在卜辭文例中的位置及作用〔註381〕，陳說已是不攻自破。

事實上陳氏的說法，各家考釋文字時，不免會發生這樣的情形，亦即隸定一甲骨文字，放入一段卜辭中，仍講不通，一方面因著材料的不足，另一方面是因材料本身存在尚無法完全理解的盲點，而唐氏在考釋文字時，亦重視字、詞在卜辭中的作用，強調成語、諧韻和文義的推勘，來作爲識字的方法。所以唐氏研究古文字學，並不因循地停留在單純的認字、釋字層面上，而旨在讀通卜辭文句，並進而創立古文字的理論與體系，此即爲唐氏重要的貢獻與成果之一。

（三）結合三書理論以考釋古文字

唐氏《古文字學導論》一書，最重要的創見，即爲三書說：象形、象意與形聲。在對古文字進行考釋時，結合其三書理論。認爲在考釋文字的形體後，要明白文字的本義，而研究文字的本義，又分爲兩方面：一是象形、象意文字，

〔註377〕林澐：《古文字研究簡論》，頁156。

〔註378〕唐蘭：《古文字學導論增訂本》，頁161-162。

〔註379〕唐蘭：《天壤閣甲骨文存考釋》，頁34上。

〔註380〕林澐：《古文字研究簡論》，頁122。

〔註381〕陳夢家《殷虛卜辭綜述》一書中，認爲唐氏在考釋文字的過程中是將考釋文字認作辨識單字的工作，所謂文例即古文字所處的文句之中，有字與其他字之間的相互聯係，又就是由文例可知文字所存在的具體語言環境，如果考釋出一個字之音、義，必須其置入文例中而能讀通，考釋則較爲可信。是故陳氏所謂唐氏只重視形體的分析，即是唐氏未強調將考釋出的文字置入文例中，以爲檢驗。詳該書頁70。

要追溯該字所象的物、事；二是形聲文字，要由所從的形，斷定字義的一部分〔註382〕。此即結合象形、象意與形聲三書，作爲解釋字義的主張。又將文字的形、音、義與三書的象形、象意與形聲相結合以考釋文字〔註383〕。故唐氏考釋古文字，習有以象意字聲化推文字音、義。

　　唐氏以爲研究文字學，一定要研究古文字〔註 384〕，故重視古文字的方法論，強調必需建立一完整理論與考釋方法，對後人極具有啓發性的意義。而其考釋古文字的四方法、六戒律，正足以一掃當時考釋古文字射覆猜謎的風氣。在古文字學研究的歷史中，唐氏確實有其一定的影響力。

〔註382〕唐蘭：《古文字學導論增訂本》，頁 261。

〔註383〕唐蘭：《古文字學導論增訂本》，頁 262-263。

〔註384〕唐蘭：《古文字學導論增訂本》，頁 137。

第四章　唐蘭對青銅器銘文斷代的研究

第一節　通　論

在二章第二節中著重論述唐氏對古文字學的理論和研究方法論，皆是有關古文字構造的原理與考釋古文字的方法，唐氏欲建立一科學性的古文字學，故特重方法論，而青銅器斷代即其古文字學方法論上重要的一環。〔註1〕

青銅器乃我國古代文化遺留下最直接、眞實的文獻資料，亦爲研究古代史實的重要資料，具有重要的歷史價值。特別是具有長篇銘文的青銅器，其研究價值幾可與古代文獻相比擬。由於青銅器從產生到後來發展的時間極長，西周時代史籍又少，使青銅器銘文的研究造成很大的困擾，尤以西周前期爲甚。故唐氏認爲「銅器銘刻是研究古代歷史、社會、政治、經濟等方面的重要資料」〔註2〕，對青銅器銘文的分期與斷代十分重視。而論中國銅器之體系，必先論斷代。

壹、青銅器銘文的分期斷代

爲青銅器銘文分期，以明銅器本身發展的歷史規律，進而爲銅器作好斷代工作，使銘文成爲有系統的歷史資料。事實上，漢代已有古銅器的發現，在《說文‧敘》記載：「郡國亦往往於山川得鼎彝。」（頁 769）然爲偶然出土，並未

〔註1〕 本章重在歸納唐氏對青銅器銘文斷代的條例，並討論唐氏在青銅器銘文斷代與古文字研究間的關係。至於更深入或較具爭議性的問題，因限於時間，暫不予討論。

〔註2〕 唐蘭：《青銅器圖釋‧敘言》，《唐蘭先生金文論集》，頁 110。

以科學的方法進行研究，而依附於迷信之說。至宋代歸於金石學範疇中，作為一專門學問的研究，出現著錄有關銅器及銘文的書籍，大多只是著重在於款識的考釋、器形的審定，和古籍的對照，有關於器物的年代考訂，亦稍論及，但在方法上較為粗疏，亦不夠明確。至清代有關青銅器的著錄，亦不分其年代，在若干書籍的著錄，雖予以劃分年代，但是對年代的考訂，原則與方法方面，皆未加以說明。故青銅器銘文斷代方法仍未有明確、科學性的論述。至一九二七年馬衡於〈中國之銅器時代〉一文中提出考定青銅器時代的方法，但直到一九三二年郭沫若《兩周金文辭大系圖錄考釋》一書，才算奠定青銅器分期與斷代的科學性整理研究之基礎。〔註3〕

貳、青銅器銘文斷代的方法

對銅器年代的斷定，依方法的取向不同，大體說來有三種：一是經由考古學的方法並利用現代科學儀器的探測〔註4〕；二是利用圖象學的方法〔註5〕；三是利用文字學的方式，進行銅器銘文研究。然而無論是何種方法，都需要以綜合性的、全面性的進行研考，採用綜合排比、歸納及與文獻史實印證等方法，如此，在為銅器銘文做斷代時，方不失偏頗。

另外有主以曆法的編年，為銅器銘文所載之年月日辰加以斷代，如劉師培《周代吉金年月考》、吳其昌〈金文曆朔疏證〉，依三統曆、殷曆相比附，但這種就「彝銘中多年月日的記載」，用「後來的曆法所製定的長曆以事套合」的情形〔註6〕，造成斷代上的差異，值得商榷。故容庚曾指出，以後人所推定的曆法

〔註3〕杜迺松：《中國古代青銅器簡說》，頁149。

〔註4〕考古學方法是通過科學發掘，研究其出土的墓葬或窖坑特徵，在同一文化堆積層中的共存物、銅器和共存物的器類形態組合特徵。是以進行科學性的挖掘工作，對新出土物的斷代工作，極為重要。再經由理化分析的方法，如物理、化學等方法對青銅器的成分、冶煉鑄造特徵，進行化驗、分類，歸納成份比例、變化作排列，以明不同時期比例的變化。特別是目前使用科學的儀器，對其他共存物做碳14的探測，對銅器斷代上，亦極有助益。

〔註5〕〔註5〕　圖象學方法是對器物之外形，包括其器形與紋飾、組合等特徵進行分析排比。由於青銅器的制作，隨著年代，其形制、紋飾等方面，不斷發生演變，故對銅器本身部位形態之變化，進行分期，亦為辨別銅器斷代的方法之一。

〔註6〕郭沫若：《青銅時代》，頁257。

為標準，與西周實際所使用之歷法，未必符合，僅能供參考。〔註7〕且西周各王的年代，尚未能有統一或更明確的定論，若以此為判定銅器年代，標準方面值得再商榷，唐氏更直言：「吳氏所為《西周曆譜》，根據《三統曆》逆推，實難置信。」〔註8〕故應就銅器銘文本身所反應的資料作為斷代之依據。

　　其中文字學的方法，是針對銅器的銘文內容做研究。而古文字研究者，主要多是據銅器上的銘文，輔助於器形、紋飾、出土情況為之斷代。由於銘文記載內容廣範，據銘文的內容，與古史文獻相互參證，進而繫聯、斷代。特別是運用標準器的繫聯方法，為青銅器斷代。所謂標準器，是根據銘文自身已標明出器物的年代、王號，再與史實的印證，做縱向、橫向方面的繫聯工作。橫向的繫聯即繫聯其同一時代的人、事、物；縱向的繫聯，則是由隸屬的家族關係、年代的先後之不同，將其作縱向的繫聯，再與他器群作繫聯，如此可經由一標準器之確立，而繫聯出一器群。故據標準器所提供的資料，能夠幫助判別無明確記載歷史事件或紀年的銅器之制作年代，是以標準器在為銅器銘文作斷代中具有極重要的作用。

　　然而無論利用何種方法為銅器銘文分期斷代，都是以現有的材料和認識的基礎上歸納、概括出來的。各種方法的分期並不完全相同，而隨著出土資料的增加和對器物認識的發展，不斷修正，期能將銅器銘文斷代工作，臻於完善。在此基礎上，唐氏認為對斷代應綜合各種方法的繫聯為要。故對於銅器銘文斷代方法，須以全面性的角度來審度，簡言之，即為善用各種資料之繫聯，不惟從銘文中人物、事蹟著手，更要將大量的資料由內在繫聯，從有關文獻記載、出土地點、從器形、裝飾、圖案、文法、文字、書法等各方面的比較、研究〔註9〕。至此，我們必須先對銅器銘文斷代方法中的文字學方法之研究脈絡，做一說明。

參、各家青銅器銘文的斷代

　　前文提到馬衡為首位提出考訂青銅器年代方法者，其後乃有各家針對青銅器銘文斷代方法，提出各種不同的論述。

　　馬衡於〈中國之銅器時代〉中認為，中國之銅器時代濫觴於殷商時代，而

〔註7〕容庚：《殷周青銅器通論》，頁15。

〔註8〕唐蘭：〈作冊令尊及作冊令彝銘考釋〉，《北京大學國學季刊》第4卷1號，頁21。

〔註9〕唐蘭：〈論昭王時代的青銅器銘刻〉，《古文字研究》第2輯，頁13。

考定銅器正確時代的方法有：一、同時的文字相互印證，同於殷墟甲骨文字者的紀時法，依甲骨文，殷人的稱謂、祭祀及習見語等；二、外在方面，則對出土的器物作爲考定法。〔註10〕

　　郭沫若於《兩周金文辭大系考釋》一書中，對於青銅器銘文分期與斷代所作科學性的整理與研究，奠定銅器分期與斷代的基礎〔註11〕。最重要的創見即對銅器歷史斷代與國別研究奠定的基礎〔註12〕，使銅器銘文更具科學研究價值，並且與古史研究相結合。故針對銅器斷代方法、年代的推定：是「專就彝銘器物本身以求之」、「由新舊史料的合證」，即就銘文本身的年代、人物、重要事件爲脈絡、加上「就文字之體例、文辭之格調，及器物之花紋形式以參驗之」，即所謂標準器分期法〔註13〕，並以曆朔的記載作爲副證，以爲斷代。較之前人，更進一境。而這種通過時代和國別的考訂，使銅器分別繫於年代、國別之下，成爲一套既具科學價值，又有嚴密系統的文字史料，亦爲郭沫若在青銅器銘文研究中的重大創獲之一。

　　一九四一年容庚於《商周彝器通考》中補馬衡之說，以爲字體與銘文中的稱謂辭皆爲斷代的依據。〔註14〕

―――――――――――

〔註10〕詳馬衡著《凡將齋金石叢稿》，卷3〈中國之銅器時代〉，爲馬氏1920年3月27日在日本東京帝國大學的演講詞，載於日本《民族》3卷，5號《考古學論叢》第1冊（1928年），又載於北京大學《研究所國學門月刊》1卷6號（1927年9月）。又詳《凡將齋金石叢稿》，頁115-120。

〔註11〕郭沫若之《兩周金文辭大系考釋》（1931年）。在銅器分期方面，郭沫若於〈彝器形象學試探〉一文中，以器形作依據，對造型、花紋及銘文等各方面作考定，歸納出時代之共同性，立分期之標準，分爲五期：1濫觴期、2勃古期、3開放期、4新式期、5衰落期，作爲銅器分期斷代的重要劃分原則。到1945年《青銅時代》一書中，再度收錄此篇時，已改爲4期：濫觴期、勃古期、開放期與新式期。

〔註12〕郭沫若對銅器時代與國別之重視，於《兩周金文辭大系考釋》序文中言：「夫彝銘之可貴在足以徵史，苟時代不明，國別不明，雖有亦無可徵。」（頁1下）。是以在使銅器有助於古史研究之整理方法上，郭氏認爲「當以年代與國別爲之條貫」，（頁2下），而使銅器更具文獻、史料之研究價值。以下引文引自該書敘文，頁3下。

〔註13〕所謂標準器分期，即是先考訂時代較明確的標準器，而用他器的器形、紋飾、銘文書法等特徵，加以比較、分類排比，相互繫聯，作爲斷代者。詳郭沫若：〈青銅器時代〉，《青銅時代》，頁258。

〔註14〕容庚：《商周彝器通考》，頁31-32，及頁80。

　　陳夢家於〈西周銅器斷代〉一文中，提出對銅器分期與斷代的方法〔註15〕，認爲歸納一件、或一組青銅器的繫聯，可以作爲斷代的標準，是以陳氏在整理西周銅器時，著重西周銅器的特點，特重在器形，及出土地區、坑位、墓葬等重要資料，對西周銅器的組合與繫聯，曾說：「對於某處、某墓的一組或件銅器的斷代，可以用作爲標準，來斷代它處、它墓的銅器的年代。因此，銅器內的繫聯（即銘文的和形制、花紋的），在斷代上是最要的。」且不可單憑一方面的關聯而斷定其年代，應該繫聯一切方面的關係，特別是銘文內部的繫聯，如同作器者、同時人、同父祖關係、同族名、同官名、同事、同地名、同時等，作爲斷代方法的依據。如此而能使分散的銘文內容互相補充，前後組織起來，金文材料方能成爲史料。〔註16〕

　　一九七八年黃然偉於《殷周青銅器賞賜銘文研究》中歸納銅器銘文斷代的九個依據：如紀年月日法、用字、賞賜物、祭名、人名及官名、紀事、地名與宮室名、恒語、字數與形式等〔註17〕。一九九〇年陳煒湛、唐鈺明所著《古文字學綱要》論及斷代的具體方法，有文字學方法、器物學方法及考古學方法，其中文字學方法又可分爲人物、史實、時地、字體詞語及文法等六項〔註18〕。由以上各家對青銅器銘文斷代方法看來，不難發現，各家所述的斷代方法，可以說均來於郭沫若的標準器斷代法，加以繫聯並發揮。而各家所持的青銅器銘文斷代的目的，亦皆欲以銅器銘文作爲研究古史的材料，在此基礎上，則必須克服銅器銘文斷代的問題。〔註19〕

肆、唐蘭銅器銘文斷代的觀念

　　唐氏研治古文字學有著明確的目的，即是要建立一科學的理論和方法，使古文字成爲一門科學，故特重完善的理論和方法。而對於青銅器的研治方面，

〔註15〕陳夢家於 1955 年至 1956 年發表於《考古學報》的〈西周銅器斷代〉。即陳氏爲青銅器斷代的代表作。陳氏將西周銅器分作三時期（頁 138-139）：1 西周初期，2 西周中期與西周晚期。此分期陳氏是依器形、花紋、銘文之字形及內容等方面爲依據，以對研究西周社會的發展，有所助益。

〔註16〕陳夢家：《西周銅器斷代》，《考古學報》，第 9 冊，頁 140-141。

〔註17〕黃然偉：《殷周青銅器賞賜銘文研究》，頁 11-22。

〔註18〕陳煒湛、唐鈺明：《古文字學綱要》，頁 123-130。

〔註19〕王世民：〈郭沫若同志與殷周銅器的考古學研究〉，《考古》1982 年 6 期，頁 613。

則認爲在爲研究歷史而研究青銅器的目的上，必須先對銅器銘文加以斷代，並極重視青銅器銘文斷代的方法。

唐氏以爲青銅器的研究即研究歷史的重要條件之一〔註 20〕，然而青銅器使用時間極長，故必須先對青銅器加以分期，或確定其年代，以便明白銅器本身發展、演變的情形，作爲斷代的標準，而加以確定其年代，研究歷史。早年郭沫若曾指出：「時代性沒有劃分清白，銅器本身的進展無從探索，更進一步的作爲史料的利用尤其不可能。就這樣，器物愈多便愈見著渾沌，而除作爲古玩之外，無益于歷史科學的研討，也會愈感覺著可惜。」〔註 21〕既說明惟有將銅器銘文作斷代，銘文方能作爲歷史研究之材料。陳夢家亦以爲西周銅器的研究，要與歷史相結合，以研究歷史。〔註 22〕

郭沫若於青銅器斷代、分期的開創之功，實不可沒，唐氏曾在爲郭氏《兩周金文辭大系圖錄》所寫的序中，稱讚其貢獻：「後之治斯學者，雖有異同，殆難逾越。」〔註 23〕而唐氏承郭沫若之說而來，更直言銅器銘文斷代是用器銘來研究歷史的重要條件之一〔註 24〕，若要運用這些資料，首先必須爲之斷代〔註 25〕，而青銅器銘文斷代的準確性，亦影響到史料運用之準確性。

另一方面，我國古代歷史的文獻資料較少，在西周青銅器銘文中，往往記載著許多重要的歷史事件，又常涉及到社會、政治、經濟、法律、軍事、文化等各個方面，故唐氏以爲這種第一手資料，遠比書本資料爲重要〔註 26〕。其中以西周銅器之銘刻內容較長，記載豐富，作爲研究西周歷史上，更具有重要地位。是以唐氏在郭沫若等人的基礎與出土日豐的資料上，做更進一步的整理，曾說：「四十多年前，郭沫若同志對西周銅器斷代，有過重要貢獻。其後，新資料日益豐富。用青銅器銘文進一步研究西周史。」〔註 27〕已具有良好的條件。

〔註 20〕唐蘭：〈用青銅器銘文來研究西周史〉，《文物》1976 年第 6 期，頁 35。

〔註 21〕郭沫若：〈青銅器時代〉，《青銅時代》，頁 256。

〔註 22〕陳夢家：〈西周銅器斷代〉（一），《考古學報》1955 年第 9 冊，頁 141-142。

〔註 23〕唐蘭：〈兩周金文辭大系序〉，《唐蘭先生金文論集》，頁 382。

〔註 24〕唐蘭：〈用青銅器銘文來研究西周史〉，《文物》1976 年第 6 期，頁 54。

〔註 25〕唐蘭：〈青銅器圖錄敘言〉，《唐蘭先生金文論集》，頁 110。

〔註 26〕唐蘭：〈用青銅器銘文來研究西周史〉，《文物》1976 年第 6 期，頁 34。

〔註 27〕唐蘭：〈用青銅器銘文來研究西周史〉，《文物》1976 年第 6 期，頁 34。新版的《唐

　　由上述可知，在出土日豐的金文資料中，唐氏認爲不能只著眼於一件器銘，而應以歷史的觀點和方法，將有關的銅器做綜合性的考察〔註28〕，要「把它們從其內在聯繫連貫起來，和文獻資料結合在一起來做全面的、綜合的研究。既以文獻資料來證明這些地下發現的新資料，又回過來利用這些新資料來補充文獻資料的不足」〔註29〕。在青銅器銘文斷代的理論上，唐氏即以歷史的觀點，作爲研究青銅器銘文斷代的指標，曾說：「本打算作整個西周銅器的研究，蒐集銘文近千篇，從武、成到宣、幽，分十二王……。」又說：「補充西周史是今後研究銅器銘刻的新的重大任務……。」所以要「把全部西周銅器都整理了，以大量的可靠的地下史料爲依據，結合文獻資料，寫出一部新的比較詳盡的西周史」〔註30〕，唐氏在實地對青銅器銘文做斷代時，亦的確著重歷史的觀點，在理論與方法上，相互配合。

　　然唐氏於斷代的觀念與方法之論述，並無專著，但散見於其書與論文，特別是在〈論周昭王時代的青銅器銘刻〉中〔註31〕，有多處論及斷代方法。認爲新的考古資料不斷發現，有許多資料是過去沒有想到的重要線索，所以值得嘗試的方法是將大量資料攤開，從其內在的繫聯，及有關文獻的記載，各方面比較研究，全面的繫聯，方能夠「使青銅器銘刻對西周歷史的研究有一些用處」。〔註32〕

　　據單篇論文總括而言，仍可尋出唐氏對銅器銘文斷代的理論和方法，並切實運用於青銅器銘文斷代上，特別在《史徵》一書，即唐氏多年來對西周青銅器銘文進行綜合研究的成果〔註33〕。關於青銅器銘文的斷代方面，所涉及的問

蘭先生金文論集》已刪掉其中文句，今從新版，頁 500。

〔註28〕唐蘭：〈用青銅器銘文來研究西周史〉，《文物》1976 年第 6 期，頁 35。

〔註29〕唐蘭：〈論周昭王時代的青銅器銘刻〉，《古文字研究》第 2 輯，頁 12-13。

〔註30〕唐蘭：〈論周昭王時代的青銅器銘刻〉，《古文字研究》第 2 輯，頁 137-138。

〔註31〕據本篇之〈整理後記〉，爲唐氏 1973 年 3 月之遺作，而後於 1981 年整理發表於《古文字研究》第 2 輯，爲其子唐復年先生所撰。由於此篇寫定後，陸續各地又有資料出土，故唐氏於 1976 年間所寫《西周青銅器銘文分代史徵》（以下簡稱《史徵》）一書中，對文字的隸定考釋及斷代，已有不同的見解，特別是本篇中將師旂鼎、小臣宅簋、沉子也簋與作冊䰟卣等四器，原判定於昭王時器者，在《史徵》一書中，改斷定爲穆王時器。

〔註32〕唐蘭：〈論周昭王時代的青銅器銘刻〉，《古文字研究》第 2 輯，頁 13。

〔註33〕詳唐復年：〈整理後記〉，《史徵》，頁 518-520。其中附件一爲唐氏於 1976 年初所撰

題極爲廣泛，限於篇幅，本論文僅就唐氏青銅器銘文斷代的方法論加以探究，至於相關深一層的問題，則待來年。第二節即就唐氏於〈論周昭王時代的青銅器銘刻〉一文中，所提出新的斷代方法，特別是在《西周青銅器銘文分代史徵》一書的成果上，加以檢驗。

第二節　唐蘭青銅器銘文斷代的方法與檢討

　　在上一節中已提到唐氏對銅器斷代的方法，主要承郭沫若的方法脈絡而有所發揮，將銘文資料和歷史資料相互印證，再輔以銅器之器形、紋飾等外在資料來斷代。探究唐氏論述青銅器銘文斷代的方法，在於〈論周昭王時代的青銅器銘刻〉一文，對昭王時代的青銅器作綜合性研究，提出兩點作爲斷代的依據：一、從造型、裝飾和圖案予以斷代；二、由銘文中的專名、慣語、文法、文字的結構和書法等方面斷代〔註34〕。這就是由銅器外型到銘文內容全面性地作爲斷代的標準。除上述方法外，以下再據唐氏《史徵》一書中綜合、歸納其銅器銘文斷代的方法，爲下列數點：

1 人名的繫聯	1 人物　2 稱謂
2 戰事的繫聯	
3 專名的繫聯	1 王號　2 康宮　3 新邑
4 慣語	1 王才庁　2 上医　3 畯臣天子
5 賞賜物	
6 族徽	

寫書前所作的目錄及釋文。其中武王至昭王，穆王時代的一部分已見於正文，其餘的包括穆王時代的另一部分和共王至夷王時代部分均列入；而歷年所發表的青銅器銘文的考證與意釋，亦按其相應時代轉錄於書後。其中僅錄器名，而無拓片、銘文等。據唐復年〈整理後記〉指出，「附件二」乃是「列入附件一的錄中但未作釋文者，和屬王以後的部分器物名稱，則根據歷年發表的論文中所涉及到的青銅器名而摘錄。即爲唐氏爲研究西周史而研究青銅器斷代的基礎上而撰寫的。

〔註34〕〈論昭王時代的青銅器銘刻〉一文，是唐氏先由昭王時代器作爲斷代之始。唐氏認爲昭、穆兩代是西周文化最發達的時代，由極盛到衰落的轉變時期，兼之昭王時代所出現的長篇銘文，具有十分重要的史料價值，例如作冊令方尊、小臣謎簋、作冊夨方尊、作冊夨令簋等器，是以唐氏先選擇招王時代的青銅器銘刻五十三篇，爲之斷代，頁14。以下兩點引自該文，頁122，及頁131。

7 文字	（一）文字 1 卲字　2 馱字　3 休字 （二）字形之演變 1 玫字、斌字　2 保字　3 易字
8 書法	
9 器型、紋飾	
10 出土坑位	

一、人名之繫聯

銘文中的人名對於青銅器銘文的斷代，具有特別的重要意義，銘文中常見的人物、稱謂，皆爲人物繫聯的重要資料，特別是載有王號的青銅器，更可作爲斷代的標準器，透過標準器中所繫聯出來的人名，亦可相互繫聯出銅器的年代。所以標準器的確定，主要是根據銅器銘文中的人名、史事與文獻資料合證，而採用標準器繫聯成一組的器，亦是斷代的常用方法。銘文中所載的人名，有可能是作器者，或是與作器對象有親戚關係的，或是與器主的活動有關的其他人物，因此「同一人名可以出現在不同的銅器中，不同的人名也可以輾轉繫聯，也可能有縱向的聯系」〔註35〕，唐氏深明此道，於銅器銘文斷代時，多據銘文中所出現的人物，相互繫聯成一組組的器群，加以斷代。

唐氏的繫聯方法，不外乎有兩種〔註36〕：1、對照文獻材料中的人物。如銘文中所載人名也見於典籍文獻者，若肯定兩者爲同一人，即把文獻記載當作依據，來判定銅器的年代，如周公、王姜、魯侯獄、唐侯丰等；2、一個人名載於不同的銅器上的，繫聯成一個群體，如果能確定其中一件銅器的時代，則這一器組的時代大體上有一個判定依據，進而通過共同繫聯的人名，判定更多的銅器年代，如永、訊等。分述如下：

（一）人　物

這裡所指的人物，是指銅器銘文中出現的人，唐氏先據以斷代，再繫聯出銘文載有同一人的器組，如周公、魯侯獄、康侯、永、王姜、伯懋父及訊等人。

〔註35〕盛冬玲：〈西周銅器銘文中的人名及其對斷代的意義〉，《文史》第 17 輯，頁 45。

〔註36〕盛冬玲：〈西周銅器銘文中的人名及其對斷代的意義〉，《文史》第 17 輯，頁 45。

1、周　公

在銅器銘文中，出現「周公」者，如周公方鼎、小臣單觶、禽鼎、禽簋及塱鼎等器〔註37〕。由於有明確的人物——周公，故唐氏據以作爲標準器，繫聯到周公時期。如下表：

器　　名	人　　物	重　要　事　件
周公方鼎	周公	
小臣單觶	周公、小臣單	王克後、才成𠂤
禽鼎　禽簋	周公、禽	王伐奄侯
塱鼎	周公、塱	周公于征伐東尸

特別值得一提的是周公輔政時，因政治情勢的不穩定，故有若干的戰事。而周公輔政後的行事，據《尚書大傳》有謂：「一年救亂，二年克殷，三年踐奄，四年建侯衛，五年營成周。」將周公輔政後的戰事，陳述得十分清楚。且《史記·周本紀》有：「召公爲保，周公爲師，東伐淮夷，殘奄，迁其君薄姑。成王自奄歸，在宗周，作〈多方〉。」（頁76）故於典籍上所載，周公確有征伐東尸（夷）的戰事，今據塱鼎銘載：「周公于征伐東尸。」〔註38〕一併將豐伯、薄姑平定。正可與典籍所載的史事，相互印證。而與「周公」同載於青銅器上的其他人名，及有關征伐的史事，又可以作爲斷代的依據。

2、魯侯獄

如魯侯獄銘載：「魯侯獄乍彝，用享䵼厥文考魯公。」陳夢家據《史記·魯世家》載：「魯公伯禽卒，子考公酋立，考公四年卒，立弟熙，是爲煬公。」以爲獄、熙同一聲符，故煬公熙即魯侯獄〔註39〕，唐氏從之，以爲魯煬公在位時當爲康王之世，並據以繫聯魯侯爵、魯侯尊等器〔註40〕，如下表：

器　　名	作器者	爲某所作
魯侯獄鬲	魯侯獄	文考魯公
魯侯爵	魯侯	
魯侯尊	魯侯	姜

〔註37〕各器詳《史徵》，周公方鼎，頁27，小臣單觶頁36，禽鼎、禽簋頁37，塱鼎頁41。

〔註38〕《史徵》，頁41。

〔註39〕陳夢家：〈西周銅器斷代〉（二），《考古學報》，第11冊，頁83-84。

〔註40〕唐蘭：《史徵》，頁149-152。

3、康　侯

沫司徒逘簋銘載：「王來伐商邑，征令康侯啚于衛。」〔註41〕又有康侯鼎銘載：「康侯丰乍寶障。」唐氏以爲康侯即康侯丰，即《尚書·康誥》、《史記·衛康叔世家》、〈管蔡世家〉等史籍中的康叔封，而且據《史記·衛康叔世家》有載：「衛康叔名封，周武王同母少弟也……周公旦以成王命興師伐殷，殺武庚、祿父、管叔，放蔡叔，以武庚殷餘民封康叔爲衛君。」（頁628）就是康叔封在成王平定武庚之亂後，被封爲衛君，事正與簋銘合。

故判定沫司徒逘簋爲周公時器，從而繫聯出一組器群，如康侯丰方鼎，及康侯所做的諸器，沫司徒所做諸器及作冊宙鼎，皆是據史料而加以判定銅器年代的。詳下表：

器　名	作　器　者	繫聯人物	族　徽	重要事件
沫司徒逘簋	沫司徒逘	康侯	睸	王來伐商邑
睸沫白逘所做諸器	沫白逘		睸	
康侯丰方鼎	康侯丰			
乍冊宙鼎	乍冊宙	康侯		康侯才朼自
康侯諸器	康侯			

4、永

唐氏判定永盂的年代，並繫聯出一組器群，即是採用人物繫聯的方法。永盂中的永即是師永，在永盂銘中記周王分土地給永，王不在場，由益公傳達周王之命，和益公一起傳達的，還有邢伯、榮伯、伊氏、師俗父、遣仲等五人。其中唐氏根據十五年趞曹鼎銘載「恭王」，作爲一標準器，繫聯至七年趞曹鼎中出現的邢伯，定爲恭王時器，唐氏說：「這五個人在銅器銘文裡都不陌生的。在趞曹鼎、走簋、利鼎、師虎簋、師毛父簋、豆閉簋、師全父鼎等器裡有邢伯；在敔簋、康鼎、卯簋、同簋等器裡有榮伯。尹氏的名字又見敔簋，在休盤、走簋和師晨鼎都叫做作冊尹。師俗又見於師晨鼎，在南季鼎叫做伯俗父。在窣鼎裡有遣仲。這些重要人物都是同時的，因此這些器銘是可以綜合起來研究的。」〔註42〕並將人物

〔註41〕以下各器詳《史徵》，頁27-36。

〔註42〕十五年趞曹鼎銘載「龏王才周新宮」，郭沫若定恭王時的標準器，詳《兩周金文辭大系考釋》，頁69上-70上。唐氏從之，亦定爲恭王時器。唐蘭：〈永盂銘文解釋〉，《文物》1972年1期，頁59。《史徵》，頁423-424。又載於《唐蘭先生金文論集》，

做一個繫聯表，定永盂爲共王時器，將二十一個器加以斷代。〔註43〕

故據銅器銘文中的人物斷代，即爲一重要方法，唐氏亦曾說永盂銘文的重要性，就是把銅器銘文中的許多重要人物繫聯在一起〔註44〕。而唐氏正善於運用銅器中的重要人物繫聯斷代。

5、王　姜

郭沫若於《兩周金文辭大系考釋》中以爲王姜即是成王之后，陳夢家從郭氏之說，也定爲成王之后〔註45〕。而唐氏對王姜的年代問題，在〈論周昭王時代的青銅器銘刻〉及〈西周銅器斷代中的康宮問題〉兩篇文章中，著筆甚多，略言之，即以爲王姜是昭王之后，其中唐氏據銅器銘文所載的資料繫聯，特別將作冊矢令簋銘載王姜，又載「王于伐楚」〔註46〕，與牆盤銘文中敘述昭王時「廣批楚荊，唯狩南行」，作冊旂尊載：「唯五月，王才斤。」「唯王十又九祀」，作冊睘卣載：「唯十又九年，王才斤。王姜令作冊睘安夷伯。」同時同地，故說明王姜即昭王之后。故對於銅器中出現王姜者，皆判定爲昭王時器〔註47〕，如臮伯卣、不𡊨簋、作冊矢令簋、叔卣、旗鼎與作冊睘卣等器〔註48〕，皆因王姜而繫聯至昭王時代。

6、伯懋父

伯懋父於銅器銘文中習見，曾東征東尸（夷）及北征，郭沫若於《兩周

頁 168-174。

〔註43〕見本論文附錄。錄自唐蘭：《唐蘭先生金文論集》，頁 173。

〔註44〕唐蘭：〈永盂銘文解解〉，《文物》1972 年 1 期，頁 59。

〔註45〕郭沫若：《兩周金文辭大系考釋》，頁 14 上-14 下。陳夢家：〈西周銅器斷代〉（二），《考古學報》第 10 冊，頁 78-83，及頁 117。

〔註46〕唐蘭：《史徵》，頁 273-274。牆盤見《史徵》，頁 448-450。作冊旂尊見，頁 294-295。作冊睘卣見，頁 293。

〔註47〕唐蘭：〈論昭王時代的青銅器銘刻〉，《古文字研究》第 2 輯，頁 115-118，及頁 133。唐蘭：〈西周銅器斷代中的康宮問題〉，《考古學報》，1962 年第 1 期，頁 15-48，及《史徵》，頁 197-198。而王姜到底是何時之人，仍各家說法紛紜，參吳鎮烽編《金文人名匯編》，頁 24。馬承源亦承唐說而來，於銅器銘文中出現王姜者，收作昭王時器。

〔註48〕諸器皆見於《史徵》，叔卣，頁 217，旗鼎，頁 225，作冊矢令簋，頁 273，不𡊨簋，頁 281，臮伯卣，頁 282，作冊睘卣，頁 293。

金文辭大系考釋》中以爲伯懋父爲康叔封的兒子——康伯髦，定爲成王時器〔註49〕。唐氏從郭說，認爲伯懋父即康叔封之子康伯髦，亦即《左傳‧昭公十二年》中的王孫牟〔註50〕，但在年代上，唐氏以爲應是康王、昭王時器，故銘文載有「伯懋父」的銅器，皆繫聯到昭王時代，如小臣謎簋，呂壺、衛簋、召尊、召卣等器〔註51〕。見下表：

器　　名	重要人物	重要事件
小臣謎簋	白懋父、小臣謎	征東尸、才牧自
呂壺	白懋父、呂	北征
衛簋	懋父、衛	
召尊　召卣	白懋父、召	才炎自

7、钺

唐氏繫聯銅器中載有人名——「钺」的諸器，成爲一個器組，如斐方鼎、孝卣、祉角、小子夫尊、佳簋、黽婦觚及钺簋等器〔註52〕，認爲斐方鼎的族徽與亞盉族徽，皆「異侯亞矢」，又與亞盉中的匽侯繫聯，至圍方鼎、圍甗，其中圍甗銘載：「王蒕于成周。」而判定爲成王時器，皆繫聯到成王時，見下表：

器　名	人　物	為某人所作	族　徽	在某地
斐方鼎	钺、斐	母己	𢼋、異侯亞矢	在穆
孝卣	钺、孝	且丁	異侯亞矢	
祉角	钺、祉	父辛	亞虎	
小子夫尊	钺、小子夫	父己	虎	
佳簋	钺、佳	且癸	區	
黽婦觚	黽婦、钺	日乙	區	
钺簋	钺	父丁		

（二）稱　謂

上文提到聯繫人物時，可以作爲同一時代橫向的繫聯，也可以在「作器者」與「爲某人而作」的器銘中找出其祖輩、父輩等的縱向關係來。所以由稱謂可

〔註49〕郭沫若：《兩周金文辭大系考釋》，頁23上-26下。

〔註50〕《史徵》，頁239-240。

〔註51〕各器皆詳《史徵》，小臣謎簋，頁238，呂壺，頁245，衛簋，頁247，召尊、召卣，頁279。

〔註52〕《史徵》，頁110-118。

繫聯出一組器來，判定銅器的年代。唐氏在運用稱謂的繫聯中，最明確的例證，即是對牆盤中的祖輩們的繫聯，唐氏以牆盤為主，牆略述高祖、烈祖、乙祖、亞祖祖辛、父乙等的事蹟，如果再結合同一坑位出土的作冊旂器、豐器、㿟器等的稱，以排列出史牆家族的順序表如下：[註53]

作冊旂器			父乙	作冊旂			
豐				父辛	豐		
牆器	高祖	列祖	乙祖	亞祖祖辛	父乙（文考乙公）	牆	
㿟器				高祖祖辛	文祖乙公	皇考丁公	㿟

二、戰事的繫聯

根據銘文所載的戰事，據以繫聯他器中所載事件，則能作為斷代的依據，如果事件正可以與古籍中所載的戰事相互繫聯，又可作為標準器，甚或補古史所載未詳備者。

所以利用銘文征戰史事確實是為銅器銘文斷代的依據，甚至可藉以繫聯出一組組的器群。其中有些銅器所載的戰事，已見於典籍史料中的，恰可作為標準器。如果是未見於典籍的戰事，也可以藉同一件戰事，相互繫聯出器組，若再繫聯到某個載有王號的標準器，則可以補典籍史料不足。而唐氏在為銅器銘文斷代時，亦常採用銅器中的「戰事」加以繫聯，如利簋銘載珷王征商的史事，與《尚書‧牧誓》、《逸周書‧世俘》、《史記》中所載於甲子日伐紂之事相合，且又有王號的例子，斷為武王時器，無疑[註54]。也就是利用戰事加以斷代之例。

此外，西周尚有許多征役，如伐商邑，沬司徒逤簋銘載：「王來伐商邑。」再與小臣單觶繫聯，其中小臣單觶銘文載「周公」，可知成王曾隨周公伐殷商，證明周初伐商有二次，即武王伐紂和成王伐武庚[註55]。進而將二器繫聯為同

[註53] 唐蘭：〈略論西周微史家族窖藏銅器群的重要意義〉，《文物》1978 年 3 期，頁 19。

[註54] 《史徵》，頁 7。唐蘭：〈西周時代最早的一件銅器利簋銘文解釋〉，《文物》1977 年 8 期，頁 8-9，又載於《唐蘭先生金文論集》，頁 205-208。

[註55] 沬司徒逤簋，見《史徵》，頁 27-33。小臣單觶，見《史徵》，頁 36-37。小臣單觶銘載：「王克商」，指成王，《史記‧殷本紀》有言武王滅紂後，「封紂子武庚祿父，以續殷祀」，又《史記‧周本紀》謂：「封商紂子祿父殷之餘民。武王為殷初定未集，乃使其弟管叔鮮、蔡叔度相祿父治殷。」然而武王死後，周公輔成王，政權

一時器。

以伐奄而言，《書·序》有：「成王東伐淮夷，踐奄。」而禽簋銘載：「王伐奄侯，周公謀。」〔註56〕即周公東征滅奄，其中出現周公，又可與史籍相互印證征伐奄的史事，即斷爲成王時的標準器。其後唐氏又據「伐奄侯」的事件，與剌卣尊銘文的「王征奄」事件相繫聯〔註57〕，使剌卣尊因「征奄」的事件得以繫聯至成王時器。

昭王伐楚，在銘文中有很多記載，特別是在牆盤已提到昭王「廣批楚荊，唯狩南行」，更可證明昭王確實伐楚，而唐氏就採用伐楚的事件，對銅器加以繫聯，如下表：〔註58〕

器　　名	戰　　事
小子生方尊	王南征
狀馭簋	狀馭從王南征，伐楚荊
過伯簋	過伯從王伐反荊
蠱簋	蠱從王伐荊
作冊矢令簋	王于伐楚
啓尊	啓從王南征
誨鼎	唯叔從王南征

三、專名的繫聯

唐氏於〈論周昭王時代的青銅器銘刻〉一文中，明白指出由銘文中的專名，有時也可作爲青銅器斷代的條件之一，歸納唐氏以專名作爲斷代者，有王號、康宮及新邑。

（一）王　號

銅器斷代中，最重要的就是載有「王號」的銅器，標準器也往往據此而得

未覈固而叛亂，故命周公滅武庚。

〔註56〕奄字銘文作𡫳，從去得聲，讀爲蓋，《說文》作盇，盇、奄古音近而通，亦即奄國，詳《史徵》，頁38。

〔註57〕《史徵》，頁40-41。

〔註58〕啓卣《史徵》，頁263，師俞尊、師俞鼎見，頁265，不桔方鼎見，頁266，啓尊見，頁267，小子生方尊見，頁268，狀馭簋見，頁269，過伯簋見，頁271，蠱簋見，頁272，作冊矢令簋見，頁273，牆盤見頁449。

到確信。特別是以銘文中載有稱王號者，其間的人名、事蹟等，皆可供作相互繫聯之用，即可更正確地爲銅器銘文做斷代。

如唐氏據牆盤銘載文、武、成、康、昭、穆等王號，且敘述周王朝歷史，直到共王時期，而定爲共王時器，即是一個據標準器斷代之例〔註59〕。又例如利簋銘載「珷征商」，爲武王征商紂事，而以其中武王之號，就可以斷定其年代，即爲一標準器。〔註60〕

一九六三年出土的何尊，銘文中載王初在成周營建都邑，而祭祀珷王的情形，並載有玟王，而判定何尊作於成王時。〔註61〕

另外，遹簋銘載「穆王才𦳯京」〔註62〕，故將遹簋斷爲穆王時的標準器，與若干器銘中有「王才𦳯京」者相繫，而可斷爲穆王時的器組。如與靜簋銘曰：「王才𦳯京」相繫聯，小臣靜簋銘曰：「王宛𦳯京」，井鼎銘曰：「王才𦳯京」，史懋壺銘曰：「王才𦳯京淢」等諸器相繫聯〔註63〕，即是利用王號的標準器中的事件，與他器相互繫聯爲之斷代，故如果銅器中載有王號，其中所載內容資料，皆是斷代的利器，可以用來做綜合性的繫聯。

（二）康　宮

唐氏認爲銘文中的康宮，即周康王之宗廟，從而又引申論證銘文中所出現其他有關於宮廟之主。認爲作冊令方彝中所載的京宮和康宮並稱，而京宮是祭太王、王季、文王、武王與成王的宗廟；康宮裡則有邵宮、穆宮、刺宮，是昭王、穆王、厲王的宗廟，彶太室是夷王的宗廟。〔註64〕

其次是京宮與康宮中均有太室〔註65〕，認爲康宮裡的穆太室，即康穆宮中

〔註59〕唐蘭：〈略論西周微史家族窖藏銅器群的重要意義〉，《唐蘭先生金文論集》，頁209-223。及《史徵》，頁448-459。

〔註60〕唐蘭：〈西周時代最早的一件銅器──利簋銘文解釋〉，《唐蘭先生金文論集》，頁206。又詳《史徵》，頁7-11。

〔註61〕唐蘭：〈何尊銘文解釋〉，《唐蘭先生金文論集》，頁187-193。又詳《史徵》，頁73-79。

〔註62〕《史徵》，頁363-365。

〔註63〕以上諸器詳《史徵》，頁357-369。

〔註64〕唐蘭：〈西周銅器斷代中的康宮問題〉，《考古學報》1962年第1期，頁15-16。作冊令方彝詳《史徵》，頁204-214。

〔註65〕唐蘭：〈西周銅器斷代中的康宮問題〉，《考古學報》1962年第1期，頁15-16。作

的太室，並謂融攸從鼎中的「王在周康宮徲太室」，與寰簋的「王在屖宮」中的徲、屖即爲夷字〔註66〕，故康宮中的夷太室，即康宮中的夷宮的太室，所以成宮中有成王的太室，昭宮中有昭王的太室，穆宮中有穆王的太室，夷宮中有夷王的太室，則在康宮中的太室，即康王的太室，故康宮即爲康王之宗廟。

故京宮中所祭者爲五人，乃太王、王季、文王、武王和成王，康宮中亦有五宮〔註67〕，所祭祀者亦爲五個王，而其他宮則分別代表其他五王，並以爲唐宮徲大室爲夷王之廟，康刺宮爲厲王之廟，康邵宮爲昭王廟，康穆宮爲穆王廟，如下圖：

王名	康王	昭王	穆王	夷王	厲王
宮名	康宮	昭宮	穆宮	徲宮	刺宮

唐氏對銅器銘文斷代，最大的創見即將康宮考定爲周康王的宗廟。〈西周銅器斷代中的康宮問題〉一文，是唐氏對西周銅器斷代的一篇代表性著作，曾說：「康宮是周康王的宗廟，單單從這個問題的本身來說並不是很重要的，但是作爲西周青銅器分期的標尺來看卻又是很重要的。」〔註68〕故認爲以康宮作爲劃分時代的標尺，在爲銅器作斷代時，可以繫聯到一大批銅器。最明顯的例證，就是作冊令方尊中的重要人物、戰事的繫聯，如周公子明保、王姜及伐東或等〔註69〕，故對銅器的年代繫聯，極爲重要。

（三）新 邑

銅器銘文中多有「新邑」一詞出現，所謂新邑就是洛邑，也就是成周。由於武王克殷後，經營的進展，是在洛營建新邑，並以爲國都，即是要鎮撫殷人和夷人，控制東部地區。在武王營建的基礎上，成王亦擴充洛邑的範圍，成爲

冊令方彝詳《史徵》，頁 22。

〔註66〕唐氏由《經詩・四牡》「周道倭遲」，《韓詩》解爲「威夷」而謂屖與徲爲同字，均通作夷字。

〔註67〕康宮中的五宮，已由各銅器銘文記載而來：頌鼎載「周康邵宮」，克盨載「周康穆宮」，徲盤載「周康穆宮」，克鐘載「周康刺宮」，加上夷宮，共有五太室。

〔註68〕唐蘭：〈西周銅器斷代中的康宮問題〉，《考古學報》1962 年第 1 期，頁 47。至於康宮討論的源頭，詳何幼琦〈論康宮〉，《西周年代學論叢》，頁 163-174。然而由於各家對康宮看法不同，故於銅器斷代上，產生極大的差異，至今未有定論。

〔註69〕《史徵》，頁 204-205。

周的東都，而成周的建成，爲周初大事，故在文獻中，也有新邑之名，如《尙書》中的〈召誥〉、〈洛誥〉、〈康誥〉中均有新大邑之名，〈多士〉中有新邑洛之詞，而周人稱成周爲新邑、新大邑、新邑洛或大邑等〔註70〕。唐氏亦據「新邑」之名作爲斷代的依據，有稱新吧者，即約屬成王時期器。〔註71〕

例如王奠新邑鼎銘載「王來奠新邑」，與噂士卿尊銘載「王才新邑」，唐氏皆繫聯至周公、成王時器，而卿鼎、卿簋等器皆因「新邑」，得繫聯至成王時〔註72〕，而判定爲同時器。

四、慣　語〔註73〕

不同的時期，有不同的慣語，唐氏便依慣語的特色，作爲判定銅器年代的依據，如王才庠、王到上庚這個地方及畯臣天子：

（一）王才庠

唐氏在〈論周昭王時代的青銅器銘刻〉一文中，提到「王才庠」也是昭王時代的慣語〔註74〕，故將銘文載有「王才庠」的銅器，繫聯爲同一時。

器　　名	王才庠
作冊睘卣　作冊睘尊	王才庠
趞卣　趞尊	王才庠
作冊旂觥等器	王才庠

（二）上　庚

類似的用法還有「上庚」，啓卣銘載王出狩南山一事，而至「上庚」這個地

〔註70〕馬承源：《商周青銅器銘文選》，第 3 冊，頁 88。如《尙書·召誥》：「周公朝至于洛，則達觀于新邑營。越三日丁巳，用牲于郊，牛二。越翼日戊午，乃社于新邑。」又如《尙書·多士》：「惟三月，周公初于新邑洛，用告商王士。」

〔註71〕《史徵》，頁 22-25，及頁 45-46。

〔註72〕《史徵》，頁 45-47，及頁 68。

〔註73〕唐氏於〈論周昭王時代的青銅器銘刻〉提出「文法」也是判定青銅器年代的依據，在舉例時又多與慣語、語法相混，並未加以說明，故本論文在歸納唐氏爲青銅器斷代的條例時，將文法併入慣語中，對於金文文法的問題，暫不予討論。唐氏之說詳該文，頁 131。

〔註74〕關於庠字，在〈論周昭王時代的青銅器銘刻〉中，唐氏隸定作「庠」，而到《史徵》中則又隸定爲斥，詳《史徵》，頁 252-253。表中諸器詳《史徵》，頁 291-296。

方，唐氏將有關上厌的記載繫聯出師俞尊、師俞鼎、不楷方鼎等器〔註75〕，如下表：

器　　名	繫　　聯
啓卣	至于上厌
師俞尊　師俞鼎	王如上厌
不楷方鼎	王才上厌

（三）畯臣天子

梁其盨銘載有：「畯臣天子，萬年唯匜。」〔註76〕而唐氏以爲「畯臣天子」爲屬王時期習慣用語，又見於頌鼎、頌壺、頌簋、克盨、追盨等器〔註77〕，來作爲判定銅器年代的依據之一。

其實爲銅器銘文斷代並不能靠一個條件就定論，即使出現慣用語，也只能斷定其大概的年代，所以唐氏曾說依據慣語判定銅器的年代時，還要再考慮其它因素的配合〔註78〕，不能遽斷。

五、賞賜物

透過賞賜物的歸納，將同一時期的賞賜物做一繫聯，便可發現，其中有若干相同的賞賜物。唐氏也據以作爲斷代，利用賞賜物相同的對應、繫聯，將銘文所載相同的賞賜物，繫聯銘文中反應的人、事、物。

復尊銘載「匽侯」，唐氏將復尊與復鼎繫聯至偃侯器，兼以復鼎載「侯賞復貝三朋」，與攸簋所載「侯賞攸貝三朋」，二者的賞賜物相同。且攸簋、復尊、復鼎又是同時出土的器〔註79〕，據復鼎與攸簋的賞賜物均是「貝三朋」，再與中鼎繫聯，中鼎銘文亦載「侯易中貝三朋」，而判定爲同一時的器。見下表：

〔註75〕諸器詳《史徵》，頁 263-267。

〔註76〕《史徵》，附件二，頁 516。

〔註77〕唐蘭：〈青銅器圖錄敘言〉，《唐蘭先生金文論集》，頁 106。頌鼎詳《史徵》，頁 497，而克盨《史徵》僅收器名，未載銘文，銘文部分詳《銘文選》，第 3 冊，頁 221，追盨《史徵》失收，詳《銘文選》，第 3 冊，頁 239。

〔註78〕唐蘭：〈論昭王時代的青銅器銘刻〉，《古文字研究》第 2 輯，頁 133。

〔註79〕復的兩器都是 1973 至 1974 年琉璃河出。復尊、復鼎、攸簋與中鼎見《史徵》，頁 106-107。

器名	人名	作器者	賞　賜　物	為某人所做	族徽	出土情況
復尊	匽侯	復	冂、衣、臣、妾、貝	父乙	鬳	同時出土
復鼎	侯	復	貝三朋	父乙	鬳	
攸簋	侯	攸	貝三朋	父戊	啓作綨	
中鼎	侯	中	貝三朋	且癸		

例如叔卣銘載：「王姜史叔吏于太保，賞叔鬱鬯、白金、犓牛。」〔註 80〕唐氏認爲作冊令尊和作冊令方彝記載明公賞給亢師和夨兩人的三項賞賜物是：1 鬯，2 釙；3 小牛，賞賜物相同。所以斷定叔卣爲昭王時器。

例如免尊中載賞賜物爲「載巿冋黃」，免簋的賞賜物爲賞赤環巿，至免簋之賞賜物爲「戠衣」、「䜌」，而且其官職，均勝於前，故列於免尊與免簋之後〔註 81〕。唐氏又認爲「載巿冋黃」這個賞賜物又見於七年趞曹鼎（共王時）、師奎父鼎（共王時）、趩觶（共王時），爲共王時器，而將免諸器定爲穆、共時期器，見下表：

器　名	作器者	賞　賜　物	重要人物
免尊	免	載巿冋黃	邢叔、史懋
免簋	免	赤環巿	邢叔、作冊尹
免簋	免	戠衣、䜌	王
七趞曹鼎	趞曹	載巿冋黃、䜌	邢伯
師奎父鼎	師奎父	載巿冋黃、玄衣、黹屯、戈琱戟、旂	司馬邢伯、內史駒
趩觶	趩	戠衣、載巿冋黃、旂	邢叔、內史

六、族　徽

若在銘文中有出現相同的族徽，也乭以作爲斷代的依據之一。如隹簋有人氏族名「臤」，而皀婦觚亦載氏族名「臤」，且又有人名「𢦏」，可以相互繫聯，故唐氏斷定爲同一時器〔註 82〕。見下表：

〔註 80〕《史徵》，頁 217-220。作冊令方尊、作冊令方彝，詳《史徵》，頁 204-205。

〔註 81〕以上諸器皆見於《史徵》，免尊、免簋與免簠見頁 369-374，七年趞曹鼎見頁 415，師奎父鼎見頁 422-423，趩觶見頁 445-446。

〔註 82〕《史徵》，頁 115。

器　名	氏族名	人　　物
隹簋	臤	钒、隹、且癸
毳婦觚	臤	毳婦、钒、日乙

又例如獻侯顯鼎銘中載族徽「大黽」〔註83〕，另外有勑鼎，亦載族徽，作「大黽」，二者相同，故唐氏據相同的族徽加以繫聯。由於獻侯顯鼎中載「成王大奉宗周」，並且賞獻侯顯貝，爲成王時的標準器。勑𣪠鼎雖然只載有人名與族徽，但因爲銘文所載族徽，及同爲「丁侯」而作之器，故得以繫聯至成王時器。見下表：

器　名	氏族名	為某人作	人　物	地　點	事　件
獻侯顯鼎	大黽	丁侯	獻侯顯	才宗周	成王大奉
勑𣪠鼎	大黽	丁侯	勑𣪠		

又例如唐氏以族徽「大保」加以繫聯，將若干銅器銘文載有「大保」，而無其他特殊人物之銅器，繫聯成一組器〔註84〕，如□乍宗室簋、□冊鼎、𧗊鼎、𧗊勾戟與宯鼎，皆是銘載族徽「大保」的器。見下表：

器　名	族　徽	人　物	地　名
□乍宗室簋	大保		
□冊鼎	大保	□冊	
𧗊鼎	大保	𧗊	
𧗊勾戟	大保	𧗊	
宯鼎	大保	宯、侯、召白父辛	才匽

由這個繫聯表，可以看出，□乍宗室簋、□冊鼎、𧗊鼎與𧗊勾戟等器，都沒有可資繫聯的人物，但因爲銘文載有族徽「大保」，而由於宯鼎的銘文提供較多的斷代資料，可繫聯至康王時期器，而更由於族徽「大保」，而能與其他四器相繫，成爲一組器。

七、文　字

（一）文字的考釋

〔註83〕《史徵》，頁 85-88。

〔註84〕《史徵》，頁 144-147。

　　銘文中有些文字的考釋成果，對斷代具有極大的影響力，如果考證的字恰是重要人物、事件的話，對於銅器銘文的斷代影響甚鉅。甚至由此而繫聯到銘文中的其他的人物、事件，則影響斷代的層面更大，所以銘文文字的考釋對銅器銘文斷代影響甚大。在這一方面值得提出來的，是唐氏透過對卲字、𣪘字及休字的考釋，進而修正前人的錯誤斷代。

　　1、釋卲字

　　𣪘字郭沫若以為即昭王的昭字，然而唐氏以為𣪘鐘（宗周鐘）銘文載「遣閒來逆卲王」的逆，其義為迎，當為動詞，卲與昭通，逆卲王即為迎見周王，並非周昭王〔註85〕。唐氏以為：

　　　　《說文》：「逆，迎也」，卲與昭通，《爾雅・釋詁》：「昭，見也。」
　　　　孫詒讓《古籀拾遺》云：「昭王者，見王也。《孟子》：『紹我周王』，
　　　　趙岐注釋為『願見周王』，偽古文尚書〈武成〉用其文作『昭我周王』。」
　　　　其說甚是。〔註86〕

故「逆卲王」為迎見周王之意，並不是周昭王。在一九三二年，唐氏已經考證𪔂羌鐘中的「令于𣪘公，卲于天子」，以為其中的卲或作𣪘字，而卲于天子的意思，就是「見于天子」的意思〔註87〕。所以認為卲字並非昭王的意思。此一論證，對銅器斷代，有極大的影響。除卲字之外，唐氏又著重論述同為宗周鐘（𣪘在所有的鐘）裡的𣪘字，對宗周鐘的年代確立，亦極具影響。

　　2、釋𣪘字

　　宗周鐘有「逆卲王」，郭沫若據銘文的「及子迺遣閒來逆卲王」一句話，定為昭王時的標準器〔註88〕，唐氏已證明其非昭王時器，再由器型、銘辭、文字、書法、史跡等五項論證，斷定此器宜置於厲、宣時器。又據銘文「𣪘其萬年，畍保四國」，判定作器者為𣪘，為厲王胡之同音字，故宗周鐘應判定為周厲王所

〔註85〕郭沫若，詳《兩周金文辭大系考釋》頁51下。各家說法詳周法高：《金文詁林》，第1208，頁1478-1479。容庚：《金文編》，頁643-644。

〔註86〕唐蘭：〈周王𣪘鐘考〉，《唐蘭先生金文論集》，頁37。

〔註87〕詳唐蘭：〈𪔂羌鐘考釋〉，《唐蘭先生金文論集》，頁4，及〈周王𣪘鐘考〉，《唐蘭先生金文論文》，頁37。

〔註88〕郭沫若說詳《兩周金文辭大系考釋》，頁51下。

入器，而銅器銘文中習見之戲，古書即作爲胡。戲字金文作【圖】、【圖】、【圖】、【圖】諸形〔註89〕，即周厲王胡自稱其名，亦稱戲鐘。

此字經唐氏論證之後，已成定論。唐氏不僅由銘文入手，兼而參酌銅器的紋飾、型制之早晚，加以探究，而能將此器正確的制作年代歸位。與一九七八年出土的戲簋與一九八一年出土的五祀戲鐘相較〔註90〕，三器書法相同，唐氏考定戲字爲胡，爲厲王之自稱，更是堅定不疑。

3、釋休字

對於銘文某字所釋的不同，確實可能會造成斷代上的不同。例如休字，郭沫若以爲休王即孝王，楊樹達以爲休作賜與，白川靜以爲休王即康王。這就對斷代產生極大的差異性。唐氏以爲銘文載「休王」的休字應作動詞用，並非用作人名〔註91〕。休作美好解，「休王」是由銘文中的「對揚王休」句法所轉換，故休字並沒有「賜與」的意思，但基於賜與是一番好意，所以休字用作好意的賜與，久之也就單用做賜與的解釋。然而休字的用法除「息止」外，也可以釋爲美，如《爾雅・釋詁》；釋爲慶，如《爾雅・釋言》；釋爲喜，如《廣雅・釋詁》。所以從銘文上來說，休字也不只做「賜與」這一個意思。是休字的詞義作動詞外，還包括形容詞或名詞，故唐氏認爲：

> 銅器銘文通常把休作爲名詞，如對揚王休是王之休。但也作爲動詞，如：後小臣【圖】鼎說：「休于小臣【圖】貝五朋」；麥方尊說：「唯天子休于麥辟侯之年」；縣改簋說：「伯尸父休于縣妃」之類。休本當嘉美講，

〔註89〕容庚：《金文編》，頁 709-710。周法高：《金文詁林》，第 1368，頁 1625-1629。及唐蘭：〈周王戲鐘考〉，《唐蘭先生金文論集》，頁 34-42。

〔註90〕1978 年 5 月陝西省扶風縣法門公社齊村出土的戲簋，銘有「戲作龘彝寶簋」，見唐蘭：〈陝西扶風發現西周厲王戲毀〉，《文物》1979 年第 4 期，頁 89。1981 年 2 月扶風縣莊白村出土的五祀戲鐘，距戲簋的出土地約二公里，銘文有「戲其萬年」的字樣，二器書法相同。

〔註91〕唐蘭：〈論彝銘中的休字〉，上海《申報文物》，第 10 期，第 2 張，1948 年 2 月 14 日，《唐蘭先生金文論集》，頁 62-65。周法高：《金文詁林》，第 774，頁 1026-1029。郭沫若說詳《兩周金文辭大系考釋》，頁 95 上-96 下。白川靜說詳《金文的世界》，頁 60-63。楊樹達說詳〈詩對揚王休解〉，《積微居小學述林》卷 6，頁 225-227。

這樣使用，也包括賞賜在內。〔註92〕

此外，唐氏又據民國二七年出土尹姑鬲爲證〔註93〕，其銘載有「休王君弗望（忘）穆公聖萊明德」，認爲這是「稱美天君的沒有忘了穆公」，所以休字應用作動詞，故「對揚王休可變爲『休王』，召揚伯休，可以變成『休伯』，對揚天君休，可以變爲『休天君』。」〔註94〕所以，「休王」並不是人名，也不會是孝王、康王。由於休字的解釋，關乎斷代，特別是效父簋、趠父方鼎，而判定並非康王、孝王時的器。〔註95〕

（二）字形之演變

除戠、卲與休字外，唐氏又透過銘文字體的演變，作爲斷代的輔助，以下即舉數例明之。

1、玟字、珷字

唐氏以爲青銅器銘文中出現的「文王」、「武王」有作「玟」、「珷」者，皆應歸屬於西周早期的器，如宜侯矢簋銘文中的「珷王」，珷字已加上「王」旁，德方鼎銘文中的「珷」字也從「王」旁，盂鼎銘文中也作「玟」、「珷」字，都是屬於西周早期的器。〔註96〕

2、保　字

唐氏認爲成王時的保字不從玉旁，偏旁有從玉的保字，爲康王時特有的標誌，至昭王時，仍承襲康王時遺風加「玉」旁〔註97〕。如余簋與賓尊、賓卣三器，保字都未從玉，而定爲成王時器；莫鼎中的保字作儥，定爲成王後期器；將作冊令方尊、作冊令方彝與旅鼎的保字都從玉，定爲昭王時器；叔卣中的保從玉作儥，並與王姜同時，定爲昭王時器〔註98〕。皆由保字偏旁從玉，來作爲斷代的依據。

〔註92〕唐蘭：《史徵》，頁82。

〔註93〕唐蘭〈論彝銘中的休字〉一文中原稱爲穆公鼎，後來《史徵》一書中改稱爲尹姑鬲，頁437。以下均從《史徵》稱尹姑鬲。

〔註94〕唐蘭：〈論彝銘中的休字〉，《唐蘭先生金文論集》，頁65。

〔註95〕《史徵》，頁331-333。

〔註96〕說詳唐蘭：〈論周昭王時代的青銅器銘刻〉，《古文字研究》第 2 輯，頁 134-135。而宜侯矢簋詳《史徵》，頁 153，德方鼎詳《史徵》，頁 70，盂鼎詳《史徵》，頁 169-171。

〔註97〕唐蘭：〈論周昭王時代的青銅器銘刻〉，《古文字研究》第 2 輯，頁 135。

〔註98〕賓尊、賓卣詳《史徵》，頁 64，余簋詳《史徵》，頁 80，莫鼎詳《史徵》，頁 96-98，

3、易　字

一般銘文中賞賜的賜都作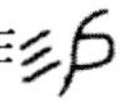、形〔註99〕。然而德鼎、德簋銘文所載「王易德」的易字作，弔德簋銘文所載「王易弔德」的易字，也作，寫法全同〔註100〕。唐氏依據這兩個器銘中的易字皆作，認爲叔德與德是一人，而定爲同時之器。〔註101〕

八、書　法

這裡所指的書法，也就是針對字體而言。由於當時青銅器鑄造藝術的精湛，銘文字迹，一般都能夠在相當程度上表現出墨書的筆意，故銅器銘文的書體，實際上也是當時墨書的書體演變〔註102〕。而文字書寫具有每個階段性，故每一個時期的書寫皆有其風格特點，儘管這種特點在短期之內，並不一定很顯著，然而若加以仔細審察，仍可找出書寫格的不同，也有助於區別時代的特徵〔註103〕。唐氏在〈論周昭王時代的青銅器銘刻〉一文中〔註104〕，對周昭王時期的「書法」作一研究，特別是作爲標準器用的銅器銘文，可作爲斷代的依據。

唐氏認爲昭王初期的書法和康王時十分類似，如旟鼎與大盂鼎，作冊夨尊、作冊方彝與小盂鼎，其書法風格謹嚴莊重，行格分布較爲均稱。至昭王後期有些器銘變化較大，作冊夨令簋和作冊夨尊的文字書法，截然不同。䧹駿簋、過伯簋、𧊒簋、麥方鼎等都屬於筆畫縱恣、神態流宕的。〔註105〕

例如唐氏依據銘文中有「王姜」行賞的人物、事件，斷定旟鼎爲昭王時器。又判斷旟鼎的器型、紋飾與文字、書法，皆很類似康王後期的盂鼎，但因爲已是王姜執政時期，故應置於昭王前期〔註106〕。就是採用書法與其他重要特徵輔

作冊夨令方尊、作冊夨令方彝詳《史徵》，頁204-205，旅鼎詳《史徵》，頁215-216，叔卣詳《史徵》，頁217-220。

〔註99〕容庚：《金文編》，頁670-673。

〔註100〕德鼎、德簋與叔德簋詳《史徵》，頁71-73。

〔註101〕《史徵》，頁73。

〔註102〕馬承源：《中國青銅器》，頁383。關於青銅器銘文書體的演變，詳該書，頁383-388。

〔註103〕陳煒湛、唐鈺明：《古文字學綱要》，頁124。

〔註104〕唐蘭：〈論昭王時代的青銅器銘刻〉，《古文字研究》第2輯，頁135-136。

〔註105〕唐蘭：〈論昭王時代的青銅器銘刻〉，《古文字研究》第2輯，頁135。

〔註106〕唐蘭：《史徵》，頁225-226。

助斷代的最佳例證。

必須再加以說明的是，採用銅器的書法作爲斷代依據，和採用器型、紋飾爲銅器斷代一樣，也只能找出銅器的大概年代，單靠銘文書法，並不能完全斷定出更確定的年代來。也就是說，目前仍是先依銅器銘文中載有王號的標準器所繫聯出來的銅器組，再將這些銅器的書法加以分析，來作爲輔助斷代之用〔註107〕。故青銅器之書法風格，僅可以作爲斷代的輔助，而不能單憑此一來判定銅器的年代。事實上，唐氏分析周昭王時代的銘文書法，也是在對銅器銘文所反應出來的資料上，所作的歸納，並非先分析其書法，再據以斷代的。

然而唐氏在《史徵》一書中，仍不免僅據銅器書法而斷代者，如曆鼎的銘文之中，缺乏可以相互聯繫的資料，唐氏以曆鼎的「書法」判定爲康王時的器，說：「此器以書法論，必爲康王無疑。」〔註108〕在斷代方法及其依據上，實有疏失之處。

如眉能王簋，由於銘文中並沒有可供繫聯的資料，而唐氏說：「此銘書法秀麗，應是穆王前期。」〔註109〕即斷爲穆王時器，其方法確有可議的。不如馬承源《銘文選》較爲謹慎，將之歸屬於「西周中期」器，待日後出土資料更豐富時，再予斷代爲宜。

九、器型、紋飾

這是屬於器物學方面的範疇。由於器物的型制、圖案紋飾隨著時代的推移，發生一定的變化，且有脈絡可循，如進行考察，可以勾勒出銅器的型制史、花紋史、器類消長史及組合演化史，透過以上各種方法的分析、綜合，也可以判定器物的大概年代〔註110〕，故綜合性地考察器物的器型、圖案、紋飾亦爲斷代的依據。所以唐氏在一九三三年就曾經說：「研究銅器之形製，定

〔註107〕馬承源：《中國青銅器》，頁 383-388。馬書中可以看出馬承源對銅器書法的歸納，也是先分期再據某個標準器中的書法來歸納的。

〔註108〕唐蘭：《史徵》，頁 193-194。馬承源則將曆鼎歸屬於西周早期器，詳《銘文選》，第 3 冊，頁 239。

〔註109〕《史徵》，頁 339-340。此器至馬承源《銘文選》中稱師眉鼎，師眉簋，詳第 3 冊，頁 236-237。

〔註110〕陳煒湛、唐鈺明：《古文字學綱要》，頁 126。

其名稱，考其時代，驗其眞僞，此古器物學也。」〔註111〕其中明白指出藉由
銅器的器型來作爲斷代的依據。

　　唐氏注重對青銅器器型、花紋紋飾的觀察、探究，認爲西周青銅器，可分爲
前後兩期，前期基本上保留了商代風格，而後期的變化較大，屬、宣時期的大鐘、
大壺是早期所無，而方尊、方彝等器，則至後期幾乎絕跡，兕觥變爲匜，簠與盨
較盛行，爵、斝消失。在圖案紋飾上，趨向簡單樸素，繁複的獸面紋、鳥紋等逐
漸衰微，而弦紋、鱗紋、帶紋、棱紋等漸盛行。然而這兩時期，各有其特徵，要
具體地劃分清楚時期，多少有些困難〔註112〕。後來在〈論周昭王時代的青銅器銘
刻〉一文中，對周昭王時期的銅器器型、紋飾皆有詳細的論述，並據以作爲斷代
的依據〔註113〕。在該文中，明白指出以造型、裝飾、圖案來作爲銅器斷代的重要
環節，並且將所收錄周昭王時期的銘文中所載的時間、地點、人物、時事、器型、
裝飾等資料，做成圖表，相參驗〔註114〕。這樣的方法確實能收一目瞭然之效。但
也由此看出，這仍是靠銅器銘文考證的基礎上，再來進行考察銅器器型及紋飾的。

　　所以根據青銅器的器型、紋飾等變化，有助於爲銅器斷代，但唐氏亦明白
地強調「必須和其它特徵結合起來」〔註115〕，這也正是說明依銅器的器型、紋
飾等條件，只能夠確定器物的大概時期，卻無法斷定所屬的王世或年代，所補
救的方法，則仍是要靠銅器銘文所載的內容資料來考定銅器的年代。

　　然而唐氏仍不免有單獨採用器型、紋飾加以斷代的情形。如命簋，在銘文
中所載的時間、地點、人名皆無可相互繫聯的情形下，唐氏說此器「爲附耳簋，
現在美國。飾鳥紋。當是穆世」〔註116〕。這樣的斷代方法，是極有可議的。宜

〔註111〕詳唐蘭 1933 年爲容庚《頌齋吉金圖錄》所寫的〈序〉，頁 9。關於銅器器型、紋
　　　　飾方面的研究，本文只就唐氏援用考定銅器斷代的方法論來論述。而對青銅器花
　　　　紋較有系統的研究，詳容庚《商周彝器通考》，及《殷周青銅器通論》，馬承源《中
　　　　國青銅器》與杜迺松的《中國古代青銅器簡說》等書。

〔註112〕唐蘭：〈青銅器圖釋敘言〉，《唐蘭先生金文論集》，頁 104。又詳杜迺松：《中國古
　　　　代青銅器簡說》，頁 171-176。

〔註113〕唐蘭：〈論周昭王時代的青銅器銘刻〉，《古文字研究》第 2 輯，頁 122-130。

〔註114〕唐蘭：〈論周昭王時代的青銅器銘刻〉，《古文字研究》第 2 輯，頁 122-130。圖表
　　　　詳頁 95-102。

〔註115〕唐蘭：〈論周昭王時代的青銅器銘刻〉，《古文字研究》第 2 輯，頁 126。

〔註116〕《史徵》，頁 337-338。

先闕疑，以待來茲，不宜遽斷。

十、出土坑位

對於傳世銅器而言，斷代主要是依據銘文內容及其器型，而對於近來挖掘出土的銅器而言，還可以透過其出土坑位的判斷，來判定其年代，特別是無銘銅器，出土坑位往往具有決定性的作用〔註117〕。故若一器出土與流變情形的詳細記載資料，也有助於對銅器的斷代。因為同一坑位出土的銅器，多少必有其相關性，如果同坑出土的銅器銘文中載明作器者，或者出現載有「王號」等標準器，又可以相互繫聯人名、事蹟或進行器型的觀察，就可作為斷代的依據。唐氏在進行銅器的斷代時，也採用出土坑位來作為斷代的依據。

如微史家族器〔註118〕，由於微史家族器組中的牆盤敘述文、武、成、康、昭、穆六個王的史事，而後說：「繩寧天子」，此天子應是指共王，故定為共王初年的標準器。唐氏再以牆盤繫聯同一坑位出土的其他銅器，牆盤載「文考乙公」，與牆盤同坑出土的還有牆爵，銘載：「牆乍父乙寶尊彝。」〔註119〕而同坑出土的𤼈鐘〔註120〕，銘載：「追孝于高且辛公、文且乙公、皇考丁公。」故可繫聯其間關係如下表：

王世				昭王	穆王	共王	懿王
	高祖	列祖	乙祖	亞祖祖辛	父乙		
作器者				旂	豐	牆	𤼈
銅器				作冊旂觥 作冊旂尊 作冊旂方彝	豐卣 豐尊 豐爵	牆盤	𤼈盨 𤼈簋 𤼈壺 𤼈鐘

〔註117〕陳煒湛、唐鈺明：《古文字學綱要》，頁126。

〔註118〕唐蘭：〈略論西周微史家族窖藏銅器群的重要意義〉，《文物》1978年第3期，頁19。又詳陝西周原古隊：〈陝西扶風庄白一號西周青銅器窖藏發掘簡報〉，《文物》1978年3期，頁1-8。牆盤是在1976年陝西省扶風縣發現的窖藏中的一件，當時共出土了銅器一〇三件，其中七十三件載有銘文，最重要的即為牆盤。

〔註119〕《史徵》，〈附錄二〉，僅收器名，未收銘文，此處從馬承源：《銘文選》，第3冊，頁158。

〔註120〕此器《史徵》僅收器名，未載器銘，此處依《銘文選》，第3冊，頁192-193。

這種方法就是以出土坑位而斷定銅器年代的例證。很明顯的,透過同一坑位的出土器,再據銘文中可相繫聯的資料,即可以加以斷代。

第三節 小 結

表面上看來,唐氏考釋古文字與青銅器斷代二者並沒有關係,但是深入考察其目的,主要是為能研究西周史,並且為銅器斷代,如果青銅器能加以斷代,則由甲骨、金文而至小篆文字形體的演變,更能夠有一個清楚的脈絡,不僅有助於考釋古文字,也能釐清文字演變或轉通、通作規律上的盲點,所以青銅器銘文斷代即唐氏古文字學方法論上的重要一環。在本章第二節中我們分析、歸納唐氏判定青銅器年代的方法與條例,可以得到以下結論:

一、綜合性的斷代方法

唐氏重視青銅器銘文斷代方法理論和實際的運用,故在青銅器銘文斷代上,能夠有極大的成就,究其方法,就是「綜合性」斷代方法。

唐氏以為面對大量史料,必須以綜合性的研究方法為銅器斷代〔註121〕,若僅以一項為參驗,並不足為斷代的必須證據,而應佐以器物的其他的綜合性條件,方能判定其年代〔註122〕,故對周昭王時代的青銅器,作綜合性的研究,對新出土的銅器,亦廣泛地作綜合性的研究〔註123〕,在《史徵》一書中,亦可窺得唐氏的研究方法,乃是綜合性的研究方向,而非孤立、單一地研究一個銅器,方能對其加繫聯、斷代。由此可知,判定青銅器的年代,確實需要以綜合性的方法才能客觀。

二、以「人物」為主要繫聯對象

唐氏畢竟是研究古文字的學者,雖然提出判定青銅器年代的依據,還有器型、紋飾、圖案等,但在實際考證時,仍多由銘文中所出現的人物來判定銅器的年代,當然也符合其斷代的依據。〔註124〕

所以銘文中的人物,對於銅器銘文斷代還是具有特別重要的意義,其斷代成

〔註121〕唐蘭:〈論昭王時代的青銅器銘刻〉,《古文字研究》第 2 輯,頁 12-13,及頁 122。

〔註122〕黃然偉:《殷周青銅器賞賜銘文研究》,頁 18。

〔註123〕詳唐蘭若干單篇論文探討出土銅器的文章,參附錄及《唐蘭先生金文論集》。

〔註124〕唐氏將人物的繫聯歸入專名之中,故並不違背其研判的依據。

果、得失，幾乎可說是集中在人物的處理上〔註125〕，但即使是同一個人的器組，在繫聯時，其人物可能並非同一個人，所以必須對異人同名的現象有充分的了解。唐氏深明「人物」為斷代的利器，故在《史徵》一書中，多可考察到唐氏依「人物」作為繫聯的斷代方法。然而以人物繫聯，仍有其侷限性，特別是銘文中所載的人名，可以與文獻記載對應的，只是少數，大多數的銅器銘文，仍無法採用這種方法斷代。且即使以文獻中的人名作為判定銅器年代的，仍要有確切的證據，不可穿鑿附會，把銘文中的人名比附到文獻中的某個人。另外，據銘文中人物繫聯時，也應注意「同名異人」的情形，不可「取其一點，不及其餘」〔註126〕，就是指除人名的繫聯之外，還要有其他可以憑藉的條件，否則，難免有附會之處。唐氏對於考證青銅器銘文中出現的人名，也偶有前後不一致的情形，如伯懋父。

「伯懋父」載於在小臣謎簋，呂壺、衛簋、召尊、召卣等器之外，在師旂鼎及小臣宅簋中〔註127〕，也載有伯懋父活動的情形。唐氏卻斷定師旂鼎及小臣宅簋為穆王時的器。認為師旂鼎與小臣宅簋銘中所載的伯懋父，未必就還是康伯髦，他說：「按《穆天子傳》穆王東征曾至于房，即房子，那麼，此器或是穆初。據此，則伯懋父的活動，可能是昭末穆初。也未必即是康伯髦了。疑伯懋父為祭公謀父，謀懋聲近。祭公謀父在昭穆之際，時代正合。」〔註128〕唐氏這樣的說解，仍嫌牽強，當然一個人物可能會橫跨兩個王世，但是要先據銘文中的人物關係排比、繫聯，再據典籍的文獻資料加以佐證，方能定論某個「人名」為「同名異人」的情形。況所據典籍，應以史料為先，不應依神話故事作為主要的佐證。所以唐在判定師旂鼎與小臣宅簋中所載「伯懋父」的年代時，不免有此錯誤，其方法實有可議。

故前文說過要將銅器中所出現的人名，與史籍上的人物相繫聯，必要有充分的證據，否則將造成斷代的失誤，即此道理。

又例如唐氏為銅器銘文斷代時，未詳考兩個銅器中所載的人是否正是同一

〔註125〕 何幼琦：《西周年代學論叢》，頁 212。盛冬玲：〈西周銅器銘文中的人名及其對斷代的意義〉，頁 43-45。

〔註126〕 盛冬玲：〈西周銅器銘文中的人名及其對斷代的意義〉，《文史》第 17 輯，頁 48。

〔註127〕 《史徵》，頁 313-318。

〔註128〕 《史徵》，頁 317，及〈論周昭王時代的青銅器銘刻〉，《古文字研究》，第 2 輯，頁 108-109。

人，即相互繫聯，所以將斐方鼎、孝卣、征角、小子夫尊、佳簋、龜婦瓠、𧨮簋等器中的人物「𧨮」〔註129〕，與𧨮鼎與𧨮相繫聯。雖在註明𧨮與𧨮恐非爲同一人〔註130〕。但這樣的斷代方式，仍有可議之處。

或者，對於人物世系亦未能詳加斷代，即以「某當爲某人子」，或「某應爲某之子」等方式，便據以繫聯斷代。如唐氏以爲令鼎中的「溓中」，爲䚄鼎中「溓公」之子〔註131〕，並沒有確切的考證；又例如唐氏以爲獻簋中的「櫨伯」，爲旟鼎中「師櫨」之子，又以爲嬀㜅方鼎中的「櫨仲」與「櫨伯」當是兄弟〔註132〕，而相互繫聯，並未有明確的考證，是值得商議之處。而以人物爲主要的繫聯對象，作爲青銅器銘文斷代的依據，亦正是唐氏爲青銅器銘文斷代的侷限。

所以可以發現，在唐氏爲銅器銘文斷代方法的處理上，還有一個值得商榷的現象，就是在每一個王世之末所收錄的銅器，往往有無法與同世代的其他器銘相繫聯的情形，例如成王時的賢簋、夨尊，康王時的奢簋、曆鼎等〔註133〕，皆有這種無法繫聯的情形。這種「勇於論斷」的精神，雖可佩，然而要有更充分的證據，才能判定。否則應以判定其早期、中期或晚期等大概年代的方式來處理，方不致誤判銅器年代。

由於目前對青銅器斷代的工作，仍無法做到任何一器均能無誤地確定是某王某年之作，特別是在階段性的研究與整理，可以採取雙軌的途徑〔註134〕，將能歸屬於某王器的，加以歸屬，若銘文或銅器本身尚無法明確判定爲某王之器的，就依照早、中、晚三期的劃分歸入，較之任意按王世判定銅器年代，更爲科學。近出的《銘文選》、《殷周金文集成》即是依此而來。

三、承先啟後的研究成果

青銅器資料出土日豐的現在，更應將資料做內部的聯繫，加以斷代，以進

〔註129〕唐蘭：《史徵》，頁 110-117。

〔註130〕唐蘭：《史徵》，頁 118。

〔註131〕䚄鼎，詳《史徵》，頁 228，令鼎詳《史徵》，頁 230。

〔註132〕獻簋，詳《史徵》，頁 234，旟鼎，詳《史徵》，頁 225。嬀㜅方鼎，詳《史徵》，頁 235-236。而旟鼎中又載王姜，故與之聯繫於昭王時器。

〔註133〕賢簋詳《史徵》，頁 118-120。夨尊詳《史徵》，頁 122-123。奢簋、曆鼎詳《史徵》，頁 192-194。

〔註134〕高明：《中國古文字學通論》，頁 431。

一步研究歷史〔註135〕，所以唐氏於《史徵》中就約五百餘器做斷代〔註136〕，在內容範圍與體制上，均較前人吸收更多新的資料，在青銅器斷代的歷程上，具有承先啟後及階段性研究成果的意義。影響所及，其後由馬承源主編的《商周青銅器銘文選》，則作更為全面廣泛的銅器斷代，時代含括上自商代，下迄戰國，於東周斷代上更分其國別，是以列國時代的先後編次，為銅器做全面整理的工作，並附以西周金文曆朔的研究所制定的〈西周青銅器銘文年曆表〉，供檢索使用。其中將銅器斷代分為四層次，為「可推斷絕對年代者」、「可推斷王世者」、「在兩個王世的疑是之間者」及「僅能斷相對年代者」，更進一步將「待考」與「資料不足」之銅器作適當的安排，如「呂壺，西周康王或昭王」，「作冊䰙卣，西周早期」，為日後銅器斷代作一定程度的研究貢獻及展望。在編排、斷代的工作上，體制更勝於前人，亦更具科學性的研究成果。

在《商周青銅器銘文選》之後，在體制、內容上更完備的有《金文總集》和《殷周金文集成》二部，《金文總集》編排附銘文拓本，間或有器形、紋飾的圖片，並以器種來排列，各器的排列乃是以銅器銘文字數之多寡排定，而不作斷代之工作。《殷周金文集成》則以器種為綱，按照字數從少到多編排，對時代的註明，一般是採大致的年代為原則，多斷為「前期」、「中期」等方式。在對青銅器資料、斷代的收羅、整理上，則是在郭沫若、陳夢家與唐氏的基礎與觀念上，相承而來。除了著書之外，在其他單篇論文中，亦見有系統地對各王朝做銅器銘文斷代，及對銅器銘文斷代方法與成果的研究。

由以上的論述，可知在唐氏研治的領域中，有其極明確的研究目的與科學性的研究方法，故對於出土資料日益豐富的青銅器而言，則重在階段性的研究整理，以輔助歷史的研究，補足西周歷史之不足，在其研治的方法方面，則十分注重以科學性的綜合方法為青銅器斷代，使青銅器銘文成為有系統的史料，在其上承郭沫若而來的研究成果，與下開現階段的斷代、資料整理上，極具有傳承性的意義。而在考察文字演變規律的觀點上，青銅器斷代的工作，更是迫切。

〔註135〕唐蘭：〈論昭王時代的青銅器銘刻〉，《古文字研究》第2輯，頁12-13，及頁138。

〔註136〕包括附錄與附件二，及唐氏未及完成者。

第五章　結　論

壹、結　論

　　唐蘭是我國著名的古文字學家，也是一位重視理論、方法的學人，《古文字學導論》是他研究古文字學的重要著作，本論文透過對《古文字學導論》一書，並參酌唐氏的《中國文字學》、《殷虛文字記》、《天壤閣甲骨文存考釋》及有關青銅器所代的書籍，做系統的論述與檢討，並評述其得失。

　　在古文字理論方面，唐氏在對六書進行檢討的基礎上，採用比小篆更早的甲骨、金文等材料，歸納出文字構造的理論——三書（象形、象意與形聲）、六技（分化、引申、假借、孳乳、轉注、緟益），以三書作爲文字的類別，以六技作爲文字演變的方法，希望以三書代替六書。雖然三書未必眞能解決六書所留下來的弊病，但是提示後學者，要以文字演變的史觀態度來研究古文字，是值得學習的。

　　在考釋古文字方面，唐氏提出考釋古文字的四個方法，並提出考釋古文字的六條戒律。唐氏正是運用這些方法，作爲考釋古文字的標準，而能夠正確地考釋出古文字。然在考釋古文字時，唐氏仍不免偶有疏誤、或說解不精當之處，特別是犯了字形辨析不清，或引用不相同的兩個字做比較或歷史的考證，而往往得到錯誤的考釋結果。在考釋古文字時，唐氏也常採用以音求字的方法考釋古文字，特別是採用一聲之轉及依象意字聲化的條例來考釋古文字，但是經過

分析、歸納，卻發現唐氏多靠主觀臆想，比附說解文字的音和義，所以在運用以音求字而釋得的古文字，往往並不可據。

在青銅器銘文斷代方面，也建立一個完善的斷代依據。而藉由唐氏的論著之中，歸納其斷代的條例，可以發現，唐氏是綜合採用各種方法來爲青銅器銘文斷代的，使各個青銅器能夠有所繫聯。也可以發現，唐氏的斷代依據，仍是以「人物」爲主要的繫聯。然而對某些無法繫聯的銅器，唐氏偶有僅據其器型、紋飾或書法等單一條件，爲銅器斷代，在這方面，所表現出來的判定方式，則失之疏漏。

唐氏提古文字學理論（三書、六技）、自然分類法及考釋古文字方法等各方面，具有開創性的研究成果，而於青銅器斷代方面，則具有承先啓後的傳承性作用。綜觀唐氏的古文字學研究，可得如下兩大結論：一、重視研究的理論，二、重視研究的方法：

一、重視研究的理論

唐氏在《古文字學導論》一書中立研究古文字的理論，其中最重要的理論是三書，以三書作爲其研究古文字學的基礎理論，並貫穿其整個系統。所以不僅以三書作爲古文字材料系統的分類，並且在編排古文字書籍方法——自然分類法的理論方面，也是以三書作爲基本理論。

在考釋古文字時，唐氏先立一完整的理論，再據以考釋古文字；另外，在爲青銅器斷代時，也是歸納並立一完整的斷代依據理論。所以唐氏的整個學術體系，無論是在文字的構造、演變方面，考釋古文字的方法，或對青銅器的斷代上，皆首重立一個研究理論，作爲標準，再據以研究。

二、重視研究的方法

唐氏重視研究的方法，故立完善的研究理論，將其研究方法條理化、明確化、科學化，再據以做研究。而唐氏重視研究方法，就表現在創立新理論，提出考釋古文字的四個方法及歸納青銅器銘文斷代的依據，由此看來，唐氏極重視研究的「方法論」。所以檢視唐氏考釋古文字及青銅器銘文斷代的成果，可以發現唐氏重視研究理論與方法的切實運用，故唐氏的古文字學研究，可說是以理論指導研究方法，以方法實踐研究理論。

因此，唐氏能一步步地完成其立古文字學爲一門學科的研究目的，而需要

達成這個目的最重要的步驟，是考釋古文字，明白古文字的演變情形，所以唐氏的三書、六技、自然分類法、考釋古文字的方法及青銅器銘文斷代等理論，皆是爲明白古文字演變而立論的，彼此之間有緊密的關係，不可分割，而渾然成爲一完滿的研究理論與方法。

貳、研究展望

事實上，唐氏各類著作之間，具有非常密切的關係，在探討時，都必須相互參酌。而作全方面的檢討，正是本論文所抱持的信念，可惜時間及個人能力有限，得到的成績仍是有限。而進一步的探討，及由唐氏研究成果所引申出的研究方向，只好俟諸異日。

一、在古文字形體研究方面，在唐氏提出以偏旁分析法與歷史考證法，研究文字縱向、橫向的關係，也就是字族、字史的關係，目前相關的有高明一九八〇編的《古文字類編》及一九八一年的《漢語古文字字形表》，具有字史的檢索作用，可說是在唐氏的觀念下發展出來的。但是在古文字偏旁或字根，由甲骨文、金文以迄小篆的演變史，也是目前可以再加以歸納、研究的方向之一。

二、古文字書籍的編排，目前古文字書籍的編排方面，自然分類法多運用在甲骨文字書的編排上，如《類纂》、《甲骨文字詁林》。但是在金文及其他古文字書籍編排，還是有必要採用自然分類法加以編排的，尤其是資料豐富的金文，可以藉以分類、編排，以研究金文本身文字形體變化的情形，並檢驗唐氏的自然分類法是否也切合使用的實際需要。

三、爲青銅器銘文做演變的研究與編排，但這最基本的工夫還是青銅器的斷代工作。先爲青銅器斷代，才能分清楚銘文演變的一個規律，完成甲骨、金文整個脈絡的條理，所以青銅器的斷代工作，仍是研究青銅器銘文的最重要工作，透過斷代的工作方能有一個完整的銘文演變史。

四、在爲唐氏《史徵》一書中歸納其斷代條例時，往往在檢索郭沫若、陳夢家、吳其昌、容庚、馬承源的《銘文選》、《金文總集》、《殷周金文集成》及其他資料時，卻發現各家對同一器有不同的名稱，造成檢索的困擾，但是目前仍未見到有關青銅器異名檢索工具書的出現，而在對青銅器定名的條例與檢索方面，也是值得研究的方向。

　　五、唐氏的《史徵》一書中，有關穆王以後的研究材料之補充，及東周青銅器各國的史徵研究，可以在郭沫若《兩周金文辭大系考釋》與馬承源《銘文選》基礎上加以深入探討，也是值得研究的一個問題。

　　六、康宮問題，在唐氏探討西周銅器斷代中的一個重要指標——康宮，目前仍有不同的看法，故也是青銅器斷代工作中極重要的研究方向。原本想就《集成》與《總集》中有關王室的宗廟問題做一番探索，並且將結合相關的史料書籍，如《左傳》、《國語》等資料做一系統的檢視與澄清。然而這樣所得的結果太過龐大且其中所涉及的人名、戰事繁多，並不適合放在本篇論文中，只好放棄。但此一究工作，未來或許可以單獨成為另一個青銅器的研究方向。

圖　表

圖表一　日・島邦男《殷虛卜辭綜類》部首表（1967 年）

圖表二　姚孝遂《殷虛甲骨刻辭類纂》部首表（1989 年）

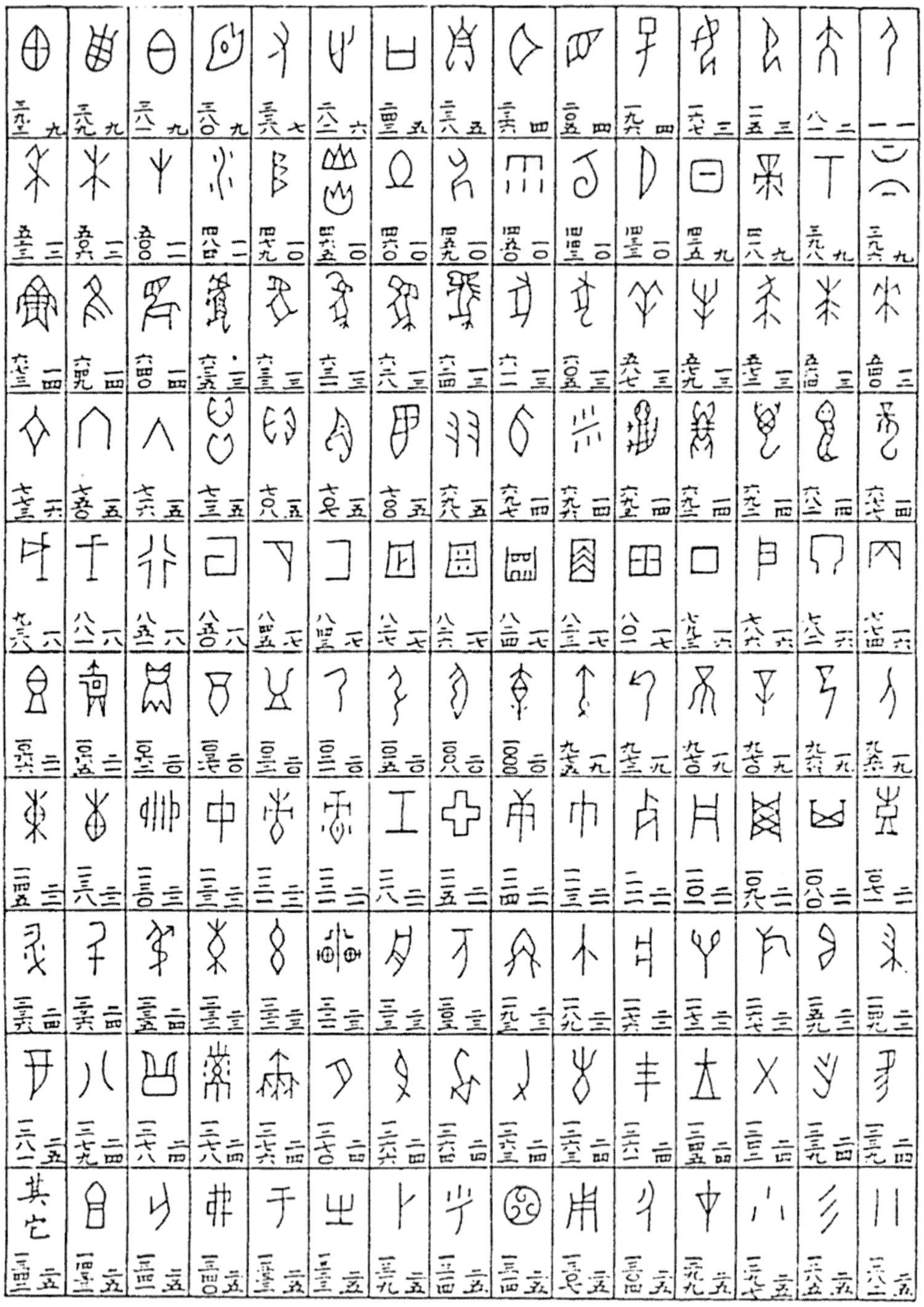

圖表三　季旭昇《甲骨文字根研究》部首表（1990 年）

247	241	224	182	158	156	150	146	133	129	122	108	96	68	26
346	344	342	338	332	326	302	293	282	278	275	272	267	256	250
416	414	407	402	400	395	389	382	377	373	369	367	365	361	354
463	457	455	453	451	446	443	440	438	435	432	426	424	421	419
571	569	552	550	546	544	528	525	517	513	511	497	479	470	466
623	620	611	608	606	604	601	599	596	592	589	583	580	575	573
677	675	672	668	663	658	655	652	649	643	641	634	632	628	625
741	739	732	730	727	722	720	716	710	696	694	692	689	681	
807	805	801	799	795	792	787	780	775	769	767	759	757	754	752
860	853	850	848	846	843	8421	839	837	833	830	822	817	813	811
		895	893		890	886	883	881	877	875	873	870	866	862

圖表四　日・《甲骨文字字釋綜覽》部首表（1994 年）

001	〔甲骨字形〕	028	〔甲骨字形〕	055	〔甲骨字形〕	082	〔甲骨字形〕	109	〔甲骨字形〕	136	〔甲骨字形〕
002		029		056		083		110		137	
003		030		057		084		111		138	
004		031		058		085		112		139	
005		032		059		086		113		140	
006		033		060	090	087		114		141	
007		034		061	190	088		115		142	
008		035		062		089		116		143	
009		036		063		090		117		144	
010		037		064		091		118		145	
011		038		065		092		119		146	
012		039		066		093		120		147	
013		040		067		094		121		148	
014		041		068		095		122		149	
015		042		069		096		123		150	
016		043		070		097		124		151	
017		044		071		098		125		152	
018		045		072		099		126		153	
019		046		073		100		127		154	
020		047		074		101		128		155	
021		048		075		102		129		156	
022		049		076		103		130		157	
023		050		077		104		131		158	
024		051		078		105		132		159	未分類
025		052		079		106		133		201	先王先妣
026		053		080		107		134		202	父母兄子
027		054		081		108		135		301	貞人

圖表五　永盂銘文人物繫聯表

王	年	月日	作者	器	王在地	邢伯	益公榮伯	尹氏	師俗	逨仲	它人	附記
穆王	元年	六月既望甲戌	師虎	簋	王在杜居	邢伯					邢叔	又說王在達位，邢叔是穆王脫期用事者，有關邢叔的器，此不悉舉。
共王	元年	九月甲寅	趞曹	鼎	王在周穆王太室	邢伯		尹作冊			武公	銘中文武作玟珷，與康王時盂鼎間。
共王	七年	十月	走	盨	王在周般宮	邢伯	益公	作冊				無月份，大概是十一或十二月。
共王	九年	六月既生霸庚寅	師永	簋	王格于般宮	邢伯	益公榮伯	尹氏	師俗父	逨仲		此下三器無年份，附于此。
共王	十二年	初吉丁卯	師毛父	簋	王各太室	司馬	益公榮伯	尹氏	師俗父	逨仲		
共王	十二年	二月既生霸戊戌	師全父	鼎	王格于太室	邢伯	榮伯	尹氏				
共王		三月初吉甲戌	豆閉	簋	王在師戲太室	邢伯	益公榮伯	尹氏	師俗父	逨仲	恭季	此下三器無年份，附于此。
共王	十五年	五月既生霸壬午	史趞曹	鼎	共王在周新宮王射于射廬	邢伯	榮伯	作冊			武公	師湯父鼎王在周新宮，在射廬。
共王	廿年	正月既望甲戌	休	盤	王格周康宮王格太室	邢伯	益公				吳大父	
共王		十一月既生霸丁亥	康	鐘	王在康宮		榮伯	尹氏	師俗		恭季	此下三器無年份，附于此。康為鄭邢氏。
共王		十月	卯	簋	王在武闈		榮伯	尹氏	師俗			
懿王		十一月丁丑	敔	簋	王在武闈			尹氏	師俗父		同卜	
懿王		十二月初吉丁丑	同	簋	王在宗周（格）于大朝	邢伯		尹作冊	師俗父		司馬	
懿王		四月初吉庚午	匡	卣	懿王在射廬				司馬			
懿王	三年	三月初吉甲戌	師晨	鼎	王在周師量（守）王格太室				師俗父 司馬	逨仲		此下二器無年份遷多，此不悉舉。
懿王		五月既生霸庚午	南季	鼎								
懿王		九月既望乙巳	穻	鼎								

附錄　唐蘭著述目錄編年

一九二九年		
三傳經文辨異手稿本	1929.10.15-1.21	商報文學旬（周）刊三-十六期
關於林語堂先生的「關於子見南子」的話	1929.12.3	商報文學周刊九期
敦煌所出唐人雜曲	1929.11.12	商報文學周刊六期
關於塔爾海瑪論「古代中國哲學」的討論	1929.12.10-4.8	商報文學周刊十-十六期
書羅叔蘊先生所著〈矢彝考釋〉後	1929.12.3	商報文學周刊九期
敦煌所出漢人書太史公記殘簡跋	1929.10.5	商報文學旬刊二期
漢李昭碑拓本跋	1929.10.25	商報文學旬刊四期
敦煌石室本唐人選唐詩跋	1929.11.5	商報文學旬刊五期
唐寫本食療本草殘卷跋	1929.11.12	商報文學周刊六期
續封泥考略序	1929.11.19	商報文學周刊七期
古籀類編序	1929.12.2	商報文學周刊九期
朱文公文集校釋跋	1929.12.4	商報文學周刊十二期
敦煌石室本唐寫鄭注論語顏淵、子路兩篇殘卷跋	1929.12.31	商報文學周刊十三期
一九三〇年		
讀《論衡》	1930.1.20	商報文學周刊十六期
切韻中所見隋唐以前韻母考	1930.2.20-4.29	商報文學周刊廿-廿九期
程易疇果　轉語跋	1930.2.20	商報文學周刊廿期

跋《矢彝考釋質疑》	1930.3.4	商報文學周刊廿期
聞錄	1930.4.15	商報文學周刊廿七期
山海經的研究	1930.4.22-1930.5.6	商報文學周刊廿八——卅期
一九三一年		商報文學周刊十三期
白石道人歌曲旁譜考	1931.10	東方雜志廿八卷廿期
一九三二年		
鳳羌鐘考釋	1932.2	國立北平圖書館館集六卷一期
獲白兕考	1932.6	史學年報一卷四期
一九三三年		
老聃的姓名和時代考	1933.3	古史辨第四冊
『意怠』考	1933.8	國學叢編二卷二期
古樂器小記	1933.12	燕京學報十四期
《頌齋吉金圖錄》序	1933.5	容庚，《頌齋吉金圖錄》
《殷契佚存》序	1933	商承祚，《殷契佚存》
一九三四年		
殷虛文字記	1934	
薊京新考	1934	北大史學論業一期
作冊令尊及作冊令彝銘考釋	1934	北大國學季刊四卷一期
晉公𦥑𥂴考釋	1934	北大國學季刊四卷一期
壽縣所出銅器考略	1934	北大國學季刊四卷一期
老子時代新考	1934.1	古史辨第六冊
理想中之商周古器物著錄表	1934.1	考古社刊一期
《兩周金文辭大系圖錄》序	1934	郭沫若，《兩周金文辭大系圖錄》
與顧頡剛先生論『九丘』書	1934.5	禹貢半月刊一卷五期
辨冀州之『冀』	1934.5	禹貢半月刊一卷六期
四國解	1934.7	禹貢半月刊一卷十期
《甲骨文編》序	1934	孫海波，《甲骨文編》
一九三五年		
《古史新證》序	1935	王國維，《古史新證》
《古文聲系》序	1935	
陳常陶金考	1935.5	北大國學月刊五卷一期

釋四方之名	1935.6	考古社刊四期
同設地理考（西周地理考之一）	1935.8	禹貢半月刊三卷十二期
參加倫敦中國藝術國際展覽會銅器說明	1935	北大史學論叢二期
關於『尾右甲』卜辭	1935	北大國學季刊五卷三期
古文字學導論	1935	
一九三六年		
前茅本北宋最早拓汧陽刻石跋	1936.5.28	天津益世報讀書周刊五十期
周王𣪘鐘考	1936.7	故宮博物院年刊
卜辭時代的文學和卜辭文學	1936.7	清華學報十一卷三期
讀古詩『明月皎夜光』	1936.9.3	天津益世報讀書周刊六四期
尊古齋所見吉金圖初集	1936.9	圖書季刊八卷三期
懷鉛隨錄	1936	考古社刊五、六期
「商鞅量」與「商鞅量尺」	1936	北大國學季刊五卷四期
崑崙所在考	1936	北大國學季刊六卷二期
一九三七年		
天問「阻窮西征」新解	1937.4	禹貢半月刊七卷一期
論古無複輔音凡來母字古讀如泥母	1937.4	清華學報一二卷二期
一九三八年		
智君子鑑考	1938.12	輔仁學志七卷一期
一九三九年		
未有諡法以前的易名制度	1939.10.8	中央日報讀書副刊
關於歲星	1939.10.29	中央日報讀書副刊
釋井	1939.12.17	中央日報讀書副刊
天壤閣甲骨文存	1939	
一九四〇年		
讀新出殷虛文字學書六種	1940	中央日報讀書副刊
論騎術入中國始於周末	1940	文史雜志一卷三期
評《鐵雲藏龜零拾》	1940	文史雜志一卷七期
一九四一年		
蘇秦考	1941.1	文史雜志一卷十二期

呂大臨考古圖釋文跋	1941	國學季刊三卷一、二合期
王命傳考	1941	國學季刊六卷四期
一九四六年		
小學雜記	1946.2	國文雜志三卷五、六期
恬庵語文論著甲集序	1949.8.28	經世日報讀書周刊三期
曹大家不音姑考	1946.9.18	經世日報讀書周刊六期
洛陽金村墓爲東周墓非韓墓考	1946.10.23	大公報文史周刊二期
評《說文解字讀若音訂》	1946.11.6	大公報文史周刊四期
鄭庠的古韻學說	1946.11.27	大公報文史周刊七期
關於洛陽金村古墓答楊寬先生	1946.12.11	大公報文史周刊九期
一九四七年		
釋拋	1947.1.8	大公報文史周刊十二期
釋打	1947.4.6	大公報文史周刊廿四期
馬融的一生	1947.6.18	大公報文史周刊卅一期
馬融作廣成頌的年代	1947.7.16	大公報文史周刊卅三期
古代飲酒器五種——爵、觚、鱓、角、散	1947.7.30	大公報文史周刊卅四期
石鼓文刻於秦靈公三年考	1947.12.6	申報文史副刊一期
楊雄奏甘泉河東羽獵長楊賦的年代	1947	學原一卷十期
唐寫本王仁煦刊謬補缺切韻跋	1947	故宮博物院影印本
一九四八年		
論彝銘中的休字	1948.2.14	申報文史副刊十期
關於石鼓的時代——答童書業先生	1948.3.6	申報文史副刊十三期
唐中宗時的十道巡察使	1948.4.3	申報文史副刊十七期
論石鼓文避不用朕	1948.5.1	申報文史副刊廿一期
韻英考	1948.5.29	申報文史副刊廿五期
守溫韻學殘卷所題「南梁」考	1948.6.5	申報文史副刊廿六期
關於廿石鼓文「避」字問題致文史編者的一封公開信	1948.6.19	申報文史副刊廿八期
新郪虎符作於秦王政十七年滅韓駿（懷鉛隨錄）	1948.6.26	申報文史副刊廿九期
論唐末以前韻學家所謂「輕重」與「清濁」	1948.12	北大五十周年紀念論文集

一九四九年		
中國文字學	1949.3	上海開明書店（1979 年上海古籍社重印）
中國文學改革的基本問題和推進文盲教育、兒童教育兩問題的聯系	1949.10.9	人民日報
一九五〇年		
虢季子白盤的制作年代和歷史價值	1950.6.7	光明日報學術副刊八期
輯殷芸小說并跋		周叔弢先生六十生日紀念論集
一九五二年		
銅器	1952	文物參考資料四期
一九五三年		文物參考資料七期
從金屬工具的發明過渡到手工業脫離農業而分立的問題	1953	文物參考資料七期
一九五四年		
郟縣出土的銅器群	1954.5	文物參考資料五期
一九五五年		
中國歷史上的年代問題	1955.3	新建設月刊三期
玉器	1955.4	人民畫報
中國文字的簡化和拼音化	1955.8.31	光明日報
一九五六年		
論馬克思主義與中國文字改革基本問題	1956.1	中國語文一期
全國博物館工作會議中的發言	1956.5	博物館工作匯刊
宜侯夨簋考釋	1956.6	考古學報二期
文字學要成爲一門獨立的科學	1956.10.6	人民日報
一九五七年		
商虎紋磬	1957.3.9	光明日報
再論中國文字改革基本問題	1957.3	中國語文三期
五省出土重要文物展覽圖錄序言	1957.6	五省出土重要文物展覽圖錄
文字改革座談會上的發言	1957.7	文字改革第七期
中國文字應該改革	1957.9.27	人民日報

在甲骨金文中所見的一種已經遺失的中國古代文字	1957	考古學報二期
關於商代社會性質的討論（對于省吾先生〈從甲骨文看商代社會性質〉一文的意建）	1957	歷史研究
一九五八年		
祝賀漢語拼音方案草案的公布	1957.1	文字改革第一期
文風筆談——多快好省，改進文風	1958.5	中國語文五期
石鼓年代考附明孫克宏藏石鼓舊拓本跋	1958	故宮博物院院刊一期
朕簋	1958.9	文物參考資九期
一九五九年		
對曹操要有適當的評價	1959.5.22	文匯報
沒有必要替殷紂王翻案	1959.7.24	解放日報
劉松年山水畫卷	1959.7	人民畫報十四期
王朝史體系應該打破	1959.7	新建設七期
一九六〇年		
故宮博物院叢話	1960.1	文物一期
中國古代社會使用青銅農器問題的初步研究	1960	故宮博物院院刊二期
論漢字簡化的方法問題	1960.8.11	光明日報
從群眾造字說起——兼論新形聲字問題	1960.10.20	光明日報
記美帝國主義陰謀劫奪我國青銅重器	1960.10	文物十期
一九六一年		
懷念毛公鼎、散氏盤和宗周鐘——兼論西周社會性質	1961.2.2	光明日報
毛公鼎「朱韍、蔥衡、玉環、玉瑹」新解——駁漢人「蔥珩佩玉」說	1961.5.9	光明日報
鞞刻新釋	1961.6.21	文匯報
試論顧愷之的繪畫	1961.6	文物六期
談談文字學	1961.10	文字改革七期
難字注上音有很多好處	1961.11.1	光明日報
論用人與作俑的關係	1961.11.8	光明日報

記錯金書鳥篆青銅器殘片銘	1961.11	文物十一期
文字學與文字改革工作	1961.11	文字改革十一期
語文教師應該有一些文字學的常識	1961.12	文字改革十二期
一九六二年		
怎樣學習文字學	1962.1	文字改革一期
評論孔子首先應該辨明孔子所處的是什麼樣性質的社會		中華書局《孔子哲學討論集》原發表於 1962.1.26 文匯報
應該給孔子以新的評價	1962.7	學術月刊
文字常識——什麼是甲骨文？	1962.10	文字改革十期
文字常識——什麼是鐘鼎文？	1962.11	文字改革十一期
《陝西省博物館藏青銅器圖錄》序	1962	《陝西省博物館、陝西省文物管理委員會藏青銅器圖錄》
西周青銅器斷代中的「康宮」問題	1962	考古學報一期
寶晉齋法帖讀後記	1963.3	文物三期
春秋戰國是封建割據時代	1963	中華文史論叢三輯
一九六五年		
劉賓客嘉話錄的校輯與辨偽	1965	文史第四輯
殷大盂方鼎（人面鼎）	1965.10	人民中國（日文版）十期
一九六六年		
西周虺蜴紋尊	1966.3	人民中國（日文版）三期
論清官的性質	1966.3.16	文匯報
一九七二年		
永盂銘文解釋	1972.1	文物一期
侯馬出土晉國趙嘉之盟載書新釋	1972.8	文物八期
座談長沙馬王堆一號漢墓中的發言	1972.9	文物九期
史瓼簋銘考釋	1972.10	考古五期
永盂銘文解釋的一些補充——并答讀者來信	1972.11	文物十一期
一九七三年		
弓形器（銅弓柲）用途考	1973.6	考古三期

從河南鄭州出土的商代前期青銅器談起	1973.10	文物十期
一九七四年		
座談長沙馬王堆漢墓帛書——關於帛書內容的發言	1974.9	文物九期
皇帝四經初探	1974.10	文物十期
一九七五年		
馬王堆帛書《郤谷食氣篇》考	1975.6	文物六期
馬王堆出土《老子》乙本卷前古佚書的研究——兼論其與漢初儒法鬥爭的關係	1975	考古學報一期
關於江西吳城文化遺址與文字的初步探索	1975.7	文物七期
一九七六年		
矩尊銘文解釋	1976.1	文物一期
陝西省岐山縣董家村新出西周重要銅器銘辭的譯文和解釋	1976.5	文物五期
用青銅器銘文研究西周史——綜論寶雞市年發現的一批青銅器的重要歷史價值	1976.6	文物六期
司馬遷所沒有見過的珍貴史料	1976.12	《戰國縱橫家書》
一九七七年		
從大汶口文化的陶器文字看我國最早文化的年代	1977.7.14	光明日報
西周時代最早的一件銅器——利簋銘文解釋	1977.8	文物八期
安陽殷墟五號墓座談紀要中的發言——關於后辛墓	1977.10	考古五期
再論中國文明六千年——從大汶口文化紅陶獸尊說起	1977	光明日報
中國有六千多年的文明史——論大汶口文化是少昊文化	1977	香港大公報在港復刊卅周年紀念文集
一九七八年		
再論大汶口文化的社會性質和大汶口陶器文字——兼答彭邦炯同志	1978.2.23	光明日報
文字學規劃初步設想	1978.2	中國語文二期

關於帛書《戰國策》中蘇秦書信若干年代問題的商榷	1978.8	文物八期
略論西周微史家族窖藏銅器群的重要意義──陝西扶風新出土墻盤銘文解釋	1978.3	文物三期
一九七九年		
高舉毛澤東旗幟，爲中華民族文字現代化而鬥爭	1979.3	中國語文通訊三期
試論馬王堆三號漢墓出土導引圖	1979	
中國青銅器的起源與發展	1979.3	故宮博物院院刊一期
蔑歷新詁	1979.5	文物五期
論大汶口文化中的陶溫器──寫在〈從陶鬹談起〉一文後	1979.6	故宮博物院院刊二期
殷虛文字二記	1979.12	古文字研究一輯
一九八〇年		
關於夏鼎	1980.2	文史第七輯
周昭王時的青銅器銘刻	1981	古文字研究二輯
長沙馬王堆漢軑侯妻辛追墓出土隨葬遺策考釋	1980	文史第十輯
關於大克鐘	1985	出土文獻研究
西周青銅器銘文分代史徵	1986.12	

一、未發表、待整理部分

中國文字改革的理論和方案

中國文字改革今後方向上的一些理論──劃清唯物主義與唯心主義界限的問題

要走世界文字共同的拼音方向──要用民形式不要拉丁化

用毛澤東思想解決關於中國文字改革的幾個理論問題（提綱）

運用毛主席哲學思想爲漢字革命迅速走上拼音文字道路而鬥爭

中華民族新文字（新華文）方案

古籍新證

西周紀年考

先秦文化史

尚書研究

商周文字研究

說劍

馬王堆三號漢墓竹簡釋文

反語起源考

切韻反語考（未完）

致陳寅恪書（論切韻有關問題）

中國藝術的發展（訪芬蘭瑞典講話稿）

神龍蘭庭辨偽

論李公麟

論盤中詩的作者

宋詞校注

石鼓文圖錄

中國古代的奴隸制國家

殷虛文字綜述

孔子批判

關於孔子批判的批判

秦始皇統一文字的功績

二、已發表詩詞

詠史十六首（詩）	1979.4	詩刊四期
詩八首	1966	光明日報
詩一首、詞一首	1980	古文字研究二輯
詞廿八首	津沽演唱	
詞二首	廣篋中詞	
詞十一首	1929-1930	商報文學周刊

參考書目

一、專 著

1. 于省吾，《甲骨文字釋林》，北京中華書局，1993 年。

2. 于省吾主編，按語編撰姚孝遂，《甲骨文字詁林》，北京中華書局，1996 年 5 月一刷。

3. 《大廣益會玉篇》，台灣商務印書館，民國 55 年 3 月一刷。

4. 山西省文物工作委員會編輯，《侯馬盟書》，文物出版社，1976 年 12 月一刷。

5. 中國大百科全書出版社編輯部編，《中國大百科全書》，語言文字卷，中國大百科全書出版社發行，1992 年 1 月三刷。

6. 中國大百科全書編輯委員會語言文字編輯委員會，《中國大百科全書》，語言文字，中國大百科全書出版社，1992 年 1 月三刷。

7. 中國社會科學院考古研究所編，《殷周金文集成》，上海中華書局，1984 年。

8. 中國社會科學院考古研究所編輯，《甲骨文編》，1965 年 9 月一版，1989 年 3 月三刷。

9. 尹盛平，《西周微史族青銅器群研究》，文物出版社，1992 年 6 月。

10. 方述鑫等編，《甲骨金文字典》，巴蜀書社，1993 年。

11. 日·白川靜著，溫天河譯，《甲骨文的世界》，巨流圖書公司，民國 66 年 9 月初版。

12. 日·白川靜著，溫天河、蔡哲茂譯，《金文的世界》，台北，聯經出版社，民國 78 年 8 月初版。

13. 日·白川靜著、袁林譯，《西周史略》，三秦出版社，1992 年 5 月一刷。

14. 日·松丸道雄、高嶋謙一，《甲骨文字字釋綜覽》，東京大學出版社，1994 年 12 月初版。

15. 日·島邦男，《殷虛卜辭綜類》。

16. 王力，《中國語言學史》，谷風出版社，民國 76 年 8 月出版。

17. 王明閣，《甲骨學初論》，黑龍江人民出版社，1986 年 1 月一刷。

18. 王初慶，《中國文字結構析論》，文史哲出版社，民國 82 年四版二刷。

19. 王國維，《王觀堂先生全集》，文華出版公司，民國 57 年 3 月。

20. 王國維，《觀堂集林》，北京中華書局，1991 年 12 月五刷。

21. 王愼行，《古文字與殷周文明》，陝西人民教育出版社 1992 年 12 月一刷。

22. 王筠，《說文釋例》，世界書局影印本，民國 50。

23. 王鳳陽，《漢字學》，吉林文史出版社，1992 年 11 月二刷。

24. 朱宗萊，《文字學形義篇》，學生書局影印本，民國 53 年。

25. 朱歧祥，《殷墟卜辭句法論稿》，台灣學生書局，民國 79 年 3 月初版。

26. 朱歧祥，《甲骨學論叢》，台灣學生書局，民國 81 年 2 月初版。

27. 朱芳圃，《甲骨學文字編》，台灣商務印書館，民國 72 年 8 月台四版。

28. 朱駿聲，《說文通訓定聲》，台北藝文印書館，民國 64 年 8 月三版。

29. 江淑惠，《郭沫若之金石文字學研究》，台北華正書局，民國 81 年 5 月初版。

30. 江灝，《古漢語知識辨異》，湖南教育出版社，1995 年 4 月一刷。

31. 何幼琦，《西周年代學論叢》，湖北人民出版社，1989 年 11 月一刷。

32. 何琳儀，《戰國文字通論》，北京中華書局，1989 年 4 月。

33. 吳浩坤、潘悠，《中國甲骨學史》，台北貫雅文化事業有限公司，民國 79 年 9 月。

34. 吳鎮烽，《金文人名匯編》，中華書局，1985 年。

35. 宋陳彭年，《校正宋本廣韻》，藝文印書館，民國 59 年 9 月校正三版。

36. 李孝定，《甲骨文字集釋》，中央研究院歷史語言研究所，民國 80 年 3 月景印五版。

37. 李孝定，《漢字的起源與演變論叢》，台北聯經出版事業，民國 81 年 7 月二刷。

38. 李國英，《說文類釋》，書銘出版公司，民國 82 年 9 月修定六版。

39. 李實，《甲骨文字考釋》，甘肅人民出版社，1990 年 12 月一刷。

40. 李學勤，《古文字學初階》，國文天地雜誌社，民國 78 年 12 月初版。

41. 李學勤審訂，《商周古文字讀本》，語文出版社，1991 年 8 月二刷。

42. 杜迺松，《中國古代青銅器簡說》，書目文獻出版社，1989 年 7 月二刷。

43. 周何總編，季旭昇、汪中文主編，《青銅器銘文檢索》，文史哲出版社，民國 84 年 5 月初版。

44. 周法高主編，《金文詁林》，中文出版社，不載出版年月。

45. 季旭昇，《甲骨文字根研究》，師大國研所博士論文，民國 79 年 6 月。

46. 明·楊愼，《轉注古音略》，叢書集成新編第四十冊，新文豐出版社，民國 74 年。

47. 林尹，《中國聲韻學通論》，黎明文化事業公司，民國 79 年 8 月九版。

48. 林尹，《文字學概說》，正中書局，民國 79 年 7 月 6 次印行。

49. 林尹，《訓詁學概要》，正中書局，民國 79 年 10 月初版第 15 次印行。

50. 林澐,《古文字研究簡論》,吉林大學出版社,1986 年 9 月一刷。

51. 俞敏監修、謝紀鋒編纂,《虛詞詁林》,黑龍江人民出版社,1992 年 5 月一刷。

52. 姚孝遂、肖丁,《小屯南地甲骨考釋》,中華書局,1985 年 8 月。

53. 姚孝遂主編,《殷墟甲骨刻辭類纂》,北京中華書局,1989 年 1 月一版。

54. 故宮博物院編,《唐蘭先生金文全集》,北京,紫禁城出版社,1995 年 10 月一版。

55. 施順生,《甲骨文異體字研究》,文化中研所碩士論文,民國 81 年 6 月。

56. 胡奇光,《中國小學史》,上海人民出版社,1987 年 11 月一刷。

57. 胡厚宣,《甲骨文與殷商史第 2 輯》,上海古籍出版社,1986 年 6 月一刷。

58. 古厚宣主編,《全國商史學術討論會論文集》,安陽殷都學刊編輯部,1985 年。

59. 胡樸安,《中國文字學史》,台灣商務印書館,民國 81 年 9 月十一刷。

60. 唐復年輯,《西周青銅器銘文分代史徵器影集》,北京中華書局,1993 年 8 月一刷。

61. 唐蘭,《中國文字學》,上海書店,1991 年 12 月。

62. 唐蘭,《天壤閣甲骨文存及考釋》,不載出版年月。

63. 唐蘭,《古文字學導論增訂本》,齊魯書社,1981 年 1 月。

64. 唐蘭,《西周青銅器銘文分代史徵》,中華書局,1981 年 5 月一刷。

65. 唐蘭,《殷虛文字記》,中華書局,1981 年 5 月一刷。

66. 孫詒讓,《古籀拾遺・古籀餘論》,北京中華書局,1989 年 9 月一刷。

67. 孫詒讓,《周禮正義》,上海商務印書館,民國 24 年。

68. 孫詒讓,《契文舉例》,新文豐出版社,民國 78 年。

69. 孫稚雛,《青銅器論文索引》,北京中華書局,1986 年 6 月一刷。

70. 容庚,《金文編》,北京中華書局,1992 年 3 月三刷。

71. 容庚,《殷周青銅器通論》,文史哲出版社,民國 74 年 1 月。

72. 容庚,《商周彝器通考及圖錄》,文史哲出版社,民國 74 年 1 月出版。

73. 島邦男,《殷虛卜辭綜類》,大通書局,民國 59 年。

74. 徐中舒,《漢語古文字字形表》,四川人民出版社,1981 年 12 月二刷。

75. 徐中舒主編,《甲骨文字典》,四川辭書出版社,1990 年 9 月。

76. 陝西歷史博物館,《第二次西周史學術討論會論文集》,陝西人民教育出版社,1993 年 6 月一刷。

77. 馬如森,《殷墟甲骨文引論》,東北師範大學出版社,1993 年 4 月一刷。

78. 馬承源,《商周青銅器銘文選》,文物出版社,1988 年 4 月一刷。

79. 馬承源,《中國青銅器》,上海古籍出版社,1992 年 8 月四刷。

80. 馬衡,《凡將齋金石叢稿》,北京中華書局,1977 年 10 月一刷。

81. 高明,《古文字類編》,北京中華書局,1991 年 10 月三刷。

82. 高明,《中國古文字學通論》,仰哲出版社,不載出版年月。

83. 張之恒，《中國考古學通論》，南京大學出版社，1991 年 12 月一刷。

84. 張玉金編，《甲骨文虛詞詞典》，北京中華書局，1994 年 3 月一版。

85. 張守中，《包川楚簡文字編》，文物出版社，1996 年 8 月一刷。

86. 張其昀，《中國文字學史》，江蘇教育出版社，1994 年 6 月一版。

87. 梁東漢，《漢字的結構及其流變》，上海教育出版社，1959 年 2 月一版，1991 年 8 月六版。

88. 許長安，《漢語文字學》，廈門大學出版社，1993 年 4 月一版。

89. 許錟輝，《說文重文形體考》，文津出版社，民國 62 年。

90. 郭沫若，《卜辭通纂》，科學出版社，1983 年 6 月一刷。

91. 郭沫若，《兩周金文辭大系考釋》，不載出版年月。

92. 郭沫若，《青銅時代》，文治出版社，民國 34 年 3 初版。

93. 郭沫若主編，《中國社會科學院歷史研究所編》，甲骨文合集，1982 年。

94. 郭寶鈞，《西周銅器群綜合研究》，北京文物出版社，1981 年 12 月一刷。

95. 陳世輝、湯余惠，《古文字學概要》，吉林大學出版社，1988 年一版。

96. 陳光政，《指事篇》，復文圖書出版社，1993 年 9 月初版二刷。

97. 陳光政，《轉注篇》，復文圖書出版社，民國 78 年 4 月再版。

98. 陳新雄，《古音學發微》，文史哲出版社，民國 72 年 2 月。

99. 陳新雄，《重新增訂音略證補》，文史哲出版社，民國 80 年 10 月十四刷。

100. 陳煒湛、唐鈺明編，《古文字學綱要》，中山大學出版社，1990 年 11 月二刷。

101. 陳夢家，《殷虛卜辭綜述》，北京中華書局，1992 年 7 月二刷。

102. 章太炎，《小學答問》，廣文書局影印本，民國 59 年。

103. 章太炎，《文史》，台灣中華書局，民國 69 年 11 月台二版。

104. 章太炎，《國故論衡》，廣文書局印行，民國 56 年。

105. 黃侃，《黃侃論學雜著》，台灣中華書局，民國 58 年。

106. 黃季剛口述，黃悼編，《文字聲韻訓詁筆記》，木鐸書局，民國 73 年。

107. 黃建中、胡培俊，《漢字學通論》，華中師範大學出版社，1990 年 10 月一刷。

108. 黃然偉，《殷周青銅器賞賜銘文研究》，香港龍門書店，1978 年 9 月初版。

109. 黃德寬、陳秉新，《漢語文字學史》，安徽教育出版社，1990 年 11 月。

110. 楊家駱主編，《說文解字詁林正補合編》，鼎文書局，民國 83 年 3 月三版。

111. 楊樹達，《積微居小學述林》，中華書局，1983 年 7 月一刷。

112. 楊樹達，《積微居金文說·甲文說》，大通書局，民國 63 年 3 月再版。

113. 裘錫圭，《文字學概要》，北京商務印書館，1990 年 4 月二刷。

114. 漢班固撰，唐顏師古注，《漢書》，台北弘道文化事業公司，民國 63 年。

115. 語言文字卷編委會，《中國學術名著提要語言文字卷》，復旦大學出版社，1992 年 7 月一刷。

116. 趙誠，《甲骨文字學綱要》，北京商務印書館，1993 年 6 月一刷。

117. 趙誠，《甲骨文簡明詞典》，北京中華書局，1988 年一版。

118. 蔣伯潛，《文字學纂要》，正中書局，民國 35 年初版。

119. 鄭樵，《通志略》，里仁書局，民國 71 年。

120. 鄧志瑗，《中國文字學簡說》，江西人民出版社，1990 年 4 月一刷。

121. 魯實先，《假借遡原》，文史哲出版社，民國 62 年 10 月初版。

122. 《魯實先先生學術討論會論文集》，民國 82 年 5 月。

123. 錢玄同，《文字學音篇》，學生書局影印本，民國 53 年。

124. 龍宇純，《中國文字學定本》，台北五四書店，民國 83 年 9 月。

125. 韓耀隆，《中國文字義符通用釋例》，台北，文史哲出版社，民國 76 年 2 月初版。

126. 羅振玉，《殷虛書契考釋》，藝文印書館，民國 70 年 3 月四版。

127. 羅振玉，《增訂殷虛書契考釋》，台北藝文印書館，民國 70 年 3 月四版。

128. 嚴一萍，《甲骨學》，台北藝文印書館，民國 67 年 2 月初版。

129. 嚴一萍，《戩壽堂所藏殷虛文字考釋》，台北，藝文印書館，民國 80 年 1 月。

130. 嚴一萍，《嚴一萍先生全集甲編》，殷契徵醫，藝文印書館，民國 80 年 1 月。

131. 嚴一萍主編，《金文總集》，台北藝文印書館，民國 72 年。

132. 顧實，《中國文字學》，文海出版社影印本，民國 59 年。

133. 顧頡剛，《當代中國史學》，新文豐出版公司，民國 71 年 8 月初版。

二、單篇論文

1. 日・伊藤道治，〈卜辭中虛辭之性格──以叀與隹之用例為中心〉，《古文字研究》12 輯，1985 年 10 月，頁 153-166。

2. 日・伊藤道治，〈有關語詞叀的用法問題〉，《古文字研究》6 輯，1981 年 11 月，頁 251-262。

3. 王世民，〈郭沫若同志與殷周銅器的考古學研究〉，《考古》，1982 年 6 期，頁 610-613 轉 639。

4. 王初慶，〈再論轉注與假借〉，《輔仁學誌文學院之部》8 期，民國 68 年 6 月，頁 93-110。

5. 王慶祥，〈古文字學與古史研究〉，《社會科學戰線》，1980 年 2 期，頁 159-164。

6. 甲骨文字典編纂小組，〈甲骨文字的一字多形問題〉，《古文字研究論文集》，1982 年 5 月，頁 53-65。

7. 伍士謙，〈怎樣認識甲骨文字〉，《古文字研究》13 輯，1986 年 6 月，頁 144-156。

8. 伍仕謙，〈論文字本義應於偏旁相從諸字中求證──探詢文字本義釋例之一〉，《徐中舒先生九十壽辰紀念文集》，四川大學歷史系編，巴蜀書社，1990 年，頁 130-143。

9. 伍仕謙，〈微氏家族銅器群年代初探〉，《古文字研究》5 輯，頁 97-138。

10. 朱德熙，〈紀念唐立厂先生〉，《古文字研究》第 2 輯，頁 4-9。

11. 江中柱，〈戴震四體二用說研究〉，《湖北大學學報》，1993 年 4 期，頁 51-56。

12. 何儀、黃錫全,〈訇簋考釋六則〉,《古文字研究》7 輯,頁 109-122。

13. 吳其昌,〈金文麻朔疏證〉,《燕京學報》第 6 期,頁 1047-1128。

14. 扶風縣圖博館,〈陝西扶風發現西周厲王訇簋〉,《文物》,1979 年 4 期,頁 89。

15. 李玉洁,〈假借字是漢字發展階段的產物〉,《吉林大學社會科學學報》,1995 年 6 期,頁 71-76。

16. 李棪,〈讀殷虛卜辭綜類與島邦男博士商榷〉,香港中文大學《中國文化研究所學報》,1969 年 9 月第 2 卷第 1 期,頁 179-198。

17. 李榮,〈漢字演變的幾個趨勢〉,《中國語文》,1980 年 1 期,頁 5-20。

18. 李榮,〈唐蘭古文字學導論增訂本介紹〉,《中國語文》,1981 年 5 月,頁 137-138。

19. 杜迺松,〈青銅器的分期與斷代〉,《故宮博物院院刊》,1982 年 4 期,頁 49-61。

20. 杜迺松,〈深切思念唐蘭先生〉,《文物天地》,1986 年 2 期,頁 2-3。

21. 杜迺松,〈青銅器的分期與斷代〉,《故宮博物院院刊》,1982 年第 4 期。

22. 林慶勳,〈中國文字的構造特性〉,《孔孟月刊》第 22 第 9 期,民國 73 年 5 月,頁 23-27。

23. 俞敏,〈六書獻疑〉,《中國語文》,1979 年 1 期,頁 55-59。

24. 姜寶昌,〈嚴密的系統〉,科學的方法,《中國語文研究》,第 2 期,頁 56-61。

25. 姜寶昌,〈殷虛文字記讀後〉,《中國語文研究》第 7 期,1985 年 3 月,頁 21-25。

26. 姚孝遂,〈甲骨刻辭狩獵考〉,《古文字研究》6 輯,頁 34-67。

27. 姚孝遂,〈古漢字的形體結構及其發展階段〉,《古文字研究》4 輯,頁 7-39。

28. 姚孝遂,〈再論古漢字的性質〉,《古文字研究》17 輯,頁 309-323。

29. 姚孝遂,〈殷虛卜辭綜類簡評〉,《古文字研究》3 輯,頁 181-205。

30. 唐復年,〈輔師嫠簋三考及斷代〉,《古文字研究》13 輯,頁 227-239。

31. 唐蘭,〈鳳羌鐘考釋〉,《唐蘭先生金文論集》,頁 1-5。

32. 唐蘭,〈冠尊銘文解釋〉,《唐蘭先生金文論集》,頁 187-193。

33. 唐蘭,〈中國古代社會使用青銅農器問題的初步研究〉,《故宮博物院院刊》,1960 年 2 期,頁 10-42。

34. 唐蘭,〈中國古代歷史上的年代問題〉,《新建設》,1955 年 3 期,頁 210-213。

35. 唐蘭,〈文字學規畫初步設想〉,《中國語文》,1978 年 2 期,頁 87-90。

36. 唐蘭,〈永盂銘文解釋〉,《唐蘭先生金文論集》,頁 168-174。

37. 唐蘭,〈永盂銘文解釋的一些補充〉,《唐蘭先生金文論集》,頁 175-181。

38. 唐蘭,〈用青銅器銘文研究西周史〉,《唐蘭先生金文論集》,頁 494-508。

39. 唐蘭,〈西周時代最早的一件銅器利簋銘文解釋〉,《唐蘭先生金文論集》,頁 205-208。

40. 唐蘭,〈西周銅器斷代中的康宮問題〉,《考古學報》1962 年,頁 15-48。

41. 唐蘭,〈作冊令尊及作冊令彝考釋〉,《唐蘭先生金文論集》,頁 6-14。

42. 唐蘭,〈周王訇鐘考〉,《唐蘭先生金文論集》,頁 34-42。

43. 唐蘭,〈青銅器圖釋敘言〉,《唐蘭先生金文論集》,頁 99-112。

44. 唐蘭，〈略論西周微史家族窖藏銅器群的重要義意〉，《唐蘭先生金文論集》，頁209-223。

45. 唐蘭，〈葃曆新詁〉，《文物》1977 年 5 期，頁 36-42。

46. 唐蘭，〈論周昭王時代的青銅器銘刻〉，《古文字研究》2 輯，頁 12-141。

47. 唐蘭，〈論彝銘中的休字〉，《上海申報文物》第 10 期，第 2 張，1984 年 2 月 14 日。

48. 唐蘭，〈理想中之商周古器物著錄表〉，《考古社刊》第一期，民國 24 年 6 月考古社刊出版，民國 68 年 5 月南天書局景印，頁 22-24。

49. 唐蘭，〈懷鉛隨錄〉，《考古社刊》第 6 期，民國 24 年 6 月，考古社刊出版，民國 68 年 5 月，南天書局景印，頁 333-334。

50. 徐中舒，〈怎樣研究中國古代文字〉，《古文字研究》15 輯，頁 1-8。

51. 殷煥先，〈文字學的破與立——紀念唐立庵師〉，《語文研究》，1983 年 4 期，頁 1-10。

52. 殷煥先，〈古文字學導論讀後〉，《中國語文》，1982 年 2 期，頁 139-141。

53. 殷煥先，〈動觀文字學〉，《文史哲》，1983 年 2 期，頁 48-55。

54. 馬承源，〈西周金文和周曆的研究〉，《上海博物館集刊》第 2 期，1982 年，頁 26-61。

55. 高明，〈古文字的形旁及其形體演變〉，《古文字研究》4 輯，頁 41-90。

56. 高明，〈略論漢字形體演變的一般規律〉，《考古與文物》，1980 年 2 期，頁。

57. 常宗豪，〈唐蘭三書說的反思〉，香港中文大學《中國文化研究所學報》，1992 年，頁 221-233。

58. 張玉金，〈甲骨卜辭中惠和唯的研究〉，《古漢語研究》，1988 年 1 期，頁 4-9。

59. 張亞初，〈古文字分類考釋論稿〉，《古文字研究》17 輯，頁 230-267。

60. 張政烺，〈釋甲骨文俄、隸、蘊三字〉，《中國語文》1965 年 4 期，頁 296-298 轉 335。

61. 張政烺，〈釋因蘊〉，《古文字研究》12 輯，頁 73-84。

62. 張振林，〈試論銅器銘文形式上的時代標記〉，《古文字研究》5 輯，頁 49-88。

63. 張桂光，〈古文字中的形體訛變〉，《古文字研究》15 輯，頁 153-184。

64. 戚桂晏，〈厲王銅器斷代問題〉，《文物》1981 年 11 期，頁 77-82。

65. 盛冬鈴，〈西周銅器銘文中的人名及其對斷代的意義〉，《文史》17 輯，頁 27-64。

66. 許師錟輝，〈說文段注假借說述議〉，《第四屆清代學術研討會論文集》，國立中山大學中國文學系編印，民國 84 年 11 月出版，頁 451-468。

67. 陳根雄，〈從廣雅疏證看王念孫的聲轉理論及其實踐〉，香港中文大學《中國文化研究所學報》第 20 卷，1989 年，頁 115-178。

68. 陳新雄，〈章太炎轉注說之真諦與漢字統合之關聯〉，《中國國學》第 20 期，民國 81 年 11 月，頁 35-40。

69. 陳煒湛，〈甲骨文異字同形例〉，《古文字研究》6 輯，頁 227-250。

70. 陳夢家，〈西周銅器斷代一〉，《考古學報》第 9 冊，頁 137-175。

71. 陳夢家，〈西周銅器斷代二〉，《考古學報》第 10 冊，頁 69-142。

72. 陳夢家，〈西周銅器斷代三〉，《考古學報》第 11 冊，頁 65-114。

73. 陳夢家，〈西周銅器斷代五〉，《考古學報》第 13 冊，頁 105-127。

74. 陳夢家，〈西周銅器斷代六〉，《考古學報》第 14 冊，頁 85-122。

75. 陳夢家，〈西周銅器斷代四〉，《考古學報》第 12 冊，頁 85-94。

76. 陳漢平，〈古文字釋叢〉，《考古與文物》，1985 年 1 期，頁 103-108。

77. 勞榦，〈書評古文字學導論〉，《中國文化研究所學報》第 3 卷第 1 期，民國 59 年 9 月，頁 217-222。

78. 曾禮，〈唐蘭傳略〉，《中國當代社會科學家》第 3 輯，1983 年 3 月，頁 233-256。

79. 雲惟利，〈唐蘭象意字聲化說平議〉，《漢學研究》第 10 卷第 1 期，民國 81 年 6 月，頁 309-340。

80. 黃孝德，〈漢字研究中四體二用說的確定及其應用〉，《武漢大學學報》，1981 年 6 期，頁 75-81。

81. 黃沛榮，〈大陸儒林傳三──唐蘭〉，《國文天地》第 3 卷 9 期，1988 年 2 月，頁 66-71。

82. 董琨，〈古文字形體訛變對說文的影響〉，《中國語文》，1991 年 3 期，頁 222-225。

83. 裘錫圭，〈漢字形成問題的初步探索〉，《中國語文》，1978 年 3 期，頁 162-171。

84. 管燮初，〈甲骨金文中唯字用法的分析〉，《中國語文》，1962 年 6 月，頁 243-250。

85. 趙誠，〈甲骨虛詞探索〉，《中國語文研究》，第 8 期，頁 15-32。

86. 趙誠，〈關於古文字的研究〉，《中國語文研究》，1981 年 10 月第 3 期，頁 45-51。

87. 劉釗，〈卜辭中所見殷代的軍事活動〉，《古文字研究》16 輯，頁 67-140。

88. 劉啓益，〈西周金文中月相語詞的解釋〉，《歷史教學》，1979 年 6 期。

89. 劉啓益，〈西周夷王時期銅器的初步清理〉，《古文字研究》7 輯，北京中華書局，1982 年 6 月，頁 139-164。

90. 劉啓益，〈西周紀年銅器與武王至厲王的在位年數〉，《文史》13 輯，頁 1-24。

91. 蔣善國，〈形聲字的分析〉，《吉林大學社會科學學報》，1957 年 4 期，頁 41-75。

92. 魯實先，〈轉注釋義〉，《大陸雜誌》第 53 卷第 3 期，民國 65 年 9 月，頁 1-19。

93. 龍宇純，〈說婚〉，《中央研究院歷史語言研究所集刊》，第 30 本，民國 48 年 10 月，頁 605-614。

94. 魏建功，〈讀天壤閣甲骨文存及考釋〉，《中央日報》，28 年 11 月 12 日，第 4 版。

95. 羅琨，〈釋家〉，《古文字研究》17 輯，頁 210-216